Andreas Heinzel

EINE STADT DREHT DURCH

Frankfurter Short Storys

ISBN 978-3-948987-06-0
Copyright © 2021 mainbook Verlag
Alle Rechte vorbehalten
Covergestaltung: Olaf Tischer
Covermotiv: © istockphoto_lovely_

Abdruck von „Fahrt ins Glück" und „Die Stippvisite" mit freundlicher Genehmigung des Charles Verlags, Imprint der Bedey Media GmbH

Auf der Verlagshomepage finden Sie weitere spannende Bücher:
www.mainbook.de

Das Buch

Hätten Sie gedacht, dass die Eintracht Teil einer riesigen Verschwörungstheorie ist, ein Autokauf die innerfamiliäre Demokratie gefährdet und man auch ohne Lottogewinn Lottomillionär sein kann? Wussten Sie, dass ein Parkhausbesuch möglicherweise zum Großeinsatz der Polizei führt und dass es sich in einem Sarg leicht stirbt? Und haben Sie schon einmal davon gehört, dass ein blutiger Kleingartenzwist auf einen Schlag endet – genau wie die Karriere eines Jahrhunderttalents, noch bevor sie begonnen hat? Oder dass jemand aus all dem die Konsequenz zieht und uns zu guter Letzt zurück auf Los schickt?

In *Eine Stadt dreht durch* knöpft sich Andreas Heinzel das Leben und Treiben in seiner Heimatstadt vor: Die Bandbreite reicht von abstrusen, grotesken Geschichten voller Wahnwitz bis zu lustigen Alltagsbegebenheiten, die jeder von uns so oder so ähnlich schon erlebt hat.

„Eigentlich habe ich gedacht, dass mittlerweile alle Eintracht-Geschichten geschrieben sein müssten, und dass es schwierig werden dürfte, sich noch was wirklich Neues, Originelles zu dem Thema auszudenken. Bis ich ,Reingelegt' gelesen habe. "

Henni Nachtsheim

Der Autor

Andreas Heinzel wurde 1962 in Frankfurt am Main geboren. Nach dem Studium und einer langen Karriere als Texter, Sprecher und Kreativdirektor veröffentlichte er 2016 seinen Debütroman *Die Monarchos*. Mit der schrägen Provinzposse *Herr Neumann will auf den Olymp* folgte drei Jahre später sein zweiter satirischer Roman. Zum dritten und vierten Teil der Anthologie „Ein Viertelstündchen Frankfurt" trug er Kurzgeschichten bei und initiierte 2020 gemeinsam mit Susanne Reichert und Meddi Müller das literarische Online-Projekt „Der Nächste, bitte!", an dem sich siebzehn bekannte Autorinnen und Autoren beteiligten.
Mit *Eine Stadt dreht durch* legt er nun seinen ersten Band satirischer Short Storys vor.
Andreas Heinzel hat zwei Kinder und lebt mit seiner Frau in Frankfurt.

Für Jonas und Pauline, die mit dieser Welt
noch sehr viel länger zu tun haben werden als ich.

INHALT

REINGELEGT

Bereits vor Jahren, nein, vor Jahrzehnten hatten mein Mann und ich aufgehört, uns etwas zu Weihnachten zu schenken. Wir waren in der glücklichen Lage, uns alles kaufen zu können, sollten wir denn einen Wunsch hegen, doch derlei passierte schon lange nicht mehr. Im Grunde hätten wir auch die Schenkerei zu den Geburtstagen einstellen können, doch aus unerfindlichen Gründen behielten wir es bei. Joachim bekam von mir meist etwas Nützliches, das er gewohnt unangemessen hektisch auspacken durfte. Etwas, das er möglicherweise sogar gebrauchen konnte, eine digitale Körperwaage oder einen elektrisch betriebenen Rasenmäher, während er mir im Gegenzug im Laufe des Geburtstags eine der Karten überreichte, die er zu Dutzenden in seinem Schreibtisch hortete. Darauf war ein Blumenstrauß vor einer Wiese zu sehen und handschriftähnlich *Alles Gute zum Geburtstag* aufgedruckt, sodass er auf der Innenseite nur noch mit *Joachim* zu unterschreiben und einen Hundert-Euro-Schein beizulegen brauchte.

„Kauf dir etwas Schönes, Ursula", sagte er, während er mir den Umschlag in die Hand drückte, und variierte diese Empfehlung auch nur sehr selten. Ich bedankte mich mit ähnlich gleichförmigen Worten, begab mich ins Schlafzimmer in der oberen Etage, zog den Geldschein heraus und legte ihn zu den anderen, die sich gleich hinter der Bibel in der Schublade meines Nachttischs stapelten. Bestimmt hatte ich inzwischen mehr als zweitausend Euro angehäuft, die ersten Geldgeschenke musste ich nach der Jahrtausendwende noch in die neue Währung umtauschen. Ohne dass mein Mann es bemerkte, wollte ich das Geld für den Moment aufsparen, in dem ich mehr als das Haushaltsgeld benötigte, das mir Joachim am Monatsanfang zugestand. Dieser Moment war nun gekommen.

Joachim war am achten Mai fünfundvierzig geboren worden, dem Tag der bedingungslosen Kapitulation. Er war überhaupt nur gezeugt worden, da sein Vater Karl, der an die Westfront abkommandiert worden war, das Glück hatte, trotz der Invasion in der Normandie einen letzten kurzen Heimaturlaub antreten zu dürfen. Das Elternhaus in Sachsenhausen war bei den schweren Bombenangriffen im Jahr zuvor nicht getroffen worden und so konnte Karl noch einmal unbeschwerte Tage mit der Mutter und seiner Frau Hildegard verbringen, die er vor dem Aufbruch Richtung Paris, einem Impuls folgend, geehelicht hatte.

Neun Monate später galt Karl als vermisst, genau wie sein Vater, von dem die Steinhoffs seit Stalingrad nichts mehr gehört hatten. Als die Wehen einsetzten, konnten sie so schnell keinen Doktor ins Haus holen, und so war es an der Mutter sowie der Haushälterin Luise, den kleinen Sohn an einem derart hoffnungsfrohen Tag zur Welt zu bringen. Wegen des Glückstags, an dem er geboren worden war, gab ihm seine Mutter den Zweitnamen Fortunato, den Joachim aber Zeit seines Lebens peinlich fand und schon zu Gymnasialzeiten hinter einem verschämten F. versteckte. Hildegard hatte die Entscheidung der Namensgebung alleine treffen müssen, denn zu ihrem Unglück kehrte auch Joachims Vater nicht aus dem Krieg zurück. Beim Rückzug der deutschen Einheiten war er von der Offensive der Alliierten in Form eines amerikanischen Sherman-Panzers überrollt worden und konnte erst Jahre später durch die unermüdliche Suche des Roten Kreuzes gefunden und der Familie Steinhoff zugeordnet werden.

Das Schicksal wollte es demnach, dass Joachim in einem reinen Frauenhaushalt aufwuchs. Nach der mit Bestnoten bestandenen Reifeprüfung und dem im Anschluss daran abgelegten Wehrdienst ging er zum Studium der Jurisprudenz nach Heidelberg. Er galt als fleißig, strebsam und konnte den damals beginnenden Unruhen unter den Studenten nichts abgewinnen. Im Gegenteil schien er ein festes Regelwerk geradezu zu suchen und fand es in Form einer schlagenden Verbindung, der er noch im ersten Semester beitrat und die ihm neben dem Respekt der Kommilitonen einen prächtigen Schmiss an der linken Wange einbrachte. Im Kreise seiner Kameraden galt Joachim als leidenschaftslos und ging höchstens bei den regelmäßig stattfindenden Gelagen aus sich heraus. In der Tat konnte er sich nur für sehr wenige Dinge begeistern, in erster Linie für Fußball, insbesondere die Mannschaft seiner Heimatstadt, die Frankfurter Eintracht.

Der Wagen des Bestattungsinstituts bog in die Einfahrt unseres Anwesens in der Mörfelder Landstraße ein und fuhr leise durch den knöchelhohen Schnee. Ich beobachtete das Ganze hinter dem Vorhang des Salons, denn ich erwartete die Herren bereits. Ich hatte sie eigens darum gebeten, erst nach Einbruch der Dunkelheit zu erscheinen, da ich die Neugier der wenigen Nachbarn nicht unnötig wecken wollte. Womöglich dächten sie sonst noch, im Hause Steinhoff sei jemand verstorben.

Den Zeitpunkt der Lieferung hatte ich in weiser Voraussicht gewählt. Joachim war mit den wenigen noch verbliebenen Studienfreunden zur Partie seiner Eintracht nach München gereist. Der Besuch eines gemeinsamen Auswärtsspiels war das letzte verbliebene Relikt der jahrzehntelangen Stadionbesuche, ein Anlass, die Freunde von früher einmal im Jahr zu treffen und vor und nach dem Spiel auf gute alte Zeiten anzustoßen. Nicht einmal ins Waldstadion, das er unbeirrbar so bezeichnete, ging er noch. Joachim war zwar erst vierundsiebzig Jahre alt, doch hatte er ein paar Jahre zuvor die Entscheidung getroffen, die Spiele seiner Mannschaft von nun an ausschließlich am Fernseher zu verfolgen, was er seitdem auch konsequent und ausnahmslos beherzigte.

Ich zog mir den Mantel über und ging den Herren, die gewohnheitsmäßig ihre Hüte vor mir zogen, die wenigen Stufen von der Pforte in den Garten entgegen.

„Guten Abend, Frau Steinhoff. Wohin dürfen wir das gute Stück denn bringen?"

„Ich zeig's ihnen", antwortete ich, lief voraus und öffnete mit der Fernbedienung das Tor der Garage, das sich nahezu geräuschlos hob und den Blick auf ein rotes Jaguar Cabriolet freigab, welches sich Joachim nach der Pensionierung geleistet hatte und das er nach wie vor an drei, vier geeigneten Sommertagen im Jahr zu einer Spritztour in den Taunus ausfuhr. Von Zeit zu Zeit hatte ich daran teilgenommen, doch inzwischen ließ ich ihn überwiegend alleine fahren.

Abgesehen von diesen wenigen Gelegenheiten betraten wir die Garage eigentlich nie. Sämtliche notwendigen Fahrten absolvierten wir mit dem Taxi, was weitaus bequemer und sicherer war, zumal ich mich auf Joachims Beifahrersitz zusehends unwohler fühlte. Seine Reaktionszeit hatte sich spürbar verlangsamt, und es war nur noch eine Frage der Zeit, bis er deswegen einen Unfall verschulden würde.

„Stellen Sie ihn bitte dorthin", sagte ich und deutete auf die vier neben dem Jaguar platzierten Getränkekisten. Die Kisten aufzureihen, hatte mich mehr Anstrengung gekostet, als ich bei der Planung vermuten konnte. Die beiden Männer nickten zustimmend, kehrten zu ihrem Fahrzeug zurück und öffneten die Heckklappe des Kombis. Sie zogen den schweren Eichensarg aus dem Laderaum und trugen ihn bedächtigen Schritts, ganz so, als würde sich tatsächlich jemand darin befinden, in die Garage, setzten ihn vorsichtig auf den Getränkekisten ab und verbeugten sich davor.

„Wenn Sie mir diese Bemerkung erlauben, Frau Steinhoff: Eine solch kluge und weitsichtige Entscheidung erleben wir ausgesprochen selten. Ich denke, Ihr Gatte wird sich sehr darüber freuen."

„Das denke ich auch", sagte ich. „Später hat er doch nichts mehr davon. So kann er jetzt schon dem Tag entgegenfiebern, wenn das in Ihren Ohren vielleicht auch etwas makaber klingen mag."

„Ganz im Gegenteil, leider denken viel zu wenige Menschen wie Sie. Sie scheinen Ihren Mann sehr zu lieben."

„Oh ja", antwortete ich. „Das tue ich, meine Herren."

Ich begleitete die Herren zum Fahrzeug, verabschiedete mich mit Handschlag und wünschte beiden ein frohes Fest. Bezahlt war der Sarg bereits, die Geburtstagskarten meines Mannes hatten schließlich doch noch eine sinnvolle Investition zugelassen. Eine Anschaffung, von der er natürlich keine Ahnung hatte. Ich zog den Mantel enger um den Körper, ging vorsichtig, um auf dem frischen Schnee nicht auszurutschen, zur Garage zurück und verschloss das Tor hinter mir.

Liebe. Ich musste lachen. Das war einmal, wenn überhaupt. Joachim liebte nur seinen Verein, für größere Gefühle war in seinem Herzen kein Platz. Schon gar nicht für mich. Als mir das klar wurde, als ich erfasste, dass ich in Joachims Leben keine Rolle spielte, vielleicht nie gespielt hatte, empfand ich einzig und allein Bitterkeit. Die Liebe bis in alle Ewigkeit, das Füreinanderdasein, *bis dass der Tod euch scheidet*, all diese Floskeln, die wir uns in der Kirche vor langer Zeit versprochen hatten, alles hatte seine Gültigkeit verloren. Wenn ich ehrlich war, hatte ich mich nur nicht scheiden lassen, da Joachim ein erstklassiger Jurist war und es für ihn ein Leichtes gewesen wäre, mich von heute auf morgen mittellos auf die Straße zu setzen. Also arrangierten wir uns irgendwie, und die Liebe bis in alle Ewigkeit überließ ich Joachims Verbundenheit zur Eintracht.

Ich hob den Deckel des Sargs und klappte ihn nach oben. Was ich sah, beeindruckte und begeisterte mich gleichermaßen. Ich hatte den Sarg von Hand fertigen lassen, hatte eigens den Klappmechanismus in Auftrag gegeben, sodass man das massive Stück auch leicht alleine anheben konnte. Der Korpus war mit edler schwarz-weißer Seide ausgeschlagen, der Boden bedruckt mit den Konterfeis von Joachims Fußballheroen. Die meisten Spieler kannte ich gar nicht, doch standen unter den Köpfen die Namen: Anthony Yeboah, Manfred Binz, Oka Nikolov, Jay-Jay Okocha und viele andere las ich heute zum ersten Mal. Bernd Hölzenbein und Jürgen Grabowski waren hingegen selbst mir ein Begriff.

Auf der Innenseite des Deckels hatte ich den Text des Eintracht Lieds drucken lassen, auf den Umrandungen waren sämtliche sportlichen Erfolge der Mannschaft vermerkt. Das Kissen, auf dem in ein paar Jahren Joachims gelblich-fahler Schädel zur ewigen Ruhe gebettet würde, zierte das Wappentier des Vereins, ein schwarzer Adler.

Ich betrachtete Detail für Detail und stellte zufrieden fest, dass es sich bei meinem ersten Weihnachtspräsent nach Jahrzehnten um ein kostbares Stück Handwerkskunst handelte. Ein Kleinod, für das sich jeder Euro gelohnt hatte. Joachim würde darin seine ewige Ruhe finden, und zwar ohne mich. Ich hatte längst testamentarisch verfügt, dass ich keinesfalls an seiner Seite beerdigt, sondern verbrannt und anschließend im Grab meiner Eltern bei Donauwörth beigesetzt werden wollte. Nicht ausgeschlossen, dass der Sarg mein letztes Geschenk an ihn war, das wusste man in unserem Alter nie. Jedenfalls freute ich mich auf sein Gesicht. Wenn man den eigenen Sarg sieht, wird einem die Endlichkeit der eigenen

Existenz bewusst. Genau das wollte ich, ihm seine Grenzen aufzeigen. Ich wollte ihn erschrecken, ihm bewusst machen, dass seine Zeit bald abgelaufen war. Vielleicht bereute er dann das Leben, das er geführt, die ständigen Demütigungen, die er mir zugefügt hatte. Nicht mehr lange, Joachim, dann würde diese hölzerne Kiste dein finales Zuhause. Gewöhne dich schon mal daran.

Ich hätte beim besten Willen nicht sagen können, wann meine Liebe zu Joachim erloschen war. Zweifelsohne war er trotz der massiven Narbe auf der Wange ungemein attraktiv gewesen, als ich ihn Mitte der Siebziger Jahre in der Anwaltskanzlei am Goetheplatz kennengelernt hatte, in der ich zu der Zeit als gerade ausgelernte Rechtsanwaltsgehilfin arbeitete. Eigentlich war mein Plan gewesen, selbst Jura zu studieren, den notwendigen Abiturdurchschnitt hatte ich problemlos erreicht, doch konnte ich mir das Studium finanziell nicht leisten, und so bewarb ich mich nach längerer Überlegung für eine Berufsausbildung in einer Richtung, die meinem ursprünglichen Interesse entsprach.

Der junge Anwalt Joachim F. Steinhoff stand hingegen gerade am Beginn einer großen Karriere, soviel war bereits nach den ersten Wochen offensichtlich. Sein forsches Auftreten, der kristallklare Verstand und sein argumentatives Geschick vor Gericht sprachen sich schnell herum, und so dauerte es nicht lange, bis Joachim das Angebot bekam, als Teilhaber in die Kanzlei einzusteigen. Zu diesem Zeitpunkt ging ich mit ihm bereits ins Bett. Ich hatte zwar vielleicht nicht das Niveau, das er sich selbst für sich erhoffte, doch ich war schön. Nicht hübsch, sondern regelrecht schön. Ohne eitel wirken zu wollen, muss ich sagen: Ich hätte damals jeden Mann in Frankfurt haben können, doch ich entschied mich für Joachim. Irgendetwas an ihm zog mich an, damals zumindest.

Wenige Monate später heirateten wir und gründeten eine Familie. Ein Jahr später kam unser Sohn Lorenz auf die Welt, weitere Kinder waren uns nicht vergönnt, was letzten Endes aber auch gut war, vor allem für die nicht gezeugten Kinder. Als Lorenz elf Jahre alt war und die Entscheidung für eine weiterführende Schule getroffen werden musste, entschied Joachim, seinen Sohn, für den er nur die allerbeste Ausbildung vorsah, in ein Internat an den Bodensee zu schicken. Ich wurde dazu nicht befragt, Lorenz schon gar nicht. Und so übergab ich unseren Sohn an einem Spätsommertag schweren Herzens und mit Tränen in den Augen den verantwortlichen Erziehern und reiste mit Joachim, der Abschiede hasste und im Wagen auf mich gewartet hatte, zurück an den Main.

Wider Erwarten gewöhnte sich Lorenz nach anfänglichen Schwierigkeiten an das Leben im Internat. Mit dem Einsetzen der Pubertät besuchte er uns nur noch sporadisch und legte seinerseits wenig Wert auf einen Besuch seiner Eltern. Nach dem Abitur zog er nach London, wo er ein Wirtschaftsstudium absolvierte und direkt danach ein erfolgreiches Maklerbüro für gewerbliche Immobilien gründete und leitete. Er fand eine Frau, mit der er in der Nähe von Windsor schließlich ein gemeinsames Cottage kaufte, und ich hatte Grund zu der Annahme, dass es ihm gut mit ihr ging. Wir hörten seitdem nicht viel voneinander, ab und zu führten wir lediglich kurze Videotelefonate über den Computer und bekamen bei der Gelegenheit auch unsere Enkel zu Gesicht. Jeffrey war mittlerweile zwei Jahre alt, seine Schwester Elaine würde nächsten Februar fünf. Beide hatten wir von Angesicht zu Angesicht das letzte Mal bei Jeffreys Taufe gesehen.

Kurz nach der Geburt unseres Sohns hörten Joachim und ich auf, miteinander zu schlafen. Joachim hatte sich von Anfang an beschwert, ich sei kalt und steif wie ein Brett, ich solle mich gefälligst gehen lassen, das sei doch nicht so schwer. Er ging grob vor und dachte wohl, dass er mich auf die Art zu einem lustvollen Empfinden bringen würde. Das genaue Gegenteil war der Fall. Daraufhin verweigerte ich mich ihm immer häufiger, und nach kurzer Zeit entschieden wir uns für getrennte Schlafzimmer.

Zu dieser Zeit begannen auch seine Affären. Zunächst ließ er sich mit meinen Nachfolgerinnen ein, denn auf Joachims ausdrücklichen Wunsch hin hatte ich nach der Geburt unseres Sohns die Stelle in der Kanzlei aufgegeben. Die Anzeichen für seine anschließenden Bettgeschichten waren untrüglich. Immer häufiger ging er auf Dienstreisen, und wenn ich anschließend in seiner Brieftasche forschte, fand ich jedes Mal die Spesenbelege exklusiver Restaurants, meist für zwei Personen, immer mit Champagner und allem drum und dran. Natürlich schnupperte ich auch an seiner Kleidung, wie man das tat, wenn man Verdacht schöpfte, und nicht selten roch sein Hemd oder sein Sakko nach einem blumigen, schweren Duft.

Ich stellte ihn nicht zur Rede, nein, eigentlich war es mir einerlei. Sollten die Flittchen ruhig mit ihm ins Bett steigen, ich wünschte ihnen viel Spaß. Vielmehr war ich froh, dass dieses Kapitel endlich vorbei war, zumindest mit Joachim. Stattdessen schlief ich mit Staatsanwalt Karrenfeld, sobald ich sicher sein konnte, dass Joachim wegen eines Prozesstermins mehrere Stunden lang vor Gericht eingespannt war. Ein paar Monate lang genossen wir unsere Zeit in den Zimmern des Frankfurter Hofs, ja, tatsächlich, ich verspürte in der Tat körperlichen Spaß. Etwas, das ich zum ersten Mal mit jemandem erlebte, und vielleicht hätte ich Joachim damals einfach verlassen sollen. Im Nachhinein betrachtet wäre es sicher die richtige Entscheidung gewesen. Doch Klaus Karrenfeld, den ich kennengelernt hatte, als er auf Einladung meines Manns bei einer Sommerfeier des Juristenkreises in unserem Garten erschienen war, war glücklich verheiratet und Vater zweier Töchter. Nichtsdestotrotz hätte er alles für mich aufgegeben, zumindest behauptete er das. Jedoch wollte ich weder daran schuld sein, noch wollte ich ausprobieren, ob er am Ende wirklich zu seinem Wort stehen oder mir, wenn es darauf ankam, doch den Laufpass geben würde. Nach ein paar Monaten zog ich daher selbst die Konsequenzen und beendete unsere Affäre. Es grenzte sowieso an ein Wunder, dass Joachim, der mich seinerseits munter weiter betrog, von meinen Seitensprüngen nichts mitbekommen hatte. Nach den Anwaltsschlampen stieg er nun auf die Professionellen um. Möglicherweise war er trotz des beruflichen Erfolgs nicht mehr anziehend genug, oder ein Verhältnis mit einem jungen Ding wurde ihm einfach zu anstrengend. Jedenfalls stöberte ich weiter regelmäßig in seinen Taschen und Aktenkoffern und fand dort irgendwann die Visitenkarte eines Escort-Services. Weniger störte mich, dass Joachim für seine Eskapaden inzwischen bezahlen musste, das fand ich sogar belustigend. Viel mehr ärgerte es mich, dass er nicht mal mehr den Versuch einer Heimlichtuerei unternahm, sondern die Visitenkarte mehr oder weniger offen in seiner Tasche herumliegen ließ. Im Grunde war ihm also egal, ob ich etwas davon mitbekam oder nicht. Das war das eigentlich Verletzende.

Auch die Reisen mit den Studienfreunden zu den Auswärtsspielen der Eintracht begannen meist mit einem Besäufnis, denn das konnten sie noch, die alten Herren, und endeten irgendwann in einem Bordell oder einem Hotelzimmer mit den örtlichen Dienstleisterinnen. Vermutlich auch jetzt in München, vorausgesetzt, er hatte daran gedacht, sich die kleinen blauen Pillen einzupacken, die er im Nachttisch aufbewahrte, aber davon war auszugehen.

Ich stand vor dem Sarg und überlegte, wie es wäre, darin zu liegen. Welches Gefühl stellte sich wohl ein, wenn sich der Deckel über einem schloss und man darin zu Grabe getragen wurde? Nicht, dass ich das gerne bei lebendigem Leibe miterleben wollte, schon gar nicht, da ich mich für eine Feuerbestattung entschieden hatte, aber irgendwie reizte es mich schon, das Ganze einmal auszuprobieren. Warum auch nicht?

Ich legte den Schlüssel, die Fernbedienung für das Garagentor und mein Mobiltelefon neben die Lackpolitur für den Jaguar auf das kleine Wandbord, zog die Schuhe aus und stieg vorsichtig in den Sarg. Langsam senkte ich den Oberkörper ab und ließ meinen Kopf auf dem Eintracht-Kissen ruhen. Zugegebenermaßen war mein erster Eindruck etwas enttäuschend. Zwar lag der Kopf bequem, doch erfüllte die seidene Auspolsterung eher dekorative Zwecke. Es ließ sich nicht leugnen, dass ich letzten Endes in einer Holzkiste lag. Dann zog ich am Deckel und war gespannt, was ich empfinden würde, wenn sich die Kiste gänzlich über mir schloss. Ich hatte noch nie unter Platzangst gelitten, auch in großen Menschenmengen oder engen Aufzügen fühlte ich mich nicht unwohl, daher senkte ich den Deckel vollends ab und ließ ihn auf den Korpus nieder.

Mit einem schnappenden Geräusch schloss sich der Sarg, und sofort überlegte ich, worauf der seltsame Klang zurückzuführen war. Was hatte da geschnappt? Ich versuchte, den Deckel wieder anzuheben, doch vergeblich, der Versuch misslang. Ich drückte fester dagegen, doch das Ding bewegte sich keinen Millimeter. Mir lief es eiskalt den Rücken herunter, als mir bewusst wurde, dass ich allem Anschein nach gefangen war. Das Schnappgeräusch war ein Schloss gewesen, ein Mechanismus, der sich nur von außen mit dem Schlüssel öffnen ließ. Ich merkte, wie ich Oka Nikolov unter mir vor Schreck einnässte, während Joachim in einem Schwabinger Hotel vermutlich gerade eine volltätowierte junge Russin vögelte. Ich überlegte zu schreien, doch das war vollkommen sinnlos. Das Garagentor hatte ich selbst geschlossen, bis zur Straße waren es sicher hundert Meter, die Nachbargrundstücke lagen sogar noch weiter entfernt und die älteren Herrschaften, die dort wohnten, hörten schwer. Das kannten wir selbst gut genug. Zudem kostete jeder Schrei wertvollen Sauerstoff.

Auf Joachim musste ich nicht warten, der hatte heute früh den Zug in die bayerische Hauptstadt genommen, ging morgen gepflegt zum Spiel seiner Eintracht gegen die Bayern und kam mit Sicherheit nicht vor Montag zurück. Anrufen würde er nicht, das hatten wir von Anfang an so gehandhabt. Solange er verreist war und sich nicht meldete, ging es ihm gut. Da er nie angerufen hatte, wenn er unterwegs war, ging ich davon aus, dass es ihm immer dann gut ging, wenn er nicht zu Hause war. Und da er nicht anrief, würde er mich auch nicht vermissen. Er würde mich sowieso nicht vermissen.

Noch einmal versuchte ich mit der Kraft, die ich mit meinen zweiundsiebzig Jahren noch aufbringen konnte, den Deckel aufzustemmen. Ich drückte und hämmerte dagegen, ich trat mit den Füßen gegen die massive Eiche, doch vergebens. Die Füße anzuheben und mich mit Wucht dagegenzustemmen, war unmöglich, dafür war der Korpus viel zu eng. Ich wunderte mich, dass ich nicht weinen musste. War ich selbst für meinen Tod zu rational veranlagt? Statt in Panik zu verfallen, versuchte ich noch immer, eine Lösung zu finden, wie ich der Falle entfliehen konnte. Doch es gab keine.

Es begann bereits unangenehm zu riechen, dafür hatte ich selbst gesorgt. Auch hatte ich das Gefühl, dass die Luft im Inneren mit jedem Atemzug stickiger wurde. Wie lange hatte ich noch? Bis morgen vielleicht? Noch ein paar Stunden? Die Antwort darauf war müßig. Meine Situation war hoffnungslos.

*

Joachim F. Steinhoff lag auf dem Bett des Hotelzimmers. Er sah auf die Uhr. Es war jetzt kurz vor sieben, in einer halben Stunde war er mit seinen Freunden in der Lobby verabredet. Normalerweise würden sie sich bei einem guten Essen und viel Bier über die Chancen der Eintracht am morgigen Tag unterhalten, doch heute kreisten Joachims Gedanken um etwas anderes. Joachim war nicht bei der Sache. Er dachte an seine Frau, er dachte an Ursula. Wie kam Ursula auf die hanebüchene Idee, ihm einen Sarg schenken zu wollen? Hatte sie tatsächlich angenommen, dass er davon nichts mitbekommen würde, dass sich das an ihm vorbei initiieren ließe? So naiv konnte sie nicht sein, nicht mal sie. Natürlich kannte er jeden Schritt seiner Frau. Er verfolgte die eingehenden und abgehenden Gespräche auf ihrem Handy und las die Kurznachrichten, die sie bekam und versendete. Er kontrollierte den Verlauf ihrer Webseitenbesuche und öffnete die wenigen Mails, die sie erreichten und die, die sie verschickte. Ursula bemerkte von alldem nichts, dafür reichte ihr technisches Verständnis nicht. Sie war froh, in ihrem Alter überhaupt noch solche Dinge zu ... nun, beherrschen war vielleicht das falsche Wort. Er war diesbezüglich weit kompetenter, hatte sich stets auf dem Laufenden gehalten. Und so war er eines Tages im Herbst auch auf Ursulas Suchergebnisse gestoßen. Offensichtlich hielt sie nach einer Firma Ausschau, um einen individuell nach ihren Vorgaben gestalteten Sarg anfertigen zu lassen. Als er daraufhin ihre Telefonate und Mails kontrollierte, fand er unter den gesendeten Nachrichten eine, die an eine Frankfurter Pietät gerichtet war, erfuhr, dass es sich um einen Sarg für ihn selbst handelte und entdeckte unter den gelöschten Nachrichten die Auftragsbestätigung. Immerhin legte sie, was ihm verborgen bleiben sollte, in den Papierkorb, nur vergaß sie in ihrer technischen Einfalt, den Korb zu leeren. So bekam er einen vollständigen Überblick über Ursulas Korrespondenz und erfuhr den voraussichtlichen Liefertermin.

Joachim verstand Ursulas Beweggründe nicht. Wollte seine Frau ihn töten oder womöglich töten lassen? Was sollte das? Sie hatten sich doch arrangiert. Vielleicht lebten sie nebeneinander her, aber welches Paar tat das nicht? Möglicherweise, dachte er nun, hätte er sie damals doch rauswerfen sollen, als sie ihn mit diesem lächerlichen Staatsanwalt betrog. Seiner Zeit hatte er ihr zugutegehalten, dass sie immerhin die Mutter seines Sohnes war, also entschied er, die Trennung zu vertagen. Jedenfalls so lange, wie er nach seinen Vorstellungen leben konnte und sie ihn in Ruhe ließ.

Natürlich wusste er, dass sie ihm hinterher spionierte. Ursula war durch und durch neugierig. Ständig schnüffelte sie herum, schnupperte an seiner Kleidung, durchwühlte Schubladen und Taschen. Alles musste sie wissen, alles musste sie herausfinden, und dadurch machte sie sich das Leben nur selbst schwer. Aber vielleicht war ja genau das der Grund für den Sarg. Gut möglich, dass sie auf dieses Leben keine Lust mehr hatte, nicht mehr betrogen werden wollte, dass sie seine Lügen nicht mehr ertrug, seine Ignoranz. Wer weiß, eventuell hatte er den Bogen überspannt. Wollte sie ihn deswegen loswerden und war wie immer nur zu schwach, einfach eine Scheidung einzureichen?

Was auch immer sie im Schilde führte: Unabhängig von Ursulas Beweggründen konnte er natürlich nicht tatenlos dabei zusehen. Schon vor Jahrzehnten hatte er in weiser Voraussicht sämtliche Besitztümer, die Konten und Depots vor ihrem Zugriff gesichert und im Falle seines Todes den gemeinsamen Sohn Lorenz als Erben eingesetzt. Ihr würde lediglich der Pflichtteil zustehen, mehr nicht. Und von den Konten im Ausland, auf die er seit jeher sein Geld verschob, hatte sie sowieso keine Ahnung. Soweit war alles klar. Jetzt ging es darum, ihr Vorhaben zu sabotieren, was immer das war.

Wieder und wieder hatte er versucht, sich den Moment vorzustellen, in dem das Pietätsinstitut den Sarg anlieferte. Wohin würde Ursula ihn bringen lassen? In den Keller? Auf den Dachboden? In die Garage? Und wenn die Männer mit ihrem Kombi wieder vom Hof biegen würden, was würde sie dann tun? Den Fernseher einschalten? Ein Buch lesen? Ein heißes Bad nehmen?

Nein, dafür kannte er Ursula zu gut. Ursula würde etwas ganz anderes tun.

Da er Zugriff auf ihren Account hatte, veranlasste er unter ihrem Namen eine kleine Änderung des Auftrags und orderte statt der normalen Schlösser selbstschließende Schnappverschlüsse, und nachdem klar war, dass sie die Rechnung bereits vor Ort bezahlt hatte, überwies er die Mehrkosten von seinem Konto. Das würde sie nie im Leben kontrollieren. Damit war er auf der sicheren Seite.

Wenn er also Montag aus München zurückkehren würde und sie stünde hinter dem Vorhang, bereit, ihm die Haustür zu öffnen, konnte er das weitere Geschehen aufmerksam beobachten und in aller Ruhe herausfinden, was sie vorhatte.

Wenn er aber Recht behielt und sie tat, was er vermutete, war sie das Opfer ihrer Neugier geworden. Dann hatte die Falle zugeschnappt, im wahrsten Sinn des Wortes.

*

Wie lange lag ich hier schon? Zwei Stunden oder drei? Ich wusste es nicht. Mit der Dunkelheit verlor ich jedes Zeitgefühl. Ich versuchte, so wenig und so flach wie möglich zu atmen. Vielleicht verschaffte mir das etwas Luft, also zeitlich gesehen. Wenn das mein Ende war, dann war alles, was ich darüber gelesen hatte, Lug und Trug. Nein, das Leben zog nicht an mir vorbei, kein helles Licht tat sich am Ende eines Tunnels auf. Im Gegenteil, mein Verstand arbeitete klar und messerscharf. Vor allem eins beschäftigte mich. Und die Antwort auf die Frage, die mich schon seit Stunden umtrieb, die Frage, warum der Deckel eingeschnappt war. Darauf gab es nur eine rationale Erklärung. Aber wie hatte er das angestellt? Wie hatte er von meinem Auftrag erfahren, und wie war es möglich, dass er die Bestellung manipulieren konnte, ohne dass ich etwas davon mitbekam? Wenn ich eins und eins zusammenzählte, bedeutete es, dass Joachim mir hinterher spionierte, mich kontrollierte und jeden meiner Schritte verfolgte. Das zeugte immerhin noch von einem gewissen Interesse an mir, damit konnte ich nun wirklich nicht rechnen.

Das bedeutete aber auch, dass er wiederum damit gerechnet hatte, dass ich mich in den Sarg legen und ihn schließen würde, sonst hätten die Schnappvorrichtungen keinen Sinn gemacht. Er ging also bei seiner Abfahrt nach München davon aus, dass ich mich in seiner Abwesenheit unrettbar einschließen würde. Ich war darauf hereingefallen, und Joachim hatte das perfekte Alibi. So etwas Abgefeimtes.

Schlagartig wurde mir klar, dass das mein endgültiges Aus bedeuten würde. Ich musste sogar befürchten, dass Joachim seinen Ausflug verlängern würde, um ganz sicher zu gehen, dass es mit mir vorbei war. Er wusste ja nicht, wann mich die Neugier überkam, vielleicht erst Samstag oder Sonntag. Dann würde er nach seiner Rückkehr den grausamen Fund machen und der Polizei gegenüber den verzweifelten Witwer markieren, der sich das tragische Geschehen überhaupt nicht erklären konnte. Als Nächstes würde er Lorenz anrufen, ihm mitteilen, dass seine Mutter durch einen furchtbaren Unglücksfall ums Leben gekommen sei. Und dann würde Lorenz den Brief öffnen, den ich ihm schon vor Jahren geschickt hatte. Den Brief, den er sicher verwahren und erst dann hervorholen sollte, im Falle, dass er eines Tages genau diesen Anruf bekäme. Den Brief, von dem Joachim nichts wissen konnte, der vielleicht das Einzige war, was ich ihm mit Sicherheit verborgen hatte und in dem ich meinen Sohn bat, die Polizei einzuschalten, sollte ihm irgendetwas an meinem Tod seltsam vorkommen. Ein unerklärliches Verschwinden, ein tragischer Unfall, ein entsetzliches Unglück.

Ich schloss die Augen, mehr noch: Ich schloss ab. Nicht mehr lange, dann würde mich mein eigener Atem vergiften. Mein Leben war vorbei, so war es nun einmal, ich selbst war daran schuld. Nur dass mich der Tod ausgerechnet in einer Kiste mit den Spielern von Joachims Eintracht ereilen würde, das war bitter. Das war gewissermaßen sein finaler Auswärtssieg.

DAS JAHRHUNDERTTALENT

Ich würde mich als eher rationalen Vater bezeichnen. Ich liebe meine Tochter, liebe meinen Sohn, stelle die beiden aber gewiss nicht auf ein Podest, um sie dort oben unreflektiert anzuhimmeln. Nehmen wir zum Beispiel meine Tochter Emma. Emma ist eine wirklich gute Schülerin, die die ersten Jahre der Grundschule problemlos gemeistert und ein schönes Gefühl für Sprache und Zeichnen entwickelt hat. Ich möchte fast sagen, dass sie nicht nur in diesem Bereich zu den besseren, wenn nicht zu den Klassenbesten gehört, aber glauben Sie mir, das ist für mich ohne Bedeutung. Wichtiger ist, dass sie sich als Mensch bewährt. Daher freut es mich als Vater natürlich, dass sie nicht nur mit großer Mehrheit zur ersten Klassensprecherin gewählt worden ist, sondern auch das Klassenbuch führt und schwächeren Mitschülern bereitwillig Nachhilfe gibt. Auch im Sport hat sie ihre Stärken und läuft über die Fünfzig-Meter-Distanz selbst den Jungs in ihrer Klasse davon. Das alles ist im Grunde aber zweitrangig. Was bedeuten schon Medaillen bei Skirennen oder Soloauftritte mit der Blockflöte beim Schulfest?

Bei meinem Sohn Niklas verhält es sich ähnlich. Vor gut einem Monat ist er sechs Jahre alt geworden, entsprechend wird er im Herbst eingeschult. Meine Frau Sybille und ich müssen nur noch die passende Einrichtung finden, damit er den anderen mit den Englisch-Kenntnissen aus dem Kindergarten nicht zu weit voraus ist. Wir haben bereits etwas ins Auge gefasst, auch wenn der Anfahrtsweg von einer guten halben Stunde durch den Berufsverkehr noch nicht unseren Vorstellungen entspricht. Doch auch das sollte sich im Laufe der nächsten Wochen noch lösen lassen.

Wie seine Schwester, so bereitet mir auch Niklas große Freude. Nicht zuletzt deshalb, da sein größter Wunsch zum Geburtstag ein lederner Fußball war, den ich ihm, also wir, Sybille und ich, sehr gerne erfüllten. Und da es sich in Straßenkleidung nicht wirklich gut spielen lässt, bekam Niklas gleich noch ein Trikot der Frankfurter Eintracht dazu, zudem ein paar Stollenschuhe sowie eine Sporttasche, in der er auf dem Weg zum Training seine Ausrüstung verstauen konnte. Niklas freute sich sehr, wenngleich er beim Auspacken des Trikots etwas enttäuscht wirkte, da er vermutlich das Leibchen seines Lieblingsspielers erwartet hatte. Dummerweise spielt Joshua Kimmich jedoch nicht bei Eintracht Frankfurt, daher musste dieser Wunsch unerfüllt bleiben, was die Laune meines Sohnes jedoch nur kurzzeitig trübte. Vielmehr zeigten die ersten vielversprechenden Ballkontakte im elterlichen Wohnzimmer, dass Niklas auch ohne fachkundige Anleitung bereits die Grundzüge des Volleyschusses beherrschte und dabei eine erstaunliche Treffsicherheit an den Tag legte. Einer fußballerischen Karriere sollte also nichts im Wege stehen, nicht einmal die im Bauhausstil gehaltene Schreibtischlampe, die unser Sohn beim zweiten Versuch eines Seitfallschusses von der Tischplatte fegte. Zufrieden kehrte ich die Scherben zusammen und beschloss das Talent meines Sohnes in Doppelfunktion als Vater und Spielervermittler an einen geeigneten Frankfurter Verein zu binden. Ich hatte auch bereits etwas im Sinn, einen Club, der immerhin einen Nationalspieler hervorgebracht hatte.

Auf der Webseite des Vereins entdeckte ich einen Hinweis auf die Trainingszeiten der U7-Bambini-Gruppe. Dort stand, dass ein Probetraining der G-Jugend, zu der mein Sohn aufgrund seines Alters zu zählen war, jederzeit und auch ohne vorherige Anmeldung möglich sei. Das klang vielversprechend, daher beschloss ich, den kommenden Weltmeister am nächsten Donnerstag auf den Kindersitz zu schnallen und ihn in die faszinierende Welt des Lizenzfußballs einzuführen. Niklas war begeistert und fragte, ob er auch Felix, seinen Kumpel aus dem Kindergarten, mitnehmen dürfte. Nein, antwortete ich, später vielleicht, schließlich wollte ich die volle Konzentration des Trainerstabs zunächst auf das vor mir stehende und etwas enttäuscht in sein Zimmer davon schlurfende Nachwuchstalent lenken. Soweit käme es noch, dass ich die Bälger anderer Eltern mitförderte.

Als wir am Donnerstagnachmittag, eine halbe Stunde vor Beginn der Trainingseinheit, auf dem Vereinsgelände eintrafen, bot sich uns ein Anblick, der an Niklas' Geburtstagsfeier erinnerte, die wir erst kürzlich im Günthersburgpark abgehalten hatten. Während die Erwachsenen am Spielfeldrand plauschten, lachten und mitgebrachten Kaffee und Kuchen verzehrten, spielten deren Kinder auf dem Kunstrasenplatz und jagten einem formationslosen Bienenschwarm gleich dem Ball hinterher. Als ich noch überlegte, ob wir hier möglicherweise falsch sein könnten, kam eine der Mütter auf mich zu, stellte sich als Gabi vor und fragte, ob mein Kleiner bei ihnen mitspielen wolle.

„Thomas", antwortete ich widerwillig, da ich dieses distanzlose Geduze beim ersten Kontakt gewöhnlich ablehnte. Doch wollte ich dem Junior durch meine Prinzipien nicht die Zukunft verbauen.

„Und du bist?", fragte die Frau meinen Sohn, der sich bereits die Fußballschuhe schnürte.

„Das ist Niklas", antwortete ich für ihn, da Niklas sehr genau abwog, an wen er das Wort richtete und an wen nicht.

„Hallo Niklas", versuchte es Gabi erneut. „Du, die Fußballschuhe kannst du aber wieder ausziehen. Wir spielen hier nicht mit Stollen, sondern mit ganz normalen Turnschuhen."

Gabi, die bestimmt noch nie mitgespielt hatte, weder mit Stollen noch ohne, verscherzte es sich mit diesen Worten umgehend mit dem männlichen Teil der Familie Wenninger, zumindest mit mir.

„Das sind speziell auf den noch wachsenden Kinderfuß ausgerichtete Sportschuhe, die dem Fuß beim abrupten Beschleunigen und Abbremsen optimalen Halt bieten", zitierte ich den Verkäufer aus dem Sportfachgeschäft, in dem ich das Wunderwerk für nicht wenig Geld erstanden hatte.

„Mag sein", antwortete Gabi lächelnd. „Aber die Verletzungsgefahr ist für die anderen Kinder zu groß, wenn ein Kind mit harten Stollen spielt. Die anderen haben alle Schuhe mit weichen Gummisohlen."

„Dann sollten die anderen eben auch mit Stollen spielen", schlug ich vor. „Was machen die denn, wenn der Platz nach einem kräftigen Gewitter unter Wasser steht? Da rutschen die doch nur herum."

„Bei Gewitter spielen wir sowieso nicht, ist doch klar."

Gabi mag das klar gewesen sein, ich hatte dafür wenig Verständnis. Das wäre in etwa so, als wenn Niklas bei schlechten Wetterverhältnissen seine Englisch-Übungen hätte ignorieren wollen. Indiskutabel. Aber gut, wir waren ja nicht hier, um mit einer Gabi zu diskutieren, sondern um ein Talent auf den richtigen Weg zu bringen.

„Sagen Sie ... äh ... sag mal Gabi, ist denn der Trainer schon da?"

„Sicher", antwortete sie und deutete auf einen jungen Mann, vielleicht Ende zwanzig, mit leger geschnittenem, dreistreifigem Sporthemd, der bei den anderen Erwachsenen stand und sich an einem Stück Kirschstreuselkuchen abarbeitete.

„Hey Max!", rief Gabi ihn an, woraufhin der Coach das Backwerk hinunterschlang und sich zu uns umdrehte. „Max, hier ist ein neues Kind, das bei uns mitspielen will."

Nicht bei dir, dachte ich, behielt meinen Einwand aber für mich, da sich der noch kauende Max bereits auf uns zubewegte, die bestreuselte Hand an der halblangen Bermudas abwischte und mir entgegenstreckte.

„Hi, ich bin Max. Und du bist?"

„Thomas", antwortete ich. Dieses anbiedernde Gebaren durfte ich keinesfalls einreißen lassen. „Max, das ist mein Sohn Niklas. Ein Kind mit unglaublich viel Ballgefühl und Spielwitz, was seine Mutter und ich zu fördern beabsichtigen."

„Ah, da seid ihr bei uns genau richtig", lachte der Coach und ging in die Hocke, um seinen neuen Spielführer zu begrüßen. „Hi Niklas, ich bin Max", sagte er und streckte ihm die Hand zum Abklatschen entgegen, was bei uns daheim eher unüblich, Niklas aus unerfindlichen Gründen jedoch geläufig zu sein schien, da er die Geste ohne zu überlegen erwiderte. „Schön, dass du bei uns mitspielen willst", sagte der G-Jugend-Trainer. „Wenn du keine Turnschuhe dabei hast, kannst du auch gerne barfuß spielen, das Gras ist weich."

„Niklas hat extra Stollenschuhe dabei."

„Nee, lieber nicht", bekam ich zur Antwort. „Die Verletzungsgefahr für die Zwerge ist zu groß. Aber mit deinen tollen Schuhen kannst du ja ein bisschen bei euch im Garten oder im Hof üben, hm?", richtete er das Wort an meinen Sohn. „Wenn du willst, darfst du schon zu den anderen laufen und mitkicken. Ich komme gleich zu euch." Niklas sprang auf und stürmte freudig auf den Platz, während sich der Trainer fürs Erste verabschiedete, um zum Kuchenbuffet zurückzukehren. Ich ignorierte Gabis unangemessenes Lächeln und blickte Niklas hinterher, der den Spielerschwarm schnell erreicht hatte und das Verhalten der anderen kopierte, indem auch er dem Ball sinnfrei hinterher lief. Insgeheim hoffte ich, dass ich kein Herdentier gezeugt hatte, sondern einen Leitwolf, freute mich jedoch, dass ich just in diesem

Moment Zeuge des Beginns einer vielleicht beispiellosen Fußballerkarriere werden durfte. Ich winkte Niklas nochmals zu mir zurück und zog mein Handy aus der Tasche.

„Was denn, Papa?", fragte er, als er vor Energie sprühend vor mir auflief.

„Nichts, mein Sohn, alles gut. Ich wollte nur filmen, wie du auf den Platz und zu den anderen läufst. Für die Nachwelt, weißt du?"

„Ah okay", entgegnete Niklas verständig. Als ihn die Kamera fokussiert hatte, ließ ich ihn zu den anderen sprinten, und Sekunden später war er wieder Teil des Geschehens. Offensichtlich akzeptierte ihn die Mannschaft, jedenfalls war zwischen ihm und dem Rest des Rudels kein Unterschied zu erkennen, was mich, wenn ich es recht bedachte, etwas beunruhigte. Aber gut, dachte ich, trotz seiner jungen Jahre war der Vereinstrainer hoffentlich eine Fachkraft, die den Spreu vom Weizen zu trennen wusste.

„Wenn du möchtest, kannst du gerne zu uns kommen. Linus hat Geburtstag, und wir haben Kaffee und Kuchen dabei."

„Danke, aber ich würde gerne erst einmal das Verhalten meines Sohnes auf dem Platz beobachten."

„Wie du willst. Du weißt ja, wo wir sind. Wenn du genug beobachtet hast, bist du herzlich willkommen."

Ich bedankte mich bei der Vertreterin der Geburtstagsgesellschaft und widmete mich wieder der Mannschaft auf dem Platz. Wenigstens Trikots besaßen sie, wenn schon nicht das richtige Schuhwerk. Einige Jungs schrien herum, kommandierten ihre Mitspieler, forderten den Ball und schienen verärgert, wenn ihre Rufe ignoriert wurden. Niklas hingegen hatte den Ball, wenn ich es richtig verfolgt hatte, seit seiner Einwechslung noch kein einziges Mal zugespielt bekommen. Von Minute zu Minute missfiel mir das mehr, ganz im Gegensatz zu meinem Sohn, den die Ignoranz der Sportsfreunde nicht im Geringsten zu stören schien. Niklas lief den anderen freudig rufend hinterher und es war ihm gleichgültig, ob er den Ball bekam oder nicht. Ein absurdes Verhalten, das der Trainer hoffentlich schnell zu korrigieren gedachte. Wo steckte der überhaupt? Es war bereits fünf Minuten nach drei, das Training hätte längst beginnen sollen.

Ich entdeckte Max, der nach wie vor eifrig mit den Eltern plauderte, mittlerweile jedoch vom Kuchen zu herzhaften Blätterteigtaschen gewechselt war. Als er meinen ungeduldigen Blick und das gleichzeitige Tippen des Zeigefingers auf das Ziffernblatt meiner Armbanduhr bemerkte, rief er mir mit vollem Mund und freundlichem Blick zu, dass es gleich losginge. Allem Anschein nach war Kalorienzufuhr ein plausibler Grund, das Training der ihm anvertrauten Schützlinge verspätet beginnen zu lassen. Ich addierte sein Verhalten als Punkt auf einer in Gedanken verfassten Malus-Liste und entschied, mit dem abschließenden Urteil zu warten, bis die nun hoffentlich bald startende Probeeinheit beendet war.

Weitere fünf Minuten später schleppte sich Max zur G-Jugend, die noch immer ziellos dem Ball hinterher hetzte und dabei kostbare Energie vergeudete. Durch einen kurzen, energischen Pfiff unterbrach der Coach die Kindereien und rief die Mannschaft zu sich. Ich vermutete eine letzte taktische Besprechung, wahrscheinlich eine Veränderung des Systems vor dem Aufeinandertreffen mit dem nächsten Gegner. Ich suchte und fand meinen Sohn in der hinteren Reihe. Er bohrte in der Nase und war offensichtlich fündig geworden.

Leider konnte ich kein Wort von dem verstehen, was der Trainer erklärte, geschweige denn, für welches Spielsystem er sich für die anstehende Trainingseinheit entschieden hatte. Ich tippte auf eine offensiv angelegte 2-3-2-3-Formation, auch ein 2-5-3-System war denkbar, je nachdem, wie der Gegner es zuließ.

Erneut blies Max in die Trillerpfeife, dann händigte ihm einer der größten Schreihälse den Ball aus. Endlich ging es los, wurde auch Zeit. Ein Viertel der 60-minütigen Trainingseinheit hatten sie bereits mit unsinnigem Gerenne und Kindergeburtstag vertändelt.

Planlos verteilten sich die Kinder auf dem mit Fähnchen abgesteckten quadratischen Feld und blickten erwartungsvoll in Richtung ihres Trainers. Doch anstatt des Balls bekamen sie einen weiteren Pfiff zu hören, woraufhin die Spieler von Rot-Schwarz Dornbusch die geballten Fäuste nach vorne reckten, lostrabten und seltsame, an Motorgeräusche erinnernde Laute von sich gaben. Als ich mich noch fragte, was der Unsinn sollte, hörte ich Max *Autobahn!* rufen, woraufhin die G-Jugend ihr Tempo beschleunigte, was ihnen – im Gegensatz zum Vater eines ihrer Spieler – großen Spaß bereitete. Auch mein Sohn irrte orientierungslos und mit von sich gestreckten Fäusten auf dem Trainingsgelände umher und kollidierte mehrfach mit aggressiven Mitspielern. Was sollte das Ganze? Warum hatten die keinen Ball?

„Fußgängerzone!", rief der Coach. Sogleich bremsten die Kinder ab und spazierten gemächlich über den Platz. Es folgten Kommandos wie Linkskurve, Rechtskurve, Rückwärtsgang und ähnlich seltsames Zeug, bevor der Trainer dem Quatsch mit einem weiteren Pfiff ein Ende bereitete und die Jungs laut schreiend zu ihm liefen. Wobei *Jungs* das Ganze nicht richtig traf, denn unverkennbar befanden sich auch einige Mädchen in der Mannschaft, was ich ebenfalls auf der Malus-Liste verbuchte, sich in dieser Altersklasse aber wohl nicht verhindern ließ.

Inzwischen war eine gute halbe Stunde vergangen und noch immer kam kein Spiel zustande, schon gar kein vernünftiges, von taktischen Anweisungen des Coaches ganz zu schweigen. Immerhin hatte er die Gruppe mittlerweile in zwei Mannschaften eingeteilt und dem einen Team, zu dem auch Niklas gehörte, neongelbe Leibchen ausgehändigt. Sie kämpften sich hinein und verzogen sich daraufhin mit Kriegsgeheul auf ihre Seite des Platzes, während der leibchenlose Gegner das gegenüberliegende Terrain für sich in Anspruch nahm.

Dann endlich ... *endlich* ... rollte Max den Ball ins Feld und pfiff das Spiel an. Einen Anstoß kannte man hier anscheinend nicht. Eine taktische Ordnung allerdings auch nicht. Wenn überhaupt, konnte man mit viel gutem Willen ein 6-0-0-System der insgesamt sechs Feldspieler erkennen. Wie zu Beginn des Nachmittags wurde das Kind, das den Ball besaß, vom Rest des Schwarms verfolgt, bis einer von ihnen das Leder eroberte und sich das Spielchen wiederholte. Ein komplettes Chaos, aus dem sich von Zeit zu Zeit eher zufällig ein Schuss aufs gegnerische oder auch das eigene Tor ergab. Als die leibchenlose Mannschaft nach ein paar Minuten aus heiterem Himmel den ersten Treffer erzielte, jubelten prompt beide Teams, was sich mir aus logischer Sicht nicht erschloss. Lediglich einer der Spieler schien am Geschehen gänzlich unbeteiligt. Niklas nutzte die Zeit, in der die anderen um den Ball balgten, um sich abseits des Geschehens von einer Gegenspielerin das Radschlagen beibringen zu lassen und im Anschluss hinter dem Tor Gänseblümchen zu pflücken.

„Na, dein Niklas ist ja ein ganz Süßer", vernahm ich zur Linken die inzwischen vertraute Stimme von Mutter Gabi. „Kaum da, schon flirtet er mit Eslem", lachte sie. „Hat er das von dir?"

„Ich flirte nicht mit Eslem", antwortete ich. „Und Niklas flirtet ebenfalls nicht. Er baut ein Vertrauensverhältnis zur Mannschaft auf."

„Und er schlägt ein tolles Rad", sagte Gabi. Ich drehte mich zu ihr um. Was wollte die eigentlich von mir?

„Sag mal Gabi, ist euer Kindergeburtstag schon vorbei? Ich würde mich gerne auf das Spielgeschehen konzentrieren, um das Training im Anschluss zu analysieren."

„Oh sorry", entgegnete sie spöttisch. „Da will ich dich nicht stören. Hat schon ein hübsches Sträußchen beisammen, dein Kleiner."

„Welcher von denen ist eigentlich deiner?", wollte ich wissen. Doch die Frage beantwortete sich von selbst, als eines der Großmäuler, die zu Beginn lautstark den Ball gefordert hatten, zum zweiten Tor einschob und sich dafür von seiner Mannschaft feiern ließ.

„Hey ... super, Oskar, toll gemacht!", schrie Gabi ins Feld, applaudierte und pfiff bewundernd durch die Zähne. Das verzogene Alphatier mit dem Killerinstinkt gehörte demnach zu ihr.

Der Torschütze rannte auf seine Mutter zu, klatschte sich mit ihr ab und verschwand zurück aufs Feld. Auch mein Sohn freute sich für Oskar, begleitete ihn bei dessen Ehrenrunde und jubelte, als hätte er selbst und nicht der Chef des gegnerischen Teams ein Tor geschossen. Da wartete fraglos noch viel Arbeit auf mich.

Wenig später war das erste Training meines Sohns auch schon vorbei. Freudestrahlend, so viele neue Freunde – und Freundinnen – gefunden zu haben, kam Niklas auf mich zugelaufen und führte mir sogleich das Rad vor, das er dank Eslems Anleitung in der zweiten Halbzeit des Trainingsspiels perfektioniert hatte. Verhalten freute ich mich über seine kunstturnerischen Fertigkeiten und wollte unbedingt noch ein Wort mit dem Trainer reden, bevor sich der junge Mann wieder dem Büffet widmen konnte. Max sammelte gerade die Leibchen ein, ließ sich von zwei Kindern die Eckpfosten bringen und trottete dann gemächlich in meine Richtung.

„Ach, äh ... Max, auf ein Wort", rief ich ihn an.

„Na Niklas", richtete er indes nicht an mich, sondern an den Spieler zu meinen Füßen das Wort, der Mühe hatte, die Schnallen seiner Sandalen zu schließen. „Wie hat's dir denn bei uns gefallen?"

„Gut", kam ebenso kurz wie pointiert die Antwort.

„Kommst du denn jetzt immer?"

Niklas nickte. Er hatte heute weiß Gott schon genug mit fremden Menschen geredet, da musste es auch eine zustimmende Geste tun.

„Ja prima, dann bis nächste Woche", sagte Max und wollte schon weiterziehen, als ich ihn zurückhielt.

„Max, sag mal, müssen wir ernährungstechnisch noch auf etwas achten? Ausreichend Proteine und Kohlenhydrate vor dem Training?"

„Ach was, Niklas sollte nur vor dem Spiel nicht gerade einen BigMac essen, damit läuft sich's nicht so gut."

„Und macht ihr hier auch Laktattests? Oder sollen wir das beim Sportarzt veranlassen?"

Der Trainer sah mich an, als hätte ich ihn soeben aufgefordert, mit verbundenen Augen in den nahegelegenen U-Bahn-Schacht zu laufen.

„Laktattests? Ist das dein Ernst? Rot-Schwarz Dornbusch ist nicht der FC Bayern, und dein Sohn ist nicht sechzehn, sondern sechs. So was machen wir hier nicht. Die Kinder sollen erst einmal Spaß am Spiel mit dem Ball bekommen."

„Ah ja, und deshalb spielt ihr Straßenverkehr." Meine Zweifel an der Kompetenz des Jugendtrainers wurden nicht eben weniger.

„Das dient dem spielerischen Trainieren der Antrittsschnelligkeit und der Reaktionsfähigkeit. Glaub mir, das hat alles seinen Sinn. Schönen Tag noch euch beiden ... und bis Donnerstag."

Damit ließ er mich stehen. *Laktattests* brabbelte er leise vor sich hin, als er kopfschüttelnd Richtung Geburtstagsgesellschaft schlenderte und ich mir meinerseits überlegte, ob ein Vereinswechsel bereits möglich wäre, wenn man noch gar kein Mitglied des Vereins geworden war. Doch als Niklas aufsprang, um sich eigens bei Eslem zu verabschieden und sich mit ihr für nächsten Donnerstag verabredete, beschloss ich, Max und Rot-Schwarz eine zweite Chance zu geben. *Antrittsschnelligkeit*, ging es mir durch den Kopf. Dafür, mein lieber Trainer, brauchte man Stollenschuhe. Aber das schien hier ja keinen zu interessieren.

Eine Woche später fanden sich mein Sohn und ich wieder pünktlich auf dem Trainingsgelände ein. Niklas rannte sogleich zu Eslem und präsentierte ihr stolz die Turnschuhe mit Noppen, die ihm seine Eltern am Tag nach dem Probetraining gekauft hatten. Damit sollte sich auch das Gänseblümchenpflücken erledigt haben, hoffte ich.

Auch Max war bereits anwesend und versammelte in Ermangelung eines Kuchenbüffets die Mannschaft um sich. Es schien, als funktionierte der Trainingsbetrieb heute disziplinierter als beim letzten Mal. Das Einzige, was mir missfiel, war die Einteilung der Mannschaften. Der Trainer ließ vier gegen vier spielen, sechs Feldspieler und zwei Torleute, der Rest musste sich mit einer Zuschauerrolle begnügen. Zum Rest gehörte auch Niklas, der seine Freundin Eslem anfeuerte, die in der Abwehr der leibchenlosen Mannschaft zugange war.

„Da seid ihr ja wieder. Wie schön", hörte ich eine vertraute Stimme neben mir. „Wo ist denn Niklas? Ah da, neben dem Platz. Ich sehe ihn."

„Heute kein Streuselkuchen?"

„Nein, das machen wir nicht jedes Mal. Nur, wenn eins der Kinder Geburtstag hat oder einer der Mamas und Papas gerade Lust hatte zu backen. Du siehst aber nicht richtig begeistert aus? Ist irgendwas?"

Ich zeigte Richtung Spielfeld, wo ich seit dem Anpfiff ein munteres Hin und Her der sechsköpfigen Spielertraube mal nach links, dann wieder nach rechts beobachten musste. Kein Deut von Spieltaktik war erkennbar. Und von meinem Sohn erst recht nichts. Er zog es vor, auch ohne Eslem an seinem Rad zu arbeiten, ein erster einhändiger Versuch war jedoch misslungen.

„Wie soll aus der Mannschaft etwas werden, wenn der Coach seine besten Spieler nicht einsetzt?", fragte ich.

„Ach, das ist es? Keine Angst, dein Niklas wird noch spielen. Max wechselt die Kinder immer durch, so kommt jeder mal zum Einsatz."

„Und warum spielt Oskar von Anfang an?" Offenkundig war Gabis Sohn der Spielführer der Leibchen und kommandierte seine Mannschaftskameraden gerade vors gegnerische Tor.

„Oskar ist einer der Stützen der Minis. Beim letzten Turnier hat er elf Tore geschossen. Aber auch er wird manchmal ausgetauscht", beruhigte mich Gabi. „Nur beim Turnier, da spielt er meistens durch. Er ist unsere Zehn, der Mittelfeldmotor und Kapitän der Bambinis."

„Die Zehn, hm? Na, dann solltest du erst mal Niklas am Ball erleben, aber dazu müsste er halt eingewechselt werden. Maaax?", rief ich, doch der Trainer hörte nicht. Er tippte konzentriert auf seinem Handy.

„Viel Glück", ließ Gabi mich stehen, gesellte sich zu ein paar anderen Müttern und feuerte ihren Sohn lautstark an, damit er mit ihrer Unterstützung seinen Torrekord brechen konnte.

Als Max auch auf erneutes Rufen nicht reagierte, beschloss ich, die Sache in die Hand zu nehmen und machte mich auf den Weg zum kompetenzverminderten Trainernachwuchs.

„Max, ich möchte, dass du Niklas einwechselst", formulierte ich ohne jeglichen Groll und vollkommen sachlich mein Anliegen. „Niklas braucht Praxis, sonst verkümmert sein Talent."

„Hallo", begrüßte mich Max und steckte das Handy weg. Wurde auch Zeit. „Du bist Niklas' Vater, richtig?" Natürlich war ich Niklas' Vater, wer sonst? „Niklas kommt gleich rein, ich will den Teams nur ein bisschen Zeit geben sich zu finden. Sie sind meine Stammspieler beim nächsten Turnier."

Ich hörte wohl nicht richtig.

„Wie? Und Niklas?"

„Niklas darf auch gerne mitmachen. Ich sehe mir gleich mal an, was dein Kleiner drauf hat. Bisher scheint er mir etwas abgelenkt zu sein."

Ein Eindruck, der sich nur schwer widerlegen ließ, da Niklas just damit beschäftigt war, abseits des Platzes den Hund einer Spielermutter zu streicheln.

„Kein Wunder", antwortete ich. „Das ist bei Hochbegabten so. Wenn sie sich langweilen, können sie sich nicht konzentrieren. Wenn du ihn in die Mannschaft nimmst, wirst du sehen, was der Junge kann."

„Ist gleich soweit. Aber jetzt würde ich dich bitten, wieder zu den anderen zu gehen, ich muss die Racker beobachten."

„Ist klar", antwortete ich. „Du musst Niklas mal schießen sehen. Für einen Sechsjährigen eine einmalige Technik."

Damit ließ ich Max in Ruhe, schlenderte so beiläufig wie möglich zurück in die Nähe der anderen Eltern, die sich sicher gerade fragten, was ich wohl beim Trainer gewollt haben konnte.

„Was wollte der denn bei Max?", fragte eine Mutter, die es sich auf einem Campingstuhl gemütlich gemacht hatte und ihr Strickzeug sortierte.

„Der ist sauer, weil sein Sohn nicht spielt", antwortete Gabi.

„Ach so", lachte die Frau im Stuhl. „Aber er hat den Kleinen doch noch gar nicht angeschrien."

„Kommt noch, wart's ab", lachte auch Gabi, zog eine Packung Kekse aus der mitgebrachten Tasche und bot sie ringsum an.

Ein Pfiff ertönte, dann gestikulierte der Trainer die Mannschaft zu sich und sprach auf sie ein. Er deutete verschiedene Kinder aus und schickte sie aufs Feld. Auch Niklas hatte sich inzwischen eingefunden und stand, die Hände auf die Oberschenkel gestützt, vor seinem Trainer. Na los, dachte ich, jetzt zeig schon auf ihn, worauf wartest du? Doch Max redete und redete und machte keine Anstalten, meinen Sohn mit auf den Platz zu schicken. Also, wenn Niklas jetzt nicht spielen würde, dann würde er überhaupt nicht mehr für ... doch da endlich deutete sein Trainer auf ihn, drückte ihm eins der neonfarbenen Leibchen in die Hand und sprach eindringlich auf ihn ein. Mein Sohn nickte, er schien die taktischen Anweisungen des Coaches zu verstehen. Typisch für erstklassige Trainer, dass sie ihre Leitwölfe vor Spielbeginn ein letztes Mal zu sich zitierten, damit diese auf dem Platz zu ihrem verlängerten Arm wurden und die Mannschaft in ihrem Sinne dirigieren konnten. Niklas nickte erneut, dann lief er, ein letztes Rad schlagend, in seine Hälfte und orientierte sich zunächst zum eigenen Tormann. Falscher Platz, Niklas, falscher Platz. Du musst nach vorne, jetzt geh doch nach vorne, was willst du denn da hinten?

„Jetzt geh doch nach vorne!", schrie ich meinem Sohn zu und gab ihm entsprechende Zeichen. „Niklas! Hallo? Geh nach vorne, na los!" Da endlich drehte sich Niklas zu mir um, nickte, sprintete in die Hälfte des Gegners und gesellte sich zum Schlussmann der anderen Mannschaft. Immerhin besser, als vor dem eigenen Tor herumzulungern.

„Na also", sagte Gabi und biss in den Keks. „Wusste ich's doch. Aber er schreit gleich noch mal, pass auf."

Das größte Mittelfeldtalent, das der deutsche Fußball seit Günter Netzer auf den Weg gebracht hatte, stand unbewegt am Torpfosten des Gegners und tauschte sich offensichtlich mit dem Keeper aus. Das Spielgeschehen lief derweil komplett an ihm vorbei. Die Mannschaften jagten dem Ball hinterher und versuchten, ihn irgendwie in eines der beiden Tore zu bugsieren. Welches, war ihnen nach wie vor einerlei, was zur Folge hatte, dass es mir zunehmend schwerer fiel, das Match in Ruhe zu verfolgen. Das Schlimmste aber war, dass all das den Trainer nicht zu stören schien. Max stand seelenruhig am Spielfeldrand, rief den Spielern von Zeit zu Zeit etwas zu und wirkte, als verliefe alles nach einem klaren, mir nicht ersichtlichen Plan. Wie um alles in der Welt sollte er einen Eindruck von den Fähigkeiten meines Sohns bekommen, wenn dieser erst einen einzigen Ballkontakt zu verzeichnen hatte, und den nur deshalb, weil er versehentlich angeschossen wurde und das Leder von seinem Schienbein ins Seitenaus geprallt war?

„Du musst dich anbieten, Niklas. Spiel dich verflucht noch mal frei, damit du den Ball kriegen kannst! Auf, auf, auf!"

„Bingo", sagte die Strickerin. „Woher wusstest du das?"

„So sind sie alle", antwortete Gabi. „Wenn ihr Knirps nicht sofort Kapitän wird, drehen sie durch."

Meine aufmunternden Worte zeigten Wirkung Tatsächlich löste sich Niklas von seinem angestammten Platz, lief mal hierhin, mal dorthin, fand allerdings nur schwer ins Spiel. Andererseits stand er als Einziger praktisch immer frei, da die anderen fünf Feldspieler grundsätzlich gemeinsam dem Ball nachjagten und die Torhüter darauf warteten, dass, aus welchem Grund auch immer, irgendwann einmal ein Torschuss auf sie abgegeben wurde.

Als ich schon alle Hoffnung auf ein erfolgreiches Debüt von Wenninger Junior aufgegeben hatte, passierte das zu diesem Zeitpunkt nicht mehr Erwartbare: Aus unerfindlichen Gründen löste sich der Ball aus dem Spielerknäuel und rollte meinem Sohn direkt vor die Füße.

„Schieß!", schrie ich wie entfesselt. „Niklas, schieß das Ding rein!"

Und das Wunder geschah: Mein Sohn, mein eigen Fleisch und Blut, mein ganzer Stolz nahm sich ein Herz, traf den Ball geradezu ideal und drosch ihn mit dem Vollspann auch noch ins richtige Tor, nämlich in das das Gegners.

„Toooooooooooooooooooor!", brüllte ich und rannte einem Rumpelstilzchen gleich Richtung Platz. Der Spieler des Tages hatte seinen Einstand mit dem Tor des Monats gekrönt. Was für ein Schuss! Selbst Neuer wäre da machtlos gewesen.

Folgerichtig umarmten die Mitspieler ihren Helden und warfen sich auf ihn, dass ich Angst bekam, ob sein schmächtiger Brustkorb die Last des Teams unbeschadet überstehen würde. Doch bevor ich einschreiten musste, ließen sie von ihm ab, Niklas rappelte sich auf und schlug, seinen Erfolg feiernd, erst einmal ein weiteres Rad. Von mir aus, dachte ich, ich hatte schon dämlichere Torjubelvarianten gesehen. Da ich ihn nicht in Verlegenheit bringen und ihn diesen Moment ganz für sich allein auskosten lassen wollte, blieb ich mit Tränen in den Augen in einiger Distanz zum Platz stehen. Das, dachte ich, das bedeutete für meinen Filius einen Stammplatz bei Rot-Schwarz.

Als etwas später das Spiel und damit gleichzeitig das Training beendet war, schritt ich, in mich gekehrt wie weiland der Kaiser, über das Gelände und kostete den Moment des Sieges aus. Mein Sohn hatte das einzige, das entscheidende Tor geschossen. Es war eine gute, eine weise Entscheidung gewesen, ihn hier, in dieser Talentschmiede, anzumelden. Apropos: Angemeldet war Niklas ja noch gar nicht. Das musste ich unbedingt nachholen, schließlich fand am Wochenende das Turnier statt, und dafür musste mein Sohn offiziell zum Verein gehören. Ich fragte Max, der mich jedoch auf die Webseite des Vereins verwies.

„Da kannst du dir das Formular herunterladen und uns zuschicken. Das geht am Schnellsten."

„Wird gemacht", antwortete ich und nutzte die Gelegenheit, um den Eindruck des Trainers von seinem Schützling zu erfragen. „Und?", erkundigte ich mich so beiläufig wie möglich. „Was sagst du als Fachkraft zum Potenzial von Niklas?"

„Schöner Schuss", sagte Max.

„Hat dich das Tor nicht an etwas erinnert?", wollte ich wissen.

„Erinnert? An was?", fragte er zurück.

„Na komm", lächelte ich und senkte verschwörerisch die Stimme. „Ich sage nur: Bar-ce-lo-na."

Max sah mich ungläubig an. Ich sah schon, ich musste ihm auf die Sprünge helfen.

„Der junge Messi."

„Messi. Ah, verstehe, klar."

„Ein Jahrhunderttalent."

„Unbestritten."

Ich war froh, dass Max meinen Sohn genauso einschätzte wie ich. Jung war er, dieser Trainer, vielleicht etwas lax in seinen Methoden. Aber er hatte ein Händchen für begnadete Kicker. Für die, die es wirklich drauf hatten. Freundschaftlich boxte ich ihm auf den Oberarm, Max lächelte verlegen. Dann drückte er Niklas das Vereinstrikot in die Hand, das er beim Turnier tragen sollte. Sein erstes Trikot. Vorsichtig befühlte ich die Kunstfaser. In ein paar Jahren wäre das Stück sicher ein Vermögen wert. Ich nahm mir vor, es nach dem Turniersieg rahmen zu lassen, dann verabschiedete ich mich bis Samstag, schnappte meinen Sohn und verließ die Arena.

Eine weitere Woche später begleitete die komplette Familie Wenninger den Jungstar von Rot-Schwarz Dornbusch zu seinem ersten offiziellen Auftritt. Während sich meine Frau beim Trainer als Mutter von Niklas vorstellte, legte sich meine Tochter Emma auf den Rasen und las. Sie wäre viel lieber zu Hause geblieben und hätte Blockflöte geübt, doch heute würde sie Zeuge eines historischen Ereignisses werden, daher hatte ich auf ihre Anwesenheit gepocht.

Während sich Niklas umzog, kam unvermeidlicherweise Gabi auf uns zu, in der Hand ein Weizenbier. Alkoholfrei, nahm ich an.

„Tag die Herren ... oh ... und Damen", begrüßte sie uns. „Seid ihr heute mit der ganzen Familie angereist, das ist ja süß. Dann hoffen wir doch mal, dass Niklas heute auch spielen wird, hm?"

„Das steht nach seinem spielentscheidenden Tor letzte Woche wohl außer Frage."

„Ja, bestimmt. Wenn Max das genauso sieht. Oh, wie schön, Niklas, du hast ja schon ein eigenes ... Moment mal, was ist denn das da?"

Gabis Gesichtsausdruck verhärtete sich, als sie Niklas' Trikot in Augenschein nahm.

„Das ist mein Trikot", antwortete Niklas wahrheitsgemäß.

„Das sehe ich. Ich meine ... das da. Dreh dich mal."

„Das ist seine Rückennummer. Die Zehn", klärte ich sie auf.

„Wir haben hier keine Rückennummern."

„Naja, ihr vielleicht noch nicht, aber Niklas schon. Hab ich ihm extra aufflocken lassen."

„Sorry, aber das geht auf gar keinen Fall. Damit kann Niklas nicht spielen. Und überhaupt: Wenn hier einer ein Trikot mit der Nummer Zehn verdient hätte, dann ja wohl Oskar. Der spielt schließlich auf dieser Position."

„Ich denke, das entscheiden nicht Sie."

„Und Sie erst recht nicht, mein Lieber."

Damit zog sie wutentbrannt ab und stampfte Richtung Max, während Niklas die Tränen in die Augen schossen und er mich fragte, ob es stimmte, dass er heute nicht spielen dürfe.

„Natürlich darfst du spielen, Niklas. Dafür werde ich schon sorgen. Das hat nicht die böse Hexe zu entscheiden, sondern dein Trainer."

Hexe und Trainer standen derweil am Spielfeldrand. Gabi sprach wild gestikulierend auf Max ein und deutete dabei abwechselnd auf meinen Sohn und auf mich, bis sich schließlich beide auf den Weg zu uns machten.

„Hi", begrüßte mich Max. „Ich hab gehört, dass es Schwierigkeiten mit dem Trikot von Niklas gibt."

„Keine Schwierigkeiten, nur ein paar mütterliche Eifersüchteleien. Kinderkram", antwortete ich.

„Zeig doch mal, Niklas", sagte Max und betrachtete das Hemd seines Schützlings. „Tolles Hemd", befand er. Triumphierend lächelte ich Oskars Mutter an. „Aber leider kannst du das nicht anziehen."

„Wie jetzt?", fuhr ich ihn an.

„Sorry, aber wir haben hier keine Nummern. Bei unseren Bambinis gibt es keine festgelegten Positionen. Bei den ganz Kleinen ist das noch alles spielerisch, die Trikots tragen sie nur, damit sie wissen, dass sie zu einem Team gehören. Von mir aus könnten sie auch T-Shirts tragen. Und das hier ... das geht leider gar nicht."

Max deutete auf den Schriftzug, den ich eigens auf Niklas' Brust hatte aufdrucken lassen: *Anwaltskanzlei Wenninger & Partner. Von Fall zu Fall an Ihrer Seite.*

„Hab ich doch gesagt, Max. Unmöglich, echt", mischte sich Gabi ein.

„Tut mir leid, Werbung auf den Trikots möchten wir bei uns nicht. Komm, Niklas, ich hab bestimmt noch ein anderes Hemd für dich."

„Aber Niklas spielt doch auf der Zehn, oder?"

„Wenn einer die Zehn spielt, dann Oskar."

„Halten Sie sich da mal raus", bremste ich die Furie.

„Was erlauben Sie sich? Sie und ihr gänseblümchenpflückender, herumturnender Spross?"

„So, jetzt beruhigen wir uns alle mal wieder", versuchte der Trainer zu beschwichtigen, doch inzwischen hatte Niklas bereits zu heulen begonnen, was meine Frau wiederum in großen Aufruhr und schnellen Trab versetzte. Sie hatte sich gerade am Getränkestand mit demselben – Gabis unmöglichem Verhalten nach zu urteilen wohl doch alkoholischen – Getränk versorgt, das mir Oskars Mutter just in diesem Moment über mein nicht eben günstiges Ralf Lauren Polohemd schüttete, was auch Gabis Sohn mitbekam, der daraufhin ebenfalls aufgeregt zu uns gelaufen kam und, als er des Geschrei der Erwachsenen und des Geheules seines Mitspielers gewahr wurde, ebenfalls zu plärren anfing.

„Schluss jetzt!", fuhr uns der Trainer an, doch da hatte er bereits Sybilles Weizenbier im Nacken, das eigentlich für die hysterische Mutter des Mitspielers bestimmt gewesen war.

„Oh Entschuldigung Max, das war so nicht ..."

„Schluss! Aus!", rief der ebenso triefende wie überforderte Juniorentrainer. „Oskar und Niklas, ihr beiden bleibt erst einmal draußen, bis sich eure Eltern wieder beruhigt haben. Und ihr ..." Max fuchtelte mit dem Finger zwischen Gabi, meiner Frau und mir hin und her, scheinbar abwägend, welchen der Erwachsenen er als Hauptübeltäter identifizieren sollte, bis der Finger – natürlich – bei mir Halt machte.

„Euch alle will ich heute nur noch in ganz, ganz weiter Distanz sehen, verstanden? Ihr solltet euch schämen, euren Kindern so den Spaß zu verderben. Ihr seid wirklich eine Schande."

Damit ließ er uns zugegebenermaßen etwas bedröppelt stehen und begab sich zu den anderen Kindern, während die Eltern der beteiligten Vereine, aber auch die Trainer der Turniermannschaften kopfschüttelnd zu uns herübersahen, als wären sie gerade Zeuge eines drittklassigen Kampfes im Schlammcatchen geworden.

„Gratuliere", fauchte ich Gabi an.

„Leck mich", antwortete sie und zog von dannen, während meine Frau ihre Sachen packte, Emma schnappte und mich mit den Worten verließ, dass ich das ja schön hingekriegt hätte und dass sie es ihrerseits vorzöge, den Rest des Nachmittags zu Hause zu verbringen, und ich könnte mich ja melden, wenn der Spuk vorbei sei.

Nach diesem für alle Unbeteiligten unschönen Verlauf des Events begann das Turnier dann schließlich doch noch, wenn auch mit leichter Verspätung. Max machte seine Drohung wahr und ließ die unschuldigen Kinder der Streithähne im ersten Spiel außen vor. Ein, wie ich fand, pädagogisch ausgesprochen fragwürdiges Unterfangen, aber gut, was konnte man von einem unerfahrenen, vermutlich schlecht oder gar nicht ausgebildeten Hilfstrainer schon erwarten?

Niklas und Oskar hatten den Zwist ihrer Eltern hingegen schnell vergessen und feuerten sämtliche am Turnier beteiligten Mannschaften gleichermaßen an. Elf Freunde sollt ihr sein, ging es mir durch den Kopf und erfreute mich am Fairplay der Kinder. Das war echter Sportsgeist.

Ein Verhalten, das auch Oskars Mutter gut zu Gesicht gestanden hätte, doch die Furie würdigte mich während des Turnierverlaufs keines Blickes mehr. Selbst da nicht, als Niklas und Oskar beim nächsten Spiel gemeinsam zum Einsatz kamen und Oskar auf Vorlage meines Sohns ein zugegebenermaßen sehenswertes Tor schoss und der Mannschaft von Rot-Schwarz nicht nur zum Sieg, sondern auch zum dritten Platz in der Abschlusstabelle verhalf.

Als das letzte Spiel vorbei war und sich die Mannschaften unter dem Applaus der Zuschauer ihre Medaillen abgeholt hatten, trottete Niklas mit hängendem Kopf auf mich zu. Oje, die Enttäuschung über den verpassten Turniersieg schien ihn offenbar tief zu treffen.

„Hey Sportsfreund", versuchte ich ihn aufzubauen. „Der dritte Platz beim ersten Turnier ist ein schöner Erfolg. Beim nächsten Mal spielst du von Anfang an, und dann gewinnt ihr, du wirst sehen."

Niklas nickte stumm und wirkte weiterhin bedrückt. Oder war Gabis peinlicher Ausraster der Grund für seine Laune?

„Du, und Oskars Mutter ... weißt du, manchmal sind Mamas so. Die wollen unbedingt, dass ihr Kind das Beste ist, auch wenn sie froh sein können, wenn es den Ball überhaupt trifft, und dann sind sie neidisch auf so ungewöhnliche Talente wie dich."

Wieder nickte Niklas, doch seine Laune wollte sich partout nicht aufhellen. Was hatte der Star vom Dornbusch nur?

„Eshrff ...", hörte ich ihn endlich unverständlich nuscheln.

„Was sagst du?"

„Eslem hört auf", sagte er dann leise, doch einigermaßen deutlich.

„Eslem? Wieso das denn?", fragte ich ehrlich verwundert. Das Mädchen war zwar ein Mädchen, hatte aber zweifellos Talent.

„Sie geht jetzt turnen", schluchzte Niklas und drückte sich an mich, etwas das normalerweise ganz und gar nicht seiner Art entsprach. Eslems Wechsel der Sportart schien meinen Sohn zu bedrücken. Daran war nur das Radschlagen schuld.

„Das wird ihr bestimmt großen Spaß machen, auch wenn sie wirklich super Fußball spielt. Aber dann spielst du eben mit den ande ..."

„Ich will auch turnen gehen, Papa."

„Turnen?" Das Kind stand unter Schock. „Was willst du denn mit Turnen, Niklas? Du bist doch *das* Fußballtalent."

„Ich will aber turnen", stieß Niklas unter Tränen hervor und zog sich das anonyme, nummernlose Trikot vom schmächtigen Leib. Oh mein Gott, schwante es mir, der Junge war verliebt. Ein Vater spürte das.

„Aber wie soll das denn gehen? Fußball und Turnen? Du kommst doch jetzt in die Schule, da hast du sowieso nicht mehr so viel Zeit, und dann geht bestimmt nur eins von beiden."

„Ich will lieber turnen."

Es war sinnlos. Eslem hatte ihm komplett den Kopf verdreht. Und jetzt? Was konnte ich tun? Das Talent meines Sohnes vergeuden und ihn wegen eines kleinen Mädchens zum Radschlagen animieren?

Eslem kam auf uns zugelaufen, setzte sich neben ihren weinenden Freund und drückte ihn.

„Hast du deinen Papa gefragt?"

Niklas nickte stumm.

„Und was hat er gesagt?"

Niklas zuckte mit den Schultern. Das war unfair. Eslem sah mich mit großen braunen Augen an Die beiden kämpften eindeutig mit unfairen Mitteln.

„Und? Darf er, Niklaspapa?"

„Na schön", gab ich schweren Herzens nach. „Du kannst dir ja mal ansehen, ob das überhaupt was für dich ist. Wenn nicht, gehst du wieder Fußball spielen."

Niklas und Eslem sprangen auf und tanzten herum, als wären sie gerade Pokalsieger geworden. Turnen, dachte ich. Das roch nach miefigen Hallen und kreidiger Luft. Geld verdienen konnte man damit sowieso nicht. Als Erstes musste ich mich dringendst erkundigen, ob in Eslems Verein wenigstens russische oder rumänische Trainer die Verantwortung trugen. Wenn die nur ein bisschen Purzelbaum übten, konnte er es auch gleich sein lassen. Eine Olympiateilnahme war für mich das Minimalziel, eine Medaille um einiges erstrebenswerter. Dann würde Niklas wenigstens ein paar Werbegelder mitnehmen und könnte die Verluste aus der verpassten Champions League etwas abfedern.

Ich packte Niklas' Sachen, der es vorzog, mit Eslem Fangen zu spielen, und schlenderte grußlos an Gabi und Max vorbei, die längst wieder das Büffet für sich entdeckt hatten. Nein, mit Sicherheit wäre das nicht der richtige Verein für meinen Sohn gewesen. Ich warf das liebevoll mit der Zehn beflockte

Trikot in den blauen Plastikmülleimer und rief meine Frau an. Sie könne uns jetzt abholen, ließ ich sie wissen, und dass sich die Karrierepläne unseres Sohns gerade entscheidend geändert hätten. Es hätte etwas mit einer Frau zu tun, aber das würde ich ihr später genauer erklären.

DER FLÜGELSCHLAG DES
SCHMETTERLINGS

Die folgende Geschichte ereignete sich an einem Samstag im September letzten Jahres. Die Wetteraussichten für Frankfurt waren frühherbstlich gut, die Nachrichten gewohnt schlecht, es war also alles wie immer, und niemand hätte vorausahnen können, was in den kommenden Stunden, ausgehend von einem Ereignis in der Innenstadt, noch geschehen würde. Das Ganze begann am späten Vormittag um elf Uhr dreiundvierzig, von diesem Augenblick an nahmen die Dinge unaufhaltsam ihren Lauf.

Eine Frau aus dem nahegelegenen Petterweil beugte sich um exakt diese Zeit aus dem geöffneten Fenster ihres Kleinwagens, um dem Automaten des Parkhauses an der Hauptwache ein Ticket zu entnehmen. Auf dem Beifahrersitz wartete, ungeduldig mit den Fingern auf der Armlehne trommelnd, ihr hochbetagter Vater, der noch immer am liebsten selbst gefahren wäre, hätte er nicht vor drei Jahren aus Vernunfts- wie aus Altersgründen seinen Führerschein abgeben müssen. Das allerdings hinderte ihn nicht daran, seiner Tochter seit der Abfahrt vor einer knappen Stunde genaueste Anweisungen zu geben, wie sie sich auf der Straße zu verhalten hätte, worauf es im dichten Großstadtverkehr zu achten galt, wer wann warum vorfahrtberechtigt wäre und wann es an der Zeit sei, den nächsthöheren Gang einzulegen.

Die Frau, die sich seit drei Jahrzehnten unfallfrei im Straßenverkehr fortbewegte und aus diesem Anlass von ihrer Versicherung erst kürzlich ein Gratulationsschreiben erhalten hatte, fuhr in der Regel einmal die Woche gemeinsam mit dem Vater nach Frankfurt. Sie erledigten notwendige Einkäufe für ihn, aßen in der Kleinmarkthalle eine Kleinigkeit oder spazierten durch die Stadt, um zu sehen, ob sich in der vergangenen Woche wieder etwas Grundlegendes verändert hatte. Denn schon seit Jahren erkannte ihr Vater, gebürtiger Ginnheimer, seine Heimatstadt kaum wieder. Hier stand damals dies, dort stand damals das, und dieses Haus hier, meinte er erst neulich, das mussten sie wohl letzte Woche errichtet haben, denn das hatte beim letzten Besuch definitiv noch nicht gestanden, da war er sich ganz sicher.

An manchen Tagen lag der Redeanteil des alten Herrn bei rund hundert Prozent. Üblicherweise focht das seine Tochter nicht an, sie kannte seine Geschichten natürlich längst und hätte sie samt und sonders ohne ihn zu Ende erzählen können. Doch manches Mal wurde es selbst ihr zu viel. Dann blutete ihr ob des Vaters Einlassungen noch vor der Friedberger Warte das Ohr und sie vernahm ein leichtes, hohes Pfeifen, das da weiß Gott nicht hingehörte, sich aber noch Stunden danach hartnäckig hielt.

Der Samstag, an dem diese Geschichte passierte, war einer jener Tage. Als die Frau das Ticket aus dem Automaten zog, sich die Schranke hob und sie währenddessen unablässig zu hören bekam, worauf sie beim Einfahren ins Parkhaus zu achten hätte, wo sich in der Regel die besten Parkplätze befänden, in die selbst sie gefahrlos würde einparken können und dass sie gefälligst aufpassen solle, denn die spiralförmige Auffahrt sei verflixt eng gebaut, nicht dass sie noch hängen bliebe, da riss der Frau ohne Vorwarnung und ganz gegen ihre Gewohnheit der Geduldsfaden. Sie trat, kaum dass sie die geöffnete Schranke passiert hatten, mit voller Wucht aufs Bremspedal.

Der Wagen kam abrupt zum Stehen, wobei ihr Vater nur durch den vorschriftsmäßig angelegten Sicherheitsgurt davon abgehalten wurde, mit dem Schädel die Frontscheibe zu durchschlagen.

Der Fahrerin tat ihre Unkontrolliertheit sofort leid und bat den alten Herrn um Entschuldigung, doch solle er ihr bitte den Gefallen tun und im Parkhaus, in das sie sowieso nicht gerne fuhr, das für ihre Zwecke jedoch ideal gelegen war, wenigstens bis zum Abstellen des Motors zu schweigen. Der Vater reagierte eingeschnappt, jetzt läge es wohl auch noch an ihm, wenn sie den Wagen nicht unter Kontrolle hätte, das wäre ja noch schöner, und sie solle endlich fahren, sie hielte noch den ganzen Verkehr auf.

„Du kannst auch aussteigen!", schimpfte die Frau und wartete die Antwort des Seniors erst gar nicht ab, sondern legte mit ebenso viel Wut wie Adrenalin den Gang ein und fuhr beherzt los.

Unglücklicherweise und eindeutig der Situation geschuldet verwechselte sie dabei den ersten mit dem Rückwärtsgang, schoss nach hinten weg und wurde erst von der bereits wieder abgesenkten Parkschranke gebremst, die weder der Kraft des Kleinwagens noch der Rage der Fahrerin etwas entgegenzusetzen hatte und sich umgehend und begleitet von einem unschönen Geräusch nach schräg oben weg bog.

„Herzlichen Glückwunsch, das hast du jetzt davon", kommentierte der Vater die Situation wenig hilfreich, während seine Tochter ausstieg, um den Schaden zu begutachten. Sie betrachtete das Malheur aus der Nähe und ahnte sogleich, dass dies nun also ihr erster Versicherungsfall werden würde. Und während sie bereits überlegte, wo sie sich wie zu melden hätte und nach einem Mitarbeiter Ausschau hielt, bekam sie nicht mit, dass ihr Vater in der Zwischenzeit auf den Fahrersitz gerutscht war, um endlich die Unfallstelle zu räumen; schließlich war hinlänglich bekannt, dass man sich darum als Erstes kümmern müsse, um den fließenden Verkehr nicht weiter zu behindern.

Die Frau staunte daher nicht schlecht, als ihr Auto, das bislang nur einen Glasschaden an der Heckscheibe zu verzeichnen hatte, abermals rasant rückwärts beschleunigte, die Schranke diesmal jedoch vollständig wegsprengte und sich zudem mit der Anhängerkupplung in die Wabenstruktur des

Stoßfängers des bis dahin geduldig hinter ihnen wartenden Audis bohrte, dessen Fahrer mit einer derartigen Zuspitzung der Ereignisse wahrhaftig nicht gerechnet hatte.

Fassungslos betrachtete die Frau die ineinander verkeilten Fahrzeuge. Da half es auch wenig, dass ihr Vater ausstieg, die Sachlage begutachtete und konstatierte, dass es sich bei den Wracks lediglich um leicht zu behebende Bagatellschäden handele.

Während der Mann am Steuer des Audis noch im Wagen sitzend zum Handy griff, um die Verabredung, wegen der er in zehn Minuten im Café unweit des Goethehauses hätte sein sollen, abzusagen, ertönte ein ebenso lauter wie nervzerreißender Hupton, der dem Polo an der Ausfahrtsschranke galt, dessen Fahrzeuglenker genau in dem Moment ausfahren wollte, als er Zeuge des Doppelunfalls auf der Gegenspur wurde und vor Schreck seinerseits den Parkschein fallen ließ, der, kaum auf dem Betonboden aufgeschlagen, von einer Windböe fortgetragen und auch von keinem der Passanten aufgehalten wurde, die vom Geschehen unbeeindruckt ihres Weges gingen.

Nun muss man wissen, dass der Polo bereits älteren Baujahrs war und sich von der Geräumigkeit her mit dem Modell gleichen Namens, das noch heute verkauft wird, keineswegs vergleichen ließ. Dieser Polo war ausgesprochen eng gebaut, und so konnte dessen Fahrer weder zur Fahrertür aussteigen, weil ihm dort der Automat der intakten Ausfahrtschranke den Weg versperrte, noch war er in der Lage, über die Beifahrerseite den Wagen zu verlassen, da sich auf dem Sitz der Koffer einer Tuba befand, des Instruments, das er heute Abend im Hoch'schen Konservatorium zu spielen gedachte. Von den Koffern der Trommeln und Pauken, die sich auf der Rückbank und im Kofferraum befanden, und die er freundli cherweise für den Perkussionisten beförderte, ganz zu schweigen.

Das alles konnte der Mercedes, der dahinter wartete und ausfahren wollte, natürlich nicht wissen. Daher blieb dessen Fahrerin nur der konstante Druck aufs Lenkrad und, dadurch betätigt, der nicht weniger ununterbrochene Ton der Autohupe, dem sich ein hinter ihm ausharrender Van anschloss, dessen Hupton sich mit dem des Mercedes zu einer unreinen Terz verband, wie der Tubaspieler an Bord des Polo fachkundig bemerkte, was dessen Situation jedoch auch nicht wirklich verbesserte.

Ebenfalls um eine Verbesserung seiner persönlichen Lage bemüht, war derweil der alte Herr, der, so gab er seiner Tochter zu verstehen, seine Zeit auch nicht gestohlen hätte und sie mit den Worten zurückließ, dass sie sich, sobald sie das Schlamassel geklärt hätte, am Wurststand der Kleinmarkthalle treffen könnten. Sie solle sich aber gefälligst beeilen, schließlich hätten sie noch einiges vor, und damit verschwand er im Getümmel der mittlerweile eingetroffenen Schaulustigen.

In der Zwischenzeit begann sich der Verkehr innerhalb wie außerhalb des Parkhauses zu stauen, was zu einer kakofonischen Geräuschkulisse führte, die nicht wirklich zur Beruhigung der Situation beitrug. Ebenso wenig wie die lose Gehwegplatte, über die der Audi-Fahrer stolperte, als er zwecks Klärung der Unfallursache auf die Fahrerin des Kleinwagens zuging. Sein Stolpern und der dadurch verursachte Sturz auf die noch immer nach Hilfe Ausschau haltende Frau konnte und wurde von einer Gruppe junger Männer, die das Geschehen seit geraumer Zeit mit dem Handy filmten, als Angriff gewertet, sodass sich zwei von ihnen spontan aus der Zuschauerschar lösten, zu Hilfe eilten, den Audifahrer überwältigten und zu Boden warfen.

Das wiederum wurde von der Aufsichtsperson, die inzwischen aus der frühen Mittagspause zurückgekehrt und von den Ereignissen rund um die Parkschranken fraglos überrascht worden war, mit großem Erstaunen auf dem Monitor der Überwachungskamera verfolgt, was einen sofortigen Anruf bei der Polizeileitstelle zur Folge hatte. Nein, genau könne er leider auch nicht sagen, was da gerade vor seinen Augen passiere, aber man solle doch bitte ein Einsatzkommando vorbeischicken, bevor die Lage weiter eskaliere, fasste der Parkwächter die Situation zusammen und bekam direkt darauf am Bildschirm mit, dass die jugendlichen Helfer nun ihrerseits attackiert wurden.

Denn einem Anflug von Zivilcourage folgend, waren mehrere Personen unabhängig voneinander Zeuge geworden, wie der Audi-Fahrer zu Boden gegangen war und griffen sofort beherzt in das Geschehen ein, was einem der Ersthelfer einen Hieb auf den Oberkiefer und den damit verbundenen Verlust eines Schneidezahns einbrachte, bevor die übrigen jungen Männer wiederum ihre Smartphones wegstecken konnten, um nun ihrerseits ihre Freunde vor der Attacke der Schaulustigen zu retten.

Es war etwa zwölf Uhr dreißig, als sich die Lage weiter zuspitzte. Inzwischen stauten sich die Autos vor dem Parkhaus bis weit auf die Berliner Straße ostwärts und durch den Kornmarkt sowie die Braubachstraße Richtung Südwesten. Ein Zustand, den ein zufällig vorbeikommender und gleichwohl höchst aufmerksamer Radiohörer registrierte, der seit Kurzem als Staureporter fungierte und das stetig zunehmende Verkehrschaos in der Frankfurter City eiligst dem Sender meldete, der die Verkehrsmeldung nicht nur ins Programm aufnahm und die Hörer aufforderte, die Innenstadt tunlichst mit öffentlichen Verkehrsmitteln anzufahren, sondern auch gleich noch eine Reporterin mit dem Auftrag an die Hauptwache entsandte, die Ursache für den Stau herauszufinden.

Als die Journalistin ihr Fahrrad gegen dreizehn Uhr an einen Ständer unweit der Katharinenkirche anschloss, bemerkte sie als Erstes die Blaulichter der quer auf der Straße abgestellten Mannschaftswagen der Polizei, mit denen das Gelände inzwischen weiträumig abgesperrt worden war. Denn zu der unübersichtlichen Situation am Parkhaus gesellten sich nun zu allem Überfluss noch zwei angemeldete Demonstrationszüge hinzu: zum einen der einer kurdischen Organisation, die auf die Situation ihres Volkes in der Türkei aufmerksam machen wollte, zum anderen planten Gegner industrieller Massentierhaltung gegen das elende Dasein von Nutztieren zu protestieren; beide Gruppen sammelten sich seit einer guten Viertelstunde rund um die Hauptwache und komplettierten das Chaos. Die Kurden beabsichtigten, von der Hauptwache am Parkhaus vorbei Richtung Römerberg zu ziehen, wo deren Abschlusskundgebung stattfinden sollte, während die Tierschützer ihrerseits zu einem Sternmarsch aufgerufen hatten, dessen einer Zug vom Ostend aus kommend, sich über die Berliner Straße am Parkhaus vorbei Richtung Goetheplatz hätte bewegen sollen, wenn, nun wenn sich denn überhaupt etwas bewegt hätte.

Denn tatsächlich bewegte sich in der Innenstadt rein gar nichts mehr. Wie der Pilot des Polizeihubschraubers, der seit einigen Minuten direkt über dem Kornmarkt kreiste, über Funk mitteilte, stand der Verkehr inzwischen von der anderen Mainseite im Süden bis zum Alleenring im Norden und vom Hauptbahnhof im Westen bis fast zum Ostbahnhof in entgegengesetzter Richtung.

Als die Polizeikräfte an der Hauptwache versuchten, das Chaos rund um das Parkhaus mittels Aufforderungen per Megafon aufzulösen, bezogen die Massentierhaltungsgegner, die mittlerweile an den gestauten Fahrzeugen vorbei Richtung Hauptwache abgebogen waren, die Anweisungen der Ordnungskräfte auf sich und ließen sich empört auf der Straße nieder, bereit, sich von der Staatsmacht wegtragen zu lassen, so dies denn angeordnet werden würde.

Widerstand, Widerstand, rufend, verstanden sie zwar nicht, was hier vor sich ging, hatten aber das Gefühl, dass ihr Protest schon jetzt ein schöner, medienwirksamer Erfolg werden würde. Daher konnte auch niemand nachvollziehen, warum plötzlich eine Bierflasche über ihren Köpfen vorbeiflog, die zu allem Unglück auf der Frontscheibe eines Mannschaftsbusses zerplatzte, was die Ordnungshüter so natürlich nicht im öffentlichen Raum stehen lassen konnten.

Auch die im Nachhinein ausgewerteten Videos der zahlreichen Überwachungskameras gaben letztendlich keinen hundertprozentigen Aufschluss darüber, ob die Flasche a) aus den Reihen der Tierschützer geflogen kam, was aber recht unwahrscheinlich schien, da es sich bei dem Wurfgeschoss um industrielle Massenware, nicht aber um das Produkt einer kleinen Craftbeer Brauerei handelte, oder b) von einem der Kurden stammte, was ebenfalls niemand bestätigen konnte und auch keinen wirklichen Sinn ergab, da die kurdischen Demonstranten mit der Angelegenheit nur am Rande zu tun hatten. Viel eher könnte die Flasche c) von einem der angetrunkenen Auswärtsfans geworfen worden sein, die seit den späten Morgenstunden in der Frankfurter City vorglühten, um in Bälde die S-Bahn Richtung Stadion zu besteigen, dann jedoch von ihrem Vorhaben abgehalten wurden, als sie einigermaßen unvorbereitet in die Massenschlägerei an der Hauptwache verwickelt worden waren, die dem anonymen Flaschenwurf zwangsläufig folgte. Nicht auszuschließen, aber eher unglaubwürdig war die Theorie eines einzelnen Polizeibeamten, der bei einer später anberaumten Dienstbesprechung als Urheber des Vorfalls ein Rentnerpärchen hatte ausmachen wollen, aus dessen Richtung die Flasche angeblich geflogen wäre und das Augenblicke später mitsamt ihrer Rollatoren in ein nahe gelegenes Geschäft für Bürobedarf flüchten konnte.

Als die Polizeikräfte daraufhin wenig zimperlich begannen, die Demonstranten wegzutragen, sich einige wartende Autofahrer vor dem Parkhaus mit aggressiven Schaulustigen prügelten, die Auswärtsfans das Geschehen wiederum mit *Wir schlagen sie! Heute oder nie!*-Gesängen begleiteten, was recht gut zur spannungsgeladenen Atmosphäre passte, und die Kurden etwas abseits versuchten, sich von all dem nicht beeinflussen zu lassen, damit ihr Protestzug einigermaßen geordnet vonstattengehen konnte, bekam niemand mit, dass zwischenzeitlich ein Rettungswagen eingetroffen war, aus dem jetzt zwei Sanitäter sprangen und auf das Parkhaus zueilten. Und nein, sie kümmerten sich nicht etwa um die Leichtverletzten, die nach wie vor aktiv am Werk waren, geschweige denn um die offensichtlich unter Schock stehende Unfallverursacherin, die wirr umherblickend und mit pfeifenden Ohren nach ihrem Vater Ausschau hielt, der in der Kleinmarkthalle längst einen ersten Imbiss verspeist hatte und über die Abwesenheit seiner Tochter zunehmend verstimmt war. Nein, die Sanitäter drangen stattdessen durch die Menschenansammlung in das Zwischengeschoss zwischen viertem und fünftem Stock, in die Abfahrt zwischen den beiden Etagen, um genau zu sein.

Dort nämlich war einer jungen Frau aus dem Hochtaunuskreis um Punkt dreizehn Uhr zweiundzwanzig unvorhergesehen die Fruchtblase geplatzt, ein Ereignis, das den Aussagen ihrer Gynäkologin zu Folge frühestens in acht Tagen hätte passieren dürfen. Und da die Hochschwangere aus ungeklärten Gründen bereits seit anderthalb Stunden im Parkhaus feststeckte, sie den Weg ins Erdgeschoss nie im Leben zu Fuß hätte bewerkstelligen können und ihr Freund sein Handy vor lauter Fangesängen am S-Bahngleis des Stadions sowieso nicht hören würde, wusste sie sich nicht anders zu helfen, als die Notruftaste ihres Mobiltelefons zu betätigen.

Die Besatzung des Rettungswagens erreichte die Gebärende um vierzehn Uhr zweiundfünfzig, und nachdem die Helfer sich über die zielführendste Vorgehensweise geeinigt hatten, transportierten sie die junge Frau nicht etwa quer durch das Parkhaus und die ebenerdig wartenden prügelnden Passanten zum mit eingeschaltetem Blaulicht bereitstehenden Einsatzfahrzeug, sondern verfrachteten die Mutter in spe kurzerhand auf die Ladefläche ihres Kombis, wo sie um fünfzehn Uhr fünfunddreißig unter Applaus und dem anerkennenden Hupkonzert der um sie herum wartenden Fahrzeugführer schließlich einen gesunden Jungen zur Welt brachte, dem die ebenso glückliche wie erschöpfte Frau ohne Rücksprache mit dem Kindsvater den Namen Martin Romeo Youssef gab. Der Rufname war dem Schützen des ersten Tors im kurz zuvor angepfiffenen Fußballspiel vorbehalten, das während der Geburt im Radio übertragen wurde und das der Abwehrhüne der Heimmannschaft just in der Minute ins gegnerische Netz köpfte, als der Schädel des Jungen im Fond des Fahrzeugs sichtbar wurde. Der zweite Name war eine Reminiszenz an den Geburtsort des Kindes, und da *Innenstadt* weit weniger romantisch klang als beispielsweise *Brooklyn*, musste eben der Name des zum Kreißsaal umfunktionierten Kombis herhalten. Den dritten Namen entlieh die Mutter hingegen dem des Rettungssanitäters und bestimmte ihn auch gleich zum Patenonkel des Jungen, wofür sich der junge Mann gerührt bedankte, bevor er seinen Patensohn in spe an einem Fenster des Parkhauses stolz der Menge präsentierte.

Halleluja, lobet den Herrn! pries der schwarze Prediger, der normalerweise auf der Zeil zugange war und den Aufruhr rund um den Kornmarkt als einmalige Chance sah, möglichst viele Schäfchen zu erreichen, die Geburt des neuen Erdenbürgers. Das führte dazu, dass jemand, dem der lautstarke missionarische Eifer wohl nicht nur heute gehörig auf die Nerven ging, dem Gottesmann unerkannt den Stuhl unter den Füßen wegtrat, was diesen zu Fall und die für einen Moment ins Stocken geratene Schlägerei flugs wieder in Schwung brachte, bei der sich der Prediger anschließend gar nicht mal so schlecht schlug, wie Umstehende anerkennend feststellen mussten.

Inzwischen hatten auch die bis dato gänzlich unbeteiligten Kurden, die sich eben noch ebenso friedlich wie planmäßig ihren Weg durch die prügelnde Menge zur Abschlusskundgebung am Römerberg hatten bahnen wollen, ins Geschehen eingegriffen. Als die ersten von ihnen von zwei ineinander verschlungenen jungen Männern mitgerissen wurden und in den längst abgedeckten Tischen eines Bistros landeten, sahen die Teilnehmer der Demonstration den Moment gekommen, um nunmehr ihren Teil zum Nachmittagsprogramm beizutragen.

Als wenig später die ersten Fahrzeuge mitsamt der Insassen auf die Seite gekippt wurden, hielt eine kalifornische Bloggerin das Ganze gedankenschnell mit ihrem Handy fest und sendete den Clip der aufgebrachten Massen an eine Nachrichten-Webseite, die nicht gerade für ihre seriöse Recherchearbeit berühmt war. Und obschon es dort sehr, sehr früh am Samstagmorgen war, ging der Film mit dem randalierenden Mob sofort und ungeprüft online und wurde noch in der ersten Stunde massenhaft geteilt (was wiederum zur Scheidung eines Wiesbadeners führte, der das Video zufällig zu sehen bekam und darauf nicht nur schlagende Demonstranten, sondern auch seine Frau eng umschlungen im Arm eines Kollegen entdeckte, obwohl diese sich an diesem Vormittag angeblich mit ihrer Freundin Annika zum Sektfrühstück verabredet hatte, aber das nur am Rande).

So ganz konnte sich den vermeintlichen Aufruhr auf dem Videoclip keiner erklären. Den letzten Aufstand hatten die Deutschen schon Jahrzehnte hinter sich. Was wollten sie denn noch? Doch nicht etwa die erneute Trennung in Ost und West? Die Korrespondenten der internationalen Medien, die sich selbst ein Bild der Lage machen wollten, trafen ein, just als auf der Zeil die ersten Scheiben zu Bruch gingen und an der Hauptwache mehrere Hundertschaften Polizei aus Wiesbaden und dem benachbarten Rheinland-Pfalz anrückten.

Als sich der hessische Ministerpräsident nach Rücksprache mit dem Frankfurter Oberbürgermeister schließlich ans Innenministerium in Berlin wandte, um seine Sicht der Dinge darzulegen, pusteten die ersten Wasserwerfer bereits ein paar Tierschützer vor sich her, die nach wie vor gleichermaßen standhaft wie passiv Widerstand leisteten, sich weigerten, die Straße zu verlassen und sich sitzend und singend auf dem Pflaster aneinander geklammert hatten.

Gegen kurz vor sechs spitzte sich die Situation erneut zu, als die ersten, mit heimischen Fußballfans besetzten, Sonderzüge die Hauptwache erreichten und von Tränengasschwaden begrüßt wurden. Das gab natürlich ein großes Hallo, zumal den Fußballfreunden durch eine ebenso unnötige wie unerwartete Heimniederlage sowieso zum Heulen zumute war, da hatte das Schlachtfeld rund um die Katharinenkirche gerade noch gefehlt. Als sie wenig später die Fans der Gästeelf erblickten, die selbst um diese Uhrzeit noch keinerlei Müdigkeitserscheinungen erkennen ließen, entschieden sie sich spontan, bei dem Handgemenge mitzumischen.

Um achtzehn Uhr dreiunddreißig begannen die ersten Geschäfte auf der Zeil, frühzeitig ihre Eingänge zu schließen, da sowieso keine Kunden mehr zu erwarten waren, und die wenigen Passanten, die sich in die Läden verliefen, kamen lediglich, um ihren tränenden Augen eine Pause zu gönnen.

Eine knappe halbe Stunde später war das Chaos in Frankfurt der Aufmacher der *heute*-Nachrichten im *ZDF*, wobei der Clip der amerikanischen Bloggerin über den angeblichen Volksaufstand schnell korrigiert wurde: Längst hatte man aus Berlin verlauten lassen, dass niemand die Absicht habe, wieder eine Mauer zu bauen. Nein, ein Aufstand sei das selbstverständlich nicht, da war man sich unisono einig, doch wirklich erklären konnte die Lage am Main nach wie vor niemand.

Auch die Frau aus Petterweil konnte sich keinen Reim darauf machen, was um sie herum seit dem späten Vormittag passiert war. Vor einer guten Stunde hatte sie ihr Auto an der demolierten Parkschranke stehen lassen, da an eine Trennung der beteiligten Fahrzeuge ohne Fachkräfte sowieso nicht zu denken war, und selbst mit unbeschädigten Fahrzeugen wäre ein Ein- oder Ausfahren im Parkhaus Hauptwache auf absehbare Zeit unmöglich. Was war nur passiert? Sie wollte doch lediglich mit ihrem Vater zum Einkaufen in die Stadt fahren, und jetzt brannten die ersten Autos und überall wimmelte es von Polizeikräften und flüchtenden Demonstranten und von irgendwoher schrie ein Baby, und ein Prediger wurde nicht müde zu mahnen, dass das Ende der Welt nahe sei.

Wo war ihr Vater überhaupt? Ans Telefon ging er nicht, gleich beim ersten Ton sprang die Mailbox an; vermutlich hatte er, wie so oft, vergessen, das Akku aufzuladen. Auch eine Nachfrage bei einem der zahlreichen Polizisten brachte keinen weiteren Aufschluss über den Verbleib des Alten, es wurde ihr aber empfohlen, in den umliegenden Krankenhäusern nachzufragen. Eventuell wäre ihr Vater bei den Unruhen des Tages zu Schaden gekommen und von Rettungskräften dorthin gebracht worden.

Um einundzwanzig Uhr vierzehn hatte die Polizei die Situation in der Innenstadt endlich unter Kontrolle. Sieben Personen nahmen die Sicherheitskräfte vorläufig fest. Sechsundzwanzig Personen wurden bei den Krawallen leicht verletzt, darunter auch der schwarze Prediger, der den Sturz vom Stuhl zwar schadlos überstanden hatte, dann jedoch von einem Bistrostuhl am Kopf getroffen wurde und sich so eine Platzwunde über dem rechten Auge einhandelte. Laut Angaben der Polizei entstand ein Sachschaden in sechsstelliger Höhe. Ob die Werkstattkosten der beiden Fahrzeuge an der Einfahrtschranke des Parkhauses in die Statistik mit eingerechnet worden waren, ist nicht überliefert.

Kurz nach zweiundzwanzig Uhr am Samstagabend war es bereits, als die Frau aus Petterweil endlich einen Anruf des dreizehnten Reviers entgegennehmen konnte. Nachdem ihr Vater in keinem der in Frage kommenden Frankfurter Krankenhäuser aufgegriffen worden war, hatte sich die Unfallverursacherin mit äußerst schlechtem Gewissen ein Taxi gesucht und nach Hause bringen lassen, in der Hoffnung, den Herrn Papa im Fernsehsessel anzutreffen, doch fand sie diesen verwaist vor.

Stattdessen wurde ihr durch den zuständigen Beamten mitgeteilt, dass ihr Vater von zwei Kollegen des Anrufers bei einer Routinestreife im Niddapark aufgegriffen worden war.

„Er konnte uns nicht sagen, wie er dorthin gekommen ist", erklärte der Polizist. „Er wusste nur, dass Sie nicht in der Kleinmarkthalle erschienen waren, und als ihm irgendwann langweilig wurde, hat er sich in die U-Bahn nach Ginnheim gesetzt. Er wollte sein Geburtshaus suchen, hat es aber nicht gefunden. Danach muss sich Ihr Vater wohl verlaufen haben und ist im Park gelandet."

Den Niddapark, so gab der Alte den Polizisten gegenüber zu verstehen, den hätte es letzte Woche übrigens noch nicht gegeben. Den mussten sie ganz neu angelegt haben. Da wäre er sich ganz sicher.

EIN EI GEGEN BIELEFELD

„Ganz ehrlich? Ich mache mir Sorgen um Frankfurt." Werner Hollbrecht, Inhaber der PR-Agentur *BuyTheLie*, ließ den Satz bei den erwartungsvoll blickenden Mitgliedern des Magistrats einen Moment lang wirken. Hollbrecht hatte sie um eine Stunde ihrer kostbaren Aufmerksamkeit gebeten, um ihnen ebenso unverbindlich wie unentgeltlich seine Ideen für die Zukunft der Mainmetropole zu unterbreiten.

„Frankfurt, das war einmal eine lebendige Stadt. Ein aufregender, wilder, unberechenbarer und revolutionärer Flecken. Frankfurt, das waren Straßenschlachten im Westend, Brandsätze im Kaufhof und nächtliche Wasserwerfereinsätze und Tränengasschwaden an der Startbahn West", fuhr der PR-Mann mit dramatischem Tonfall fort. „Nicht einen Meter musste sich die Mainmetropole hinter Berlin verstecken, im Gegenteil. Es gab eine Zeit, da war unsere Stadt noch aufregender und wilder als die Hauptstadt selbst. Und jetzt?"

Erneut setzte Hollbrecht zu einer Kunstpause an, die das Gremium der Stadtoberen nutzte, um einen Moment darüber nachzusinnen.

„Heute tut Frankfurt alles, um attraktiv zu wirken. Hübsch, aber ziemlich konservativ und, geben wir es ruhig zu, ein Hort gediegener Langeweile."

Nicht wirklich zustimmend ging ein Raunen durch das Auditorium, bevor Hollbrecht den Laptop aufklappte und ein Video startete. Untermalt von entspannter Musik durften die Magistratsmitglieder stimmungsvolle Bilder meist junger Menschen verfolgen, die am Friedberger Platz miteinander feierten, am Mainufer in der Sonne lagen und auf der Caféterrasse am Osthafen plauschten und lachten.

„Frankfurt ... ich muss es einfach so deutlich sagen ... erinnert heute weniger an das aktuelle Berlin als an das antike Rom. Zufrieden, selbstgefällig und dekadent. Wenn wir das nicht ändern, wird es unweigerlich untergehen und in Vergessenheit geraten. Wer braucht schon eine Stadt, langweilig wie Hannover, leblos wie Gelsenkirchen und bieder wie Wolfsburg? Sollte es ganz schlimm kommen, wird es Menschen geben, die bezweifeln, dass es Frankfurt überhaupt gibt. Ein Schicksal, das unsere Stadt dann mit einem Ort wie Bielefeld teilen müsste. Es ist also höchste Zeit, zu entscheiden, welche Stadt Sie ... welche Stadt wir alle lieber hätten: Bielefeld oder doch lieber Berlin."

„Ungeachtet der Tatsache, ob wir Ihre Analyse teilen und nur einmal ganz theoretisch angenommen, die Lage unserer Stadt wäre wirklich so trist, wie Sie behaupten, was sollten wir dann Ihrer Meinung nach tun?", wagte sich einer der Stadträte hervor.

„Das liegt auf der Hand: Wir müssen Frankfurt zurück in die Schlagzeilen bringen und Berlin den Rang als aufregendste Stadt der Republik streitig machen. Frankfurt braucht seine Wildheit zurück, die Stadt muss sexy werden."

„Und Ihr Lösungsvorschlag lautet daher?"

Werner Hollbrecht lächelte.

„Wir sorgen dafür, dass sich die Augen der Welt auf Frankfurt richten. Dazu brauchen wir die größte Demonstration von Corona-Leugnern und Verschwörungstheoretikern, die es jemals gegeben hat. Eine Demonstration, die alles, was in Berlin passiert ist und die Hauptstadt in die Schlagzeilen gebracht hat, in den Schatten stellt. Ein Protestzug mit Millionen von Teilnehmern."

Bevor der zu erwartende Widerspruch der Stadtregierung laut werden konnte, startete der PR-Mann dasselbe Video wie zuvor, diesmal jedoch ohne entspannte Hintergrundmusik, dafür mit Sprechchören, die lautstark das Ende der Corona-Diktatur forderten, ergänzt durch dazwischengeschnittene Statements einzelner Demonstranten.

„Wir sind hier, um friedlich gegen die unverhältnismäßigen Lockdown-Maßnahmen der Regierung zu prostieren, durch die unser Land wirtschaftlich gegen die Wand gefahren wird", behauptete eine junge Frau, die ihre Tochter auf dem Arm trug, während die Menschen auf der Wiese hinter ihr maskenlos und ohne Mindestabstand zusammenstanden, Wein tranken und sich lachend umarmten.

„Das ist alles eine riesige Verarsche", zeterte ein Mann und stach mit dem ausgestreckten Zeigefinger auf die Brust des Kameramanns ein. „Wir werden von denen doch nur benutzt. Die wollen uns willenlos machen, um die Weltherrschaft zu gewinnen."

„Wer sind die?"

„Das wisst ihr ganz genau, tut doch nicht so."

Als der Film endete, schwieg der Saal. Tatsächlich hatte der Film den realistischen Eindruck vermittelt, als hätte es in Frankfurt eine Demonstration ähnlich der in der Hauptstadt gegeben.

„Schön", sagte der Oberbürgermeister etwas ratlos. „Sie haben die Bilder durchaus geschickt manipuliert und aus ein paar Hundert feiernden Menschen Demonstrationsteilnehmer gemacht."

„Etwas mehr als ein paar Hundert, schauen Sie her."

Ein weiteres Statement wurde abgespielt. Ein junger Mann mit einem Protestschild sprach von etwas mehr als zwei Millionen Teilnehmern, eine junge Frau behauptete, dass sogar fast drei Millionen nach Frankfurt gekommen wären. Die Bilder eines Demonstrationszugs in der Nähe der Messe schienen zumindest eine große Zahl zu belegen.

„Woher haben Sie die Aufnahmen?", fragte eine Stadträtin.

„Das waren Demos gegen die IAA und für die Klimabewegung."

„Das ist ungeheuerlich", regte sich die Politikerin auf.

„Ich bitte Sie, das ist erst der Anfang. Wie Sie sehen, ist es recht einfach, eine Menschenmasse vorzutäuschen. Es kommt ganz darauf an, was man sehen will. Genau das wird dann zur Realität oder zu dem, was wir für die Realität halten. *Perception is reality.* Jetzt allerdings wird's erst richtig spannend. Denn jetzt machen wir Frankfurt zur Hauptstadt einer Weltverschwörung, passen Sie auf."

Erneut startete Hollbrecht ein Video. Völlig außer sich schrie ein Mann auf eine Journalistin ein. Er schien felsenfest davon überzeugt zu sein, dass geheime Mächte von Frankfurt aus die Weltherrschaft an sich reißen wollten. Dabei deutete er bedeutungsvoll auf die Wolkenkratzer im Hintergrund.

„Da, sehen Sie? Die Türme? In Wirklichkeit riesige Antennen, um außerirdische Befehle zu empfangen. Und der Fernsehturm und der Messeturm sind getarnte Raketen, die nur auf den Startbefehl der Kommandeure warten. Aber das da hinten, das ist das Allerschlimmste." Der Mann zeigte auf ein im späten Sonnenlicht glänzendes Hochhaus im Frankfurter Osten.

„Was ist mit dem Gebäude?", hakte die Reporterin nach.

„Das ist die EZB. Die Zentrale des Bösen."

„Die Europäische Zentralbank? Das Böse? Wie meinen Sie das?"

„Von wegen Zentralbank", plärrte der Mann. „Eine gigantische Lüge ist das. Sie wissen genau, was EZB heißt."

„Europäische Zentralbank, was sonst?"

„Jetzt tun Sie doch nicht so! Sie wissen genauso gut wie ich, dass EZB für Extraterrestrische Zentrale für Bevölkerungsmanipulation steht. Von diesem Hochhaus aus werden wir gesteuert und willenlos gemacht, nur damit sich einige wenige an uns dumm und dämlich verdienen."

Leises Gekicher durchbrach die Stille, als das Ende des Clips erreicht war. „Schon lustig, oder?", sagte Hollbrecht. „Was die Menschen alles glauben, ist wirklich verrückt. Aber warten Sie ab, es wird noch besser. Bis jetzt haben wir also eine Massendemonstration und Verrückte, die behaupten, in Frankfurt säße die Zentrale einer Weltverschwörung. Jetzt brauchen wir nur noch eine geheimnisvolle Symbolik. In Berlin liefen bekanntlich viele mit einem *Q* auf dem T-Shirt herum. Q für QAnon oder Querdenker oder Quatschköpfe oder Querulanten, was auch immer. Das Symbol, das wir brauchen, um die Veranstaltung in Frankfurt noch interessanter und noch relevanter zu machen, ist viel einfacher und eindeutiger ... es wird ein Ei, um genau zu sein."

Jetzt kicherten auch die anderen Mitglieder des Magistrats. Ein Ei, das war aber auch wirklich zu lächerlich. Der PR-Mann nutzte die Unruhe und zeigte gleich im Anschluss den Film, den er als Nächstes vorbereitet hatte. Reporter gingen auf eine Frau zu, die die Abbildung eines perfekten Eies auf dem Hemd trug. Nach der Bedeutung des Symbols befragt, antwortete sie rüde:

„Das wisst ihr sehr genau, aber ihr berichtet nichts darüber. Weil ihr nur Lügen verbreitet."

„Erbärmliche Fake News", schimpfte mit hochrotem Kopf ein Mann, der sich in die Kamera drängte und gleich noch ein wütendes *Lügenpresse* hinterher feuerte.

„Sie können uns also nicht sagen, wofür das Ei steht?", setzte der Reporter nach.

„Klar kann ich. Will ich aber nicht. Ihr seid doch die Journalisten, findet es gefälligst selbst heraus. Das kann jeder googeln."

Hollbrecht klickte auf die Fernbedienung des Rechners und stoppte den Film. „Ihnen ist vermutlich bekannt, dass viele

Verschwörungstheoretiker der These anhängen, wir würden von sogenannten Reptiloiden beherrscht und regiert? Als eine der bekanntesten Vertreterinnen dieser seltsamen Gattung gilt ihre Majestät, die Queen."

„Hirnloser Quatsch", bemerkte ein Stadtrat humorlos.

„Da gebe ich Ihnen absolut recht", pflichtete ihm der PR-Stratege bei. „Gleichwohl nutzen wir diesen Unsinn, befeuern ihn noch mit unserer Symbolik und sorgen dadurch für mächtig Wirbel. Denn Reptilien schlüpfen bekanntlich aus? Richtig, aus Eiern. Fragt sich nur, wie das Reptil anschließend in den Menschen gelangt. Nicht, wie bisher angenommen, indem die Viecher unser Blut trinken, nein, die Antwort ist viel banaler. Wir alle essen Eier, gekocht oder gebraten, im Kuchen oder im Omelett. Bei uns in Frankfurt ist das Ei zudem eins der Hauptbestandteile unseres traditionellen Gerichts, was die Stadt für Verschwörungstheoretiker noch suspekter macht."

„Sie behaupten nicht im Ernst, dass wir durch die Eier in der Grünen Soße zu Reptiloiden werden? Sie spinnen ja komplett", echauffierte sich eine Stadträtin und begann bereits ihre Sachen zu packen, doch der Oberbürgermeister hielt sie zurück.

„Augenblick, Frau Kollegin, bleiben Sie doch noch", bat er sie. „Das klingt alles völlig verrückt, da bin ich ganz bei Ihnen, aber vielleicht sollten wir abwarten, was Herr Hollbrecht noch aus dem Hut zaubert."

„Besten Dank, Herr Oberbürgermeister. Sie haben recht, es klingt verrückt, doch es geht noch weiter. Wir wissen nun, dass uns eine riesige Verschwörungsmaschinerie zum Konsum von Eiern verführt, was uns wiederum in Reptiloiden verwandelt. Doch es wird noch besser: Die Kräuter in der Grünen Soße haben eine halluzinogene Wirkung, die uns zu willenlosen Geschöpfen macht. Das behaupten wir zumindest."

„Was erklärt, warum man Frankfurter sein muss, damit einem Apfelwein schmeckt. Das Zeug wäre sonst ja ungenießbar", höhnte ein zweifelsfrei zugereister Stadtrat und erntete dafür verständnislose Blicke.

„Deswegen sind in Berlin wahrscheinlich auch Veganer mitgelaufen. Kein Wunder, dass die keine Eier essen."

„Interessante These, Herr Kämmerer. Eines fehlt jedoch noch, um der Veranstaltung die richtige mediale Würze wie seinerzeit in Berlin zu geben, und das sind Nazis."

„In Frankfurt gibt es keine Nazis", antwortete der Stadtkämmerer. „Und die wenigen, die es gibt, haben wir unter Kontrolle."

„Schön, dann sprechen wir von mir aus von Reichsbürgern oder Rechtsextremen. Jedenfalls brauchen wir Rechte. Rechte und ein entsprechendes Polizeiaufgebot."

„Rechte ... Polizei ... da lässt sich vielleicht was machen, in der Richtung ermitteln wir gerade", meinte eine Stadträtin.

„Einen Reichstag können wir natürlich nicht bieten, das hat uns die Hauptstadt voraus", sagte Werner Hollbrecht. „Aber immerhin haben wir den Römer. Und natürlich den Römerberg." Und damit startete er das nächste Video.

„Ach wie schön, das weiß ich noch, da war ich damals dabei", schwelgte der Sportdezernent in Erinnerungen. „Aber da waren keine Rechten, Herr Hollbrecht, da gab es nur Fußballfans, die den Pokalsieg ihrer Mannschaft gefeiert haben. Was soll also das Ganze?"

„Sicher?", fragte Hollbrecht zurück und spielte den Sprechchor der Fans aus dem Stadion ein: *S...G...E...SG Eintracht Frankfurt. Schwarz ... Weiß ... Rot ... das sind unsere Farben.*

„Schwarz, weiß und rot wehten bekanntlich auch die Fahnen vor dem Reichstag. Die Farben der Reichsflagge."

„Die Farben der Eintracht. Eine multinationale Mannschaft, die wie kaum eine andere für Toleranz steht. Jetzt gehen Sie wirklich zu weit."

„Und Attila? War es tatsächlich der Eintracht-Adler oder nicht viel eher der Reichsadler, der auf den Fahnen auf dem Römerberg geschwenkt wurde? Jedenfalls könnte es sich genauso gut um einen versuchten Sturm des Rathauses gehandelt haben, zumindest wenn man den eindeutigen Zeugenaussagen glauben darf."

Der PR-Mann spielte nun den kurzen Clip einer Frau ein, die steif und fest behauptete, Rechte wären mit Reichsflaggen an ihr vorbeigestürmt, hätten Absperrungen überwunden und versucht, die mächtige Holztür des Römers aufzubrechen. Ihr folgte ein Mann, der aufgeregt ins Mikrofon der Reporter schrie: „Habt ihr euch nie gefragt, warum das Stadion im Stadtwald wie ein Ufo aussieht? Und die Choreos der Fans? Das sind Botschaften ins All, damit die wissen, wie weit sie hier unten auf der Erde mit ihren Manipulationen sind. Das weiß doch jeder."

Gestenreich versuchte der Chef der PR-Agentur die durch die Aussagen aufgeregte Runde zu beruhigen und bat den Magistrat um einen kurzen Moment letzter Aufmerksamkeit.

„Natürlich mag das alles unglaubwürdig klingen, aber was, wenn es wahr wäre, und wir die Wahrheit bislang nur nicht erkannt hätten? Wie erklärt es sich zum Beispiel, dass das Ei der Verschwörer im Namen unserer Fußballmannschaft auftaucht? Nicht Borussia, nicht Victoria, nein, *E*intracht heißt unser Club. Und ich verrate Ihnen noch was: Die Eintracht konnte genau ein einziges Mal die deutsche Meisterschaft erringen, und zwar im Jahr 1959. Neunundfünfzig, fünf und neun. Die Zahlen entsprechen im Alphabet ..."

Hollbrecht zählte die Buchstaben an seinen Fingern ab.

„... den Buchstaben E ... und I. Ei. Seltsam, nicht wahr?"

Keiner redete mehr. Was war das hier? Was ging in diesem Raum gerade vor sich?

„Moment", unterbrach der Oberbürgermeister schließlich das obskure Spektakel. „Jetzt sind Sie sich mit Ihren kruden Fantastereien aber selbst auf den Leim gegangen. Erst haben Sie erklärt, dass die Rechten bei der Berliner Demonstration Seite an Seite mit den Verschwörungsheinis mitgemischt hätten, und jetzt behaupten Sie, dass die Nazis selbst die Verschwörer sind. Ja, was denn nun? Ich verstehe gerade gar nichts mehr."

„Umso besser, dann haben wir unser Ziel bei Ihnen schon erreicht. Je mehr Menschen die Motivationen und Absichten der Demonstranten immer weniger verstehen, desto undurchsichtiger werden die Aufmärsche und umso häufiger greifen die Journalisten die Zusammenkünfte auf, um die Zusammenhänge zu erklären ... oder um es zumindest zu versuchen. Die Rechten haben mitnichten gegen die Verschwörer demonstriert, sondern sind gemeinsam mit denjenigen marschiert, die an weltweite Verschwörungen glauben. Das ist ein himmelweiter Unterschied. Es sind die Rechtsextremen, die sich zusehends vernetzen, die versuchen, uns und unsere Meinungen zu unterdrücken und alles dafür tun, um aus unserer Demokratie eine Diktatur zu machen. Sie sind die wahren Verschwörer, die ihre Giftköder in unseren Institutionen und Staatsdiensten, den Schulen und Kindergärten, in Polizeirevieren und Kasernen und selbst in unseren Parlamenten auslegen. Tja, aber erst die Rechten bringen Klicks, Quoten und steigern die Auflage. Deswegen brauchen wir sie, um unsere Stadt wieder auf die Startseiten der Nachrichtenportale und die Seite Eins der Tageszeitungen zu hieven. Der Zweck heiligt die Mittel, oder? Ich habe auf diesem Rechner das fix und fertige Video einer gigantischen Demonstration auf den Straßen Frankfurts, deren Teilnehmer die verrücktesten und abseitigsten Thesen vertreten. Alles live, direkt in die Kamera. Sie erklären uns unter Tränen ihr krudes Weltbild, verdammen das Establishment, und das Ganze endet schließlich mit dem versuchten Sturm des Frankfurter Rathauses. Wenn Sie wollen, kann ich das Video noch heute in den entsprechenden Kanälen posten und hundert- oder tausendfach teilen und verbreiten lassen. Noch vor dem Ende des Tages erfährt die Welt von den ungeheuerlichen Geschehnissen in unserer Stadt. Und schon morgen früh werden die Medien von New York bis Peking über den seltsamen Volksaufstand am Main berichten. Ich schätze, es wird dazu an den drei folgenden Abenden Sondersendungen im Hessischen Rundfunk geben. Bis in die Tagesthemen und das Heute Journal, ja sogar bis in die New York Times, ist es dann nur noch ein Katzensprung. Spätestens übermorgen wären die Vorgänge in Frankfurt die Meldung des Tages. Es liegt alleine bei Ihnen. Wollen Sie das harmonische, langweilige Metropolendorf? Oder wollen Sie die Chance nutzen, um wieder zu Berlin aufzuschließen? Wollen Sie die Hauptstadt an Nachrichtenwert überbieten und Frankfurt zu der räudigen, widerborstigen und anarchischen Stadt machen, die sie einmal war? Bielefeld oder Berlin? Sie haben es in der Hand."

„Das wird Ihnen kein Mensch glauben", antwortete eine ältere Stadträtin in die Stille des Raums. Niemand hatte auch nur zu atmen gewagt, als Hollbrecht seine Ausführungen beendet hatte. Der Mann, der jetzt seinen Laptop zuklappte, wollte ihnen tatsächlich die größte Medienmanipulation seit der vorgetäuschten Mondlandung der Amerikaner vorschlagen.

„Doch, das werden sie. Die, die es glauben wollen, werden es glauben. Und die, die es nicht glauben und dementieren, werden ein wütendes Echo zu spüren kriegen. Jede kritische Nachfrage wird mit Lügenpresse-Vorwürfen bedacht. Jeden

Sender, der die Echtheit des Videos in Zweifel stellt, werden sie beschuldigen, Fake News zu verbreiten, während die Corona-Diktatur mitsamt ihrer Gefolgsleute beim Fernsehen, den Zeitungen und Nachrichtenmagazinen versucht, die Wahrheit ... die echte Wahrheit ... mutwillig und böswillig geheim zu halten. Frankfurt wird zum Zentrum aller Spinner, und mit der gemütlichen Weinfestatmosphäre ist es erst einmal vorbei. Geben Sie mir Bescheid, wie Sie sich entscheiden werden."

Der PR-Manager nickte dem Gremium zu, bedankte sich und verließ den Raum. Kaum war er gegangen, drang frische Luft in den engen Sitzungssaal und löste die gespannte Stimmung der Anwesenden. Sie wussten es nicht voneinander, doch in diesem Moment verband sie das Gefühl, als sei ein Spuk vorüber.

„Was für ein Spinner", sagte die Kulturdezernentin kopfschüttelnd. „Wer hat den eigentlich eingeladen?"

Achselzuckend tauschten die Anwesenden fragende Blicke aus. Offensichtlich hielt jeder den jeweils anderen für den seltsamen Termin verantwortlich.

„Dann würde ich sagen, gehen wir erst mal was essen, oder?"

„Grüne Soße mit Reptilieneiern", lachte der Baudezernent und folgte den Bürgermeistern auf den Gang des Rathauses.

Die ältere Stadträtin verblieb als Letztes im Sitzungssaal, packte bedächtig den Stift und den Block mit ihren Notizen in die Tasche, schloss den Reißverschluss und hing schweigend ihren Gedanken nach. Was, dachte sie, wenn an all dem doch ein Funken Wahrheit wäre?

DER GLÜCKSPILZ

Es gibt Ereignisse, die man nicht direkt mit positiven Gefühlen verbindet. Eine Kündigung nach fast drei Jahrzehnten Betriebszugehörigkeit zählt mit Sicherheit dazu. Entsprechend fassungslos saß ich meiner Abteilungsleiterin gegenüber, die mich mittels einer ungewohnt freundlichen Mail gebeten hatte, sie bei Gelegenheit, jedoch möglichst zeitnah, am besten noch am Vormittag desselben Tages, in ihrem Büro aufzusuchen.

Draußen herrsche Krieg, ließ Marita Schmalbach mich wissen, als ich angeklopft und hereingebeten worden war, und, fügte sie düster hinzu, nur die stärksten Unternehmen würden das Gemetzel im Markt überleben.

Schon an dieser Stelle hätte ich stutzig werden müssen, war ich doch noch nie in die Standortbestimmung meiner Firma eingeweiht, geschweige denn zur Besprechung einer solchen in ein persönliches Gespräch mit meiner Vorgesetzten gebeten worden.

„Wir müssen uns ganz neu aufstellen, Herr Regemann, dürfen keinen Stein auf dem anderen lassen", erfuhr ich, und dass ich das sicher verstehen würde. „Dabei haben wir zwangsläufig auch die ein oder andere schwierige Entscheidung zu treffen." Nun, eine davon betraf allem Anschein nach auch mich, nur so ergab meine Anwesenheit in Frau Schmalbachs Büro Sinn.

„Nicht falsch verstehen, das hat nichts mit Ihnen persönlich zu tun. Ich mag Sie und Ihre traditionelle Art. Es ist nur so, dass Ihre Position bei der bevorstehenden Umstrukturierung nicht mehr vorgesehen ist." Bei meiner Qualifikation und meiner Erfahrung, versuchte mir meine Vorgesetzte Mut zu machen, würde ich jedoch schnell eine neue, spannende Aufgabe finden, da sei ihr gar nicht bange. Dummerweise wollte der Funke Hoffnung, den Frau Schmalbach zu versprühen glaubte, nicht auf mich überspringen. Noch während sie weitersprach, bilanzierte ich stattdessen meine aktuelle Lebenssituation: Letzten Dezember war ich 55 Jahre alt geworden. Mit meiner Frau Kirsten, einer drei Jahre jüngeren Podologin, hatte ich unlängst silberne Hochzeit gefeiert. Unsere Tochter Sara studierte seit zwei Semestern in Hamburg, wir hingegen bewohnten seit Jahren dieselbe, in absehbarer Zeit bezahlte Eigentumswohnung in Frankfurts östlichem Stadtteil Fechenheim. Befand ich mich damit auf der Soll- oder der Habenseite des Lebens?

„Natürlich haben Sie die Möglichkeit, gegen Ihre Kündigung rechtliche Schritte einzuleiten, das ist Ihnen unbenommen", lächelte Frau Schmalbach, als sie mir das Kuvert überreichte, in dem sich eine Ausfertigung des Schriftstücks befand, das ich vor wenigen Augenblicken unterzeichnet hatte. „Haben Sie denn einen Anwalt?"

„Nein", antwortete ich wahrheitsgemäß. „Ich habe keinen Anwalt. Ich habe noch nie einen gebraucht."

„Google wird Ihnen da sicher helfen, Herr Regemann. Ansonsten ist soweit alles klar, denke ich. Oder ... haben Sie noch Fragen?"

Hatte ich nicht, daher reichte mir meine Vorgesetzte zum Abschied die Hand und hielt mir die Tür auf. Als ich an ihr vorbeiging, um das Büro zu verlassen, klopfte sie mir aufmunternd auf die Schulter und gab mir noch ein paar gute Wünsche mit auf den Weg.

Das alles war vor viereinhalb Monaten geschehen. Noch am selben Tag musste ich meinen Schreibtisch räumen, die wenigen persönlichen Dinge, die sich im Laufe meines Arbeitslebens angesammelt hatten, in einen Karton verstauen, mich von den Kolleginnen und Kollegen verabschieden und, eher als üblich, die Bahn nach Hause nehmen.

Es war daher noch früh am Tag, als ich die Tür unserer im alten Kern von Fechenheim gelegenen Wohnung aufschloss, überlegte, was ich als Nächstes tun sollte und als Antwort darauf den Kühlschrank öffnete, um mir ein Bier aus dem Gemüsefach zu holen. Drei Flaschen später erschien endlich meine Frau, die, als ich ihr von meinem tagesaktuellen Schlamassel erzählt hatte, noch im Mantel auf den Sessel sank und grob überschlug, wie viele zusätzliche Füße sie fortan würde behandeln müssen, um den Lohnausfall des Ehemanns kompensieren zu können.

„Warten wir doch erst einmal ab, Kirsten", sagte ich und lächelte meine Frau mit freundlich benebeltem Blick an. „Vielleicht wendet sich letztendlich alles zum Guten."

Womit ich in der Tat recht behalten sollte. Denn nur wenige Wochen später hatte der Anwalt, der mir nach ausgiebiger Recherche in einschlägigen Foren empfohlen worden war und der sich meiner Klage siegessicher angenommen hatte, eine üppige Abfindung für mich herausgeschlagen. Die Firma, der ich mein halbes Leben lang treu verhaftet gewesen war, verzichtete anständigerweise auf eine Berufung, und so fand ich eines Dienstags auf dem Girokonto eine Summe vor, die die Regemanns auf einen Schlag zwar nicht zur reichen, doch gewiss zur wohlhabenden Familie machte. Das also war er, der legendäre goldene Handschlag, von dem ich bislang nur gehört hatte. Nie zuvor hatten wir eine auch nur annähernd hohe Summe Geld besessen.

Ergo erwies sich unsere Situation als weniger tragisch, wie Kirsten zunächst befürchtet hatte. Ich meldete mich sofort arbeitssuchend, schrieb Bewerbungen und heftete die zügig eintreffenden Absagen chronologisch in einem eigens dafür angelegten Ordner ab. Davon abgesehen begann ich, die Tage ohne die gewohnte, stets aufs Neue wiederkehrende Routine zu genießen. Ich nutzte den frühen Sommer aus, spazierte am Main entlang, gönnte mir mitunter bereits mittags ein kleines, aufmunterndes Getränk und schlenderte ziellos durch mein Revier. Ich begrüßte den Bäcker, den ich bislang meist nur samstags gesprochen hatte, plauschte mit dem Besitzer des Dönerladens, kaufte am Kiosk die Zeitung und philosophierte mit dem Briefträger über die Wetteraussichten.

Eines Tages ging ich auf dem Rückweg vom Supermarkt die Straße entlang, blickte neugierig in die Fenster meiner im Erdgeschoss lebenden Nachbarn und schaute interessiert in offen stehende Einfahrten. In einer davon, die zum Hof eines Händlers für Oldtimerfahrzeuge führte, parkte ein schwarzer Porsche 911, dessen Erstzulassung bereits gut und gerne ein Vierteljahrhundert her gewesen sein mochte. Hinter der Frontscheibe entdeckte ich ein Schild, das, so war ich mir sicher, nur deswegen dort platziert worden war, um von mir gelesen zu werden und durch das ich erfuhr, dass dieses kostbare Schmuckstück zu verkaufen war. Dazu sollte man wissen, dass ich bereits Porsche fahren wollte, als ich noch gar keinen Führerschein besaß, und das war, weiß Gott, schon sehr lange her. Jetzt allerdings, das schien der Porsche zu ahnen, als ich ihn sehnsüchtigen Blicks beäugte, war ich zum ersten Mal im Leben in der Lage, mir meinen Traum auch zu erfüllen.

Drei volle Tage schlich ich um den Hof des Händlers herum, hoffte, dass sich kein anderer das Schnäppchen unter den Nagel reißen würde und war hin- und hergerissen zwischen der einmaligen Chance, die sich mir bot und dem kleinen Rest Verstand, der mir geblieben war und der sich störrisch weigerte, der Versuchung nachzugeben, in der Angst, dass mir das Geld, das ich im Begriff war, aus dem Fenster zu werfen, eines Tages womöglich an anderer Stelle fehlen würde.

Die Entscheidung pro Porsche fiel schließlich im Gespräch mit dem sympathischen Händler, der mir, als ich erneut schmachtend vor dem Sportwagen kauerte, mit ölverschmierten Händen entgegenkam und vom ersten Augenblick an einen vertrauenswürdigen Eindruck auf mich machte. Während wir uns angeregt unterhielten, ließ er das magische Wort fallen, das sämtliche noch bestehenden Zweifel vom Tisch wischte und mit dem ich meinen inneren Schweinehund wie meine Frau Kirsten gleichermaßen zu überzeugen hoffte: Wertsteigerung.

„Wenn wir das Geld wirklich brauchen, verkaufen wir ihn eben wieder, und zwar mit Gewinn", beruhigte ich Kirsten, als ich ihr von meinem Entschluss erzählte. „Komm schon", sagte ich und lächelte sie an. „Wir trauen uns mal was. Eine solche Chance kommt nie wieder. Wenn nicht jetzt, wann dann?"

„Meinetwegen, Stefan", gab sich Kirsten geschlagen, die natürlich wusste, wie wichtig mir das Auto war. Schließlich waren wir lange genug verheiratet. Kirsten konnte mich lesen wie ein als leichte Urlaubslektüre geeignetes Buch. „Aber wenn wir knapp bei Kasse sind, kommt er wieder weg."

„Selbstverständlich", antwortete ich und strahlte.

Eine halbe Stunde später saß ich im Büro des Händlers und unterschrieb den Kaufvertrag, am Montag darauf wartete der Wagen bereits frisch gewaschen und poliert auf seinen neuen Besitzer. Ich stieg ein, ließ den Motor behutsam und sanft aufheulen, dann fuhr ich voller Stolz vom Hof. Ich liebte dieses Auto vom ersten Moment an und spürte, dass meine Liebe nach dem ersten Tritt aufs Gaspedal erwidert wurde. Jedenfalls verbrachten wir die nächsten Tage mit ausgiebigen Ausfahrten. Ich testete die Grenzen des Wagens auf der Autobahn nach Darmstadt, genoss die schienengleiche Straßenlage auf den Landstraßen des Odenwalds, vor allem aber cruiste ich untertourig durch Fechenheim, beantwortete ebenso bereitwillig wie ausführlich die Fragen der neugierigen Nachbarn und genoss die bewundernden Blicke der türkischen Jungs an der Hauptstraße. Auch Kirsten fand schnell Spaß an unserem Baby und fuhr es mit wachsender Begeisterung, wenn sie etwa zu ihrem Chi Gong-Kurs nach Sachsenhausen musste oder ihre beste Freundin in Maintal besuchte.

Alles war gut, und nichts deutete darauf hin, dass sich die Situation für Kirsten und mich schon sehr bald danach verändern sollte. Und zwar von dem Tag an, an dem sich der Kioskbesitzer an eine Nachricht erinnerte, die vor gut zwei Monaten durch die Presse gegangen war.

Damals hatten wir gemeinsam darüber gescherzt, wer wohl der Glückspilz gewesen sein könnte, der am Samstag zuvor den üppigen Jackpot im Lotto gewonnen hatte. Ein Frankfurter sei es, hieß es in einer ersten Meldung, die am Montag nach der Ziehung im Radio verbreitet worden war. Wenig später wollte eine Tageszeitung erfahren haben, dass jemand den Lottoschein im Stadtteil Fechenheim abgegeben hatte, und von diesem Moment an waren Spekulationen Tür und Tor geöffnet.

Bei ihm gäbe es keinen Gewinner, hatte der Besitzer des Lottoladens behauptet, darüber hätte man ihn längst informiert. „Sicher online gespielt", vermutete er, woraufhin sich zunächst die Fechenheimer in seinem Laden und kurz darauf die ganze Nachbarschaft neugierig beäugte. Schnell verdächtigte man sich gegenseitig und spann herum, was man wohl selbst mit so viel Geld anstellen würde, wenn, ja wenn man es denn gewonnen hätte. Nie wieder arbeiten, meinten die einen. In Immobilien investieren, schlugen andere vor, die könnte man später den Kindern vererben. Es gab Nachbarn, die gedanklich bereits auf Weltreise gingen, während andere begeistert von ihrem Kindheitstraum erzählten: einem Sportwagen. Einem Porsche womöglich.

Selbstverständlich war ich das gewesen.

Daran erinnerten sich die Nachbarn nun, als ich meinen sonor röhrenden Zweisitzer durch Alt-Fechenheim lenkte und ihnen im Vorbeifahren freundlich zulächelte.

„Der?", fragte die Frau des Bäckers ungläubig, als ich am Lottoladen vorbeigeglitten war. „Der Regemann? Das glaube ich nicht", meinte sie und breitete wie jeden Donnerstag ein buntes Potpourri an Frauenzeitschriften auf dem Zahlteller aus.

„Nur eine Vermutung", antwortete der Ladenbesitzer und richtete den piependen Scanner über die Blätter. „Aber ich könnte mir so einen Schlitten nicht leisten, wenn sie mich gerade gefeuert hätten."

„Auch wieder wahr", musste die Bäckersfrau zugestehen, wünschte dem Lottomann noch einen schönen Tag und verließ eilends das Geschäft. In wenigen Minuten wurde sie im Friseursalon erwartet, und wenn sie eines hasste, dann war es, zu spät zu kommen.

„Sechs Millionen waren im Jackpot", erinnerte sich die Friseurin und ließ die Finger versonnen im shamponierten Haupthaar ihrer Kundin kreisen. „Was macht man denn mit so viel Geld?"

„Porsche fahren", antwortete die Bäckersfrau mit schnippischem Unterton und hielt die Augen geschlossen. „Obwohl mir ein BMW persönlich besser gefallen hätte."

„Die Wohnung hat er angeblich auch gekauft", wollte die Friseurin wissen. „Hat mir die Schulz aus der Kleestraße erzählt, und die weiß es von Frau Häberle, die sich bei der Regemann die Füße machen lässt."

„Meinem Mann hat er gesagt, sie hätten ihn entlassen und ihm eine üppige Abfindung gezahlt. Ich fand das gleich seltsam. Eine Abfindung. Das bekommen doch nur Vorstände."

„Das krieg ich raus, wenn ich der Regemann beim nächsten Mal das Grau wegfärbe. Wart's mal ab."

Dummerweise hatte Kirsten aber just zu dieser Zeit beschlossen, ihrerseits etwas Neues zu wagen und erfüllte sich nicht etwa einen Kindheitstraum, was ihr selbstredend zugestanden hätte, sondern probierte lediglich einen angesagten Friseur im Nordend aus, den ihr Petra aus dem Chi Gong-Kurs wärmstens empfohlen hatte.

„Nicht ganz billig, aber irre kreativ, und der nimmt sich wahnsinnig viel Zeit. Man gönnt sich ja sonst nichts", hatte Petra geschwärmt, woraufhin Kirsten gar nicht anders konnte, als den Meister der Haarkunst an ihre schnittlauchartig dünnen Strähnen zu lassen, der diese auch gleich in einen kastanienbraunen, mangaartigen Kurzhaarschnitt verwandelte. Der Mann war jeden Euro wert, das stand ganz außer Frage. Die Sonnenbrille vor den Augen und den Arm lässig auf den Rahmen der Fahrertür des Sportwagens gelehnt, fuhr Kirsten anschließend mit der neuen Pracht und als neuer Mensch zurück in ihr Viertel, wo sie ausgerechnet von Claudia, der Besitzerin des gleichnamigen Friseursalons, gesehen, nicht aber gegrüßt worden war.

Ab diesem Moment war es nicht länger ein Gerücht, sondern bewiesene Tatsache, dass sich die Regemanns in den erlauchten Kreis der Frankfurter Millionärsriege getippt hatten. Wenn man es schon nicht mehr für nötig hielt, die versplissten Zotteln in der Nachbarschaft retten zu lassen, um stattdessen einem überteuerten Handwerker in der Stadt das Geld in den Rachen zu werfen, war ja wohl alles klar.

Wie immer bekam ich von dem Gerede der Leute zunächst einmal nichts mit. Stattdessen lebte ich nach wie vor ausgesprochen entspannt in den Tag hinein und freute mich, dass es sich trotz Arbeitslosigkeit – im Augenblick zumindest – erstaunlich angenehm leben ließ. Erst als ich an einem der darauffolgenden Samstage im Lottoladen stand, um mit dem an einer Kette baumelnden Kuli einen Spielschein auszufüllen, was ich nur dann tat, wenn der Jackpot eine ausreichend verlockende Höhe erreicht hatte, bemerkte sogar ich die etwas seltsame Tonart des Ladeninhabers.

„Wollen wir den nächsten Porsche finanzieren?", bemerkte dieser spöttisch, als er meinen Spielschein entgegennahm. „Einer langt nicht, was?"

„Geld kann man immer gebrauchen", entgegnete ich ahnungslos und trotz der seltsamen Färbung der Frage noch weitgehend gutwillig.

„Manche mehr, manche weniger", bekam ich zur Antwort, als der Drucker meinen Beleg ausspuckte. „Ich dachte, Sie spielen online."

Die Verstimmtheit meines Gegenübers war nun nicht mehr zu überhören. Offenbar war der Mann gereizt, weil ich den Tippschein nicht regelmäßig genug im hauseigenen Laden abgab. Was stimmte, denn ich tippte immer genau dort, wo ich mich gerade befand und mir am Geschäftseingang das Fähnchen mit der aktuellen Jackpothöhe ins Auge stach.

„Mit so was kenne ich mich nicht aus, so selten, wie ich spiele. Ich wüsste gar nicht, wie das geht", antwortete ich wahrheitsgemäß.

„Soso", sagte der Lottomann. „Macht achtfünfundsiebzig für eine Woche, Ziehung Mittwoch, mit Spiel 77 und Super 6."

Ich legte ihm den Betrag auf den Cent genau abgezählt auf den Tresen und freute mich, dass ich Gelegenheit bekam, die angesammelten Münzen in meinem Portemonnaie loszuwerden.

„Die wollen wir nicht mehr, was? Wer braucht heute schon noch Kleingeld?", nörgelte der Mann hinter dem Tresen weiter und sortierte lustlos das Geld in die Fächer der Kassenschublade.

„Ach wissen Sie, wenn man arbeitslos ist, so wie ich, dann weiß man wieder jeden Cent zu schätzen. Das erdet einen", gab ich nun ebenfalls leicht gereizt zurück.

Statt einer Antwort lachte der Ladenbesitzer allerdings nur höhnisch auf und wünschte mir noch einen wohlverdienten Feierabend. Blödmann, dachte ich und schwor, den Kiosk so schnell nicht mehr zu betreten. Warum sollte ich solch einem unfreundlichen Zeitgenossen mein schwer verdientes Arbeitslosengeld in den Rachen werfen?

„Das erdet einen", äffte der Lottomann seinen Kunden nach, als er wenig später mit dem Bäcker und dem Besitzer des Dönergrills von der gegenüberliegenden Straßenseite vor dem Laden stand und die Asche von der Zigarette schnippte. „So was Scheinheiliges."

„Ich verstehe nicht", sagte der Dönermann. „Was ist dabei, wenn man im Lotto gewinnt? Das kann man doch zugeben. Wieso erzählt der Quatsch?"

„Umgekehrt wird ein Schuh daraus", sagte der Bäcker. „Ich würde erst recht jedem erzählen, dass ich im Lotto gewonnen hätte, wenn ich statt zu arbeiten, am helllichten Tag im Viertel herumlungern würde."

„Naja", gab der Lottobesitzer zu bedenken. „Vielleicht hat er auch nur Schiss, dass ihn alle anpumpen wollen, jetzt, wo er die Millionen auf dem Konto bunkert."

„Ah so", dachte der Dönermann laut nach. „Der erzählt uns von Abfindung, damit er Ruhe hat."

„Genau das", sagte der Bäcker und nickte. „Ich bin mal gespannt, wie lang der noch in Fechenheim wohnt. Ich wette, der ist schon auf der Suche nach was Besserem. Ein Penthouse bei der EZB oder hinten, am Westhafen. Mit eigenem Bootssteg."

„Das glaube ich nicht. Der zahlt doch gerade noch seine Wohnung ab, hat die Claudia meiner Frau erzählt. Wenn überhaupt, dann kauft er was als Kapitalanlage. Werden ja immer teurer, die Wohnungen."

Und so kam es, dass sich wenige Tage später die Spaziergänger entlang des Mains ihren Kopf über den Fechenheimer Neumillionär zerbrachen und zu wissen glaubten, dass sich dieser bereits zwei Appartements in besten Lagen unter den Nagel gerissen hätte und im Begriff sei, ganz Fechenheim aufzukaufen, nur um die Häuser im Anschluss wieder für ein Heidengeld zu verkloppen.

Auch wenn es berechtigte Einwände gab, dass man selbst einen Stadtteil wie Fechenheim nicht mit einem einzigen Lottojackpot aufkaufen könnte, blieben die Bewohner des Viertels skeptisch. Ein reicher Investor bedeutete mit Sicherheit steigende Mieten, im schlimmsten Fall die Kündigung der Wohnung zwecks aufwändiger Luxussanierung. Schnell überlegte man, wen man kannte, der bereits wegen eines neuen Besitzers die Wohnung hatte räumen müssen und fragte sich, ob ich da vielleicht bereits meine Finger im Spiel gehabt haben könnte.

Andere Nachbarn behaupteten, sie hätten mich erst neulich in einem tiefergelegten Maserati gesehen, und angeblich würde mir auch eines dieser teuren Boote gehören, die ständig flussauf, flussab zwischen Frankfurt und Seligenstadt unterwegs waren und mit ihren Wellen die Enten und Schwäne verscheuchten. Das jedenfalls hätte jemand neulich in der Fußballkneipe erzählt, und der wiederum wüsste es aus ganz sicherer Quelle.

Ich wurde demnach von Tag zu Tag reicher und ahnte nichts davon, bis mich eines Nachmittags ein wildfremder Mann auf der Straße ansprach und mir ohne große Umschweife seine Lebensgeschichte erzählte, zumindest den tragischen Teil, der mir helfen sollte, seine missliche Lage zu verstehen. Krankheitsbedingt hätte er seinen Job verloren, woraufhin ihn seine Frau verlassen hätte, und nun stünde er vor dem Aus, wüsste nicht, wie er seine Miete zahlen solle und ob ich ihm nicht etwas Geld geben könnte, damit er nicht schon morgen auf der Straße säße.

Nun kann ich in solchen Momenten schwer nein sagen, zückte daher die Geldbörse und suchte nach ein paar Cent, um sie dem armen Kerl als Soforthilfe in die Hand zu drücken.

„Alles Gute", sagte ich und legte ihm die Münzen in die Handfläche. „Sie schaffen das", fügte ich aufmunternd lächelnd hinzu und drückte beide Daumen. Doch der Beschenkte sah mich lediglich entgeistert an.

„Was soll ich denn damit? Davon kann ich nicht mal das Porto für den Brief an den Vermieter zahlen. Hast du keine Scheine?"

Ich würde mich im Allgemeinen als durchaus großzügig bezeichnen, was sich jedoch schlagartig ins Gegenteil verkehrt, sobald mich das Gefühl ereilt, dass jemand mein weiches Herz ausnutzen will.

„Ich denke, das ist mehr als genug", antwortete ich kühl und ließ ihn stehen.

„Dämlicher Geizhals", rief der Kerl mir nach, dann hörte ich neben meinen Füßen Münzen auf das Trottoir schlagen. *Meine* Münzen, die er mir nachgeworfen hatte.

„Hat Millionen auf dem Konto und lässt nicht mal einen Zwanziger für einen guten Zweck springen."

Das konnte ich so wirklich nicht im Raum, und schon gar nicht auf der Straße stehen lassen.

„Was faseln Sie da? Wer hat hier Millionen?"

„Wer wohl? Ich jedenfalls nicht. Geizkragen!"

Damit zog er kopfschüttelnd von dannen, verfluchte mich weiter lautstark und trat gegen einen unbeteiligt am Straßenrand parkenden Mercedes, während ich mich bückte, um das Kleingeld aufzusammeln. Wer nicht will, der hat schon, dachte ich, als mich erneut jemand ansprach, diesmal eine Frau, die gerade die Bäckerei verließ.

„Wer den Pfennig nicht ehrt, nicht wahr?"

„So ist es. Und das gilt auch für Centstücke", stimmte ich ihr zu und steckte das Kleingeld ein. „Scheinbar wissen das die Leute nicht mehr."

„Sind Sie nicht der Millionär, von dem hier alle reden?"

„Ich? Millionär?" Unwillkürlich musste ich lachen. „Das hat der eben auch behauptet. Wer erzählt denn so einen Quatsch?"

„Na alle. Ihr Lottogewinn ist doch ein offenes Geheimnis. Meinen Glückwunsch, das hätte mir mal passieren sollen."

„Ich habe den Jackpot nicht geholt", antwortete ich. „Das ist völliger Unsinn."

„Sie müssen sich nicht rechtfertigen. Nie wieder Sorgen haben, sich ein schönes Leben leisten können, das muss großartig sein. Genießen Sie es!"

„ICH HABE NICHTS GEWONNEN!", rief ich ihr hinterher, doch sie hob nur ein letztes Mal grüßend die Hand und verschwand in einer Seitenstraße. Die Leute hatten nicht alle Tassen im Schrank, das musste ich unbedingt Kirsten erzählen.

Als ich zu Hause eintraf, war Kirsten allerdings noch nicht da, dafür klingelte das Telefon, als ich die Wohnungstür aufschloss. Ich ging dran.

„Herr Regemann?", fragte es am Ende der Leitung. „Stefan Regemann?"

„Ja?" Applaus brandete auf, Musik setzte ein, Cliff Richard sang *Congratulations and Celebrations*, dann hörte ich jubelnde Menschen.

„Stefan, Mensch. Hier ist die Hitwelle Hessen, ich hoffe, wir gratulieren unserem neuen Fechenheimer Lottomillionär!" Der Applaus wurde stärker, offensichtlich hatte der Moderator den Regler nach oben geschoben. „Hunderte von Hörern haben bei unserer Suche nach dem Fechenheimer Glückspilz mitgemacht, und die meisten von ihnen sind sich absolut sicher, dass es dich getroffen hat."

„Ich fürchte, da täuschen sich Ihre Hörer. Leider!"

„Sicher, Stefan? Wir haben da so was gehört, dass du dir gerade einen Jugendtraum erfüllt hast, einen schicken Sportwagen. Und der hat garantiert nichts mit einem Lotto Jackpot zu tun, hm?"

„Nein, hat er nicht. Ihr müsst Euch einen anderen Gewinner suchen, tut mir leid."

„Ja, dann haben wir uns wohl getäuscht, da kann man nichts machen. Dann suchen wir eben nach einem anderen

Glückspilz, der sich wie unser Stefan ganz plötzlich einen teuren Sportwagen, eine schicke Yacht oder eine Eigentumswohnung leisten kann. Jetzt aber erst mal Musik, und danach die Werbung."

Während Regemann noch den Titel hörte, den der Sender anspielte, legte er grußlos auf. Waren die alle bescheuert? Welche Idioten riefen bei der Hitwelle Hessen an, um ihn als Lottomillionär zu denunzieren? Das konnten nur die Leute aus dem Viertel sein. Langsam fügten sich die Puzzlesteine zusammen. Der Bettler, die Frau auf der Straße, der Besitzer des Lottoladens, jetzt der Radiosender. Ganz klar: Der schwarze Porsche hatte ihn in Fechenheim zum Millionär gemacht.

Erneut klingelte das Telefon. Regemann ging dran, vermutlich der Sender, der sich entschuldigen wollte.

„Stefan?"

Eine Stimme, die Regemann gleich bekannt vorkam.

„Ja?"

„Mensch Stefan, hier ist Jochen, dein Cousin."

Jetzt wurde es ganz drollig. Jochen war Kirstens Cousin aus Alsfeld, den er das letzte Mal bei seiner Hochzeit gesehen hatte, also vor zweieinhalb Jahrzehnten.

„Jochen ... hallo. Das ist eine Überraschung."

„Ja, ich dachte mir, wir haben so lange nichts mehr voneinander gehört, da musst du doch mal zum Telefon greifen und anrufen. Wie geht's dir denn so? Seid ihr noch verheiratet, die Kirsten und du?"

„Klar, sind wir."

„Schön, schön. Kinder?"

„Eine Tochter. Und du?"

„Zwei. Sohn und Tochter. Prächtige Kinder, machen uns viel Freude, gehen beide noch zur Schule. Susanne arbeitet seit ein paar Jahren im Baumarkt ums Eck, und ich bin hier in

Nordhessen eine echte Institution für alles, was Werbung und so was angeht."

„Ah, interessant." Ich erinnerte mich dunkel, dass Jochen für die Gestaltung unserer Hochzeitskarte verantwortlich gewesen war. Eine Entscheidung, die aus rein familiären Gründen, keineswegs aber aus qualitativen Erwägungen getroffen worden war und die ich bis heute bereute. Die Hässlichkeit der Einladung war bei den Gästen noch immer legendär.

„Ich hab eine kleine Agentur, die *Typotypen*, läuft super. Und du? Arbeitest du noch, oder bist du durch? Was hast du noch mal gemacht?"

„Finanzbranche. Derzeit orientiere ich mich aber neu."

„Finanzen, super. Apropos ... gutes Thema. Folgendes: Ich wurde aufgefordert, an einer Präsentation teilzunehmen. Ein Unternehmen aus der Futtermittelbranche sucht Kommunikationsspezialisten für lokale Werbung, da haben sie gleich an mich gedacht. Jetzt ist es nur so, die bezahlen die Präsentation nicht, und du weißt ja, wie es ist, heutzutage muss man die Kunden beeindrucken, die wollen alles schon fertig sehen."

Selbstverständlich wusste ich nicht, wie es so ist und auch die Ansprüche regionaler Futtermittelhersteller waren mir nicht geläufig. Zudem vollkommen egal. Ich ahnte allerdings, in welche Richtung sich das Gespräch gerade bewegte.

„Und was habe ich damit zu tun?"

„Eigentlich ganz einfach, Stefan. Die Chancen, das Ding zu gewinnen, sind riesig. Im Grunde ist die Präsentation nur Formsache. Aber ich will die umhauen, verstehst du? Dafür muss ich investieren. Leider sind ein paar meiner Kunden aktuell in Zahlungsrückstand, dadurch sind meine finanziellen Mittel im Augenblick etwas beschränkt, verstehst du?"

Klar verstand ich.

„Ich soll dir also unter die Arme greifen?"

„Nur für ein paar Wochen. Bis ich den Kunden habe. Dann kriegst du dein Geld sofort zurück. Du wirst sehen, es soll dein Schaden nicht sein."

„Was bräuchtest du denn in etwa?"

„Im Grunde Peanuts, Stefan. Wenn ich nicht gerade in neue Software investiert hätte, könnte ich das auch selbst bezahlen, aber jetzt ist halt ein bisschen blöder Zeitpunkt."

„Also, wie viel?"

„Zehntausend wären super. Fünfzehn wären natürlich besser, dann könnte ich richtig auf die Kacke hauen."

Fünfzehntausend Euro, die dieser talentlose Reklamehorst in den Sand setzen wollte und die ich nie wieder sehen würde? Im Leben nicht. Nicht mal, wenn ich im Lotto gewonnen hätte.

„Oh, sieht schlecht aus, Jochen. Das ist eine Menge Geld."

„Doch nicht für dich, lieber Cousin, hm? Euch soll's ja recht gut gehen, hab ich gehört."

„So, hast du gehört? Ist die Geschichte von unserem Lottogewinn also schon bis in den Vogelsberg gedrungen?"

„Wir sind ja hier nicht in der Pampa. Wir hören auch Radio. Tolle Sache, Stefan, das freut mich total für euch."

„Nur blöd, dass kein Wort davon wahr ist."

„Ach komm, die Familie freut sich riesig für dich ... und mit dir! Da musst du uns doch nichts verheimlichen."

„Ich verheimliche euch nichts. Ich habe nichts gewonnen."

Eine kurze Pause unterbrach das muntere Gespräch. Dann meldete sich der Cousin des Nordens wieder.

„Du willst der Verwandtschaft also nicht helfen?"

„Nein."

Wieder war kurz Ruhe, bevor sich Jochen gesammelt hatte.

„Schön", erwiderte er kurz angebunden. „Angeblich ist Blut ja dicker als Wasser, dass ich nicht lache. Ich hatte mich schon damals gefragt, warum meine Cousine so einen Langweiler wie dich geheiratet hat."

„Gestaltest du eigentlich noch geschmacklose Hochzeitskarten?"

„Arschloch", hörte ich noch, dann legte Jochen auf.

Als Kirsten etwas später nach Hause kam, erzählte ich ihr ausführlich, was geschehen war und dass mich alle Welt inklusive ihres nichtsnutzigen Cousins für den Fechenheimer Jackpot-Knacker hielt.

„Das ist doch absurd", antwortete Kirsten.

„Natürlich ist das absurd", sagte ich. „Es ist kompletter Blödsinn, aber erst haben sie's im Viertel herumerzählt, und dann hat einer von denen im Radio angerufen. Oder gleich mehrere, was weiß ich."

„Na, das wird sich schon wieder beruhigen", versuchte sie mich zu beruhigen. Doch am nächsten Tag kam es noch dicker.

Als ich für das Mittagsmenü zum örtlichen Metzger gehen wollte, fand ich im Briefkasten neben diverser Spendenersuche international agierender Hilfsorganisationen einen an mich adressierten Brief des Jobcenters vor. Die für mich zuständige Sachbearbeiterin teilte mir mit, man sei darüber in Kenntnis gesetzt worden, dass ich kürzlich einen hohen Lottogewinn erzielt hätte. Förmlich wies sie mich darauf hin, dass ich diesen umgehend als einmalige Einnahme zu melden hätte und dass man sich, abhängig von der Höhe des Gewinns, vorbehalte, mein Arbeitslosengeld zu kürzen beziehungsweise komplett zu streichen und ich solle mich bitte umgehend diesbezüglich melden, nicht jedoch außerhalb der im Briefkopf angegebenen Sprechzeiten.

Wütend schnappte ich das Schreiben und stopfte ihn zurück in den Briefkasten. Soweit käme es noch, dass die mir die rechtmäßig zustehende Unterstützung strichen. Nicht mit mir. Ein Schnitzel beim Metzger, gleich danach würde ich denen Bescheid geben. Was die sich überhaupt herausnahmen!

„Ah, der Jackpot-Knacker", begrüßte mich die Fleischfachverkäuferin hinterm Tresen freundlich lächelnd. Bislang war mir die Frau nicht unsympathisch gewesen, was sich jedoch sehr schnell ändern konnte.

„Einmal das Menü Eins", ignorierte ich ihre vorwitzige Bemerkung.

„Einmal die Eins für den jungen Mann, sehr gerne", wiederholte sie meinen Wunsch, holte ein paniertes Schnitzel unter der Wärmelampe hervor, packte es mitsamt einer großzügigen Portion Kartoffelsalat in eine Styroporschale und verschloss diese mit einem Aluminiumdeckel.

„Zahlen Sie bar oder mit Platinkarte", meinte sie besonders lustig sein zu müssen, als mein Mobiltelefon zu läuten begann.

„Bar", antwortete ich, während ich das Telefon hervorholte und gleichzeitig nach der Geldbörse suchte.

„Regemann?", sprach ich ins Handy und zog schließlich einen Schein aus dem ledernen Portemonnaie.

„Wir haben ihren Sohn", sagte eine gedämpfte Männerstimme. „Wenn Sie ihn lebend wiedersehen wollen, deponieren Sie bis 21 Uhr fünfhunderttausend Euro in den Mülleimer am Bahnhof Mainkur. Kleine Scheine, gebraucht. Und keine Polizei."

„Ich glaub, du spinnst", schrie ich, woraufhin mich die Metzgersfrau verunsichert ansah.

„Ist was nicht in Ordnung", fragte sie ängstlich, doch konnte ich mich gerade nicht auf sie konzentrieren, der Anrufer erforderte meine volle Aufmerksamkeit.

„Ich warne Sie. Das ist kein Scherz. Wenn Sie nicht mitspielen, sehen Sie Ihren Sohn nicht wieder."

„Ich habe überhaupt keinen Sohn", plärrte ich ins Handy.

„Keinen Sohn?", fragten die Bedienung und der mutmaßliche Entführer nahezu gleichzeitig.

„Nein. Keinen Sohn", erwiderte ich, to whom it may concern.

„Macht doch nichts", antwortete die Metzgersfrau, und als hätten sich die zwei verständigt, sprang ihr der Kollege am Telefon bei.

„Dann eben deine Tochter. Jedenfalls will ich eine halbe Million, sonst passiert was."

Ich drückte ihn weg, ignorierte das Wechselgeld auf dem Teller, vergaß vor Zorn sogar den Beutel mit dem Mittagessen und machte mich aufgewühlt auf den Weg nach Hause.

Etwas musste geschehen, die Angelegenheit drohte mehr und mehr aus dem Ruder zu laufen. Ich überlegte, wie ich mich am schnellsten zur Wehr setzen und die Sachlage ein für allemal klarstellen könnte. Nachdem ich im Geiste sämtliche Möglichkeiten bewegt hatte, kam ich zu dem Schluss, dass es nur einen Weg für mich gab: Ich musste die Abfindung, die mir meine Firma gezahlt hatte, publikmachen.

Ich setzte mich an den Rechner, fahndete nach der Lokalredaktion des Boulevardblatts und fand eine Nummer, die ich auch gleich anrief. Ich schilderte dem freundlichen Redakteur meinen Fall, erzählte von der unglückseligen Verwechslung und welche Kreise das Ganze schon gezogen hätte. Er werde sich der Sache gerne annehmen, versprach mir der Reporter, während ich meinerseits zusicherte, ihm umgehend den Kontoauszug mit der gezahlten Abfindungssumme zu schicken.

Beruhigt legte ich auf und atmete durch. Ich hatte getan, was ich tun konnte. Am übernächsten Tag würde der Artikel erscheinen, dann dürfte sich die Sache schnell wieder beruhigen. Kirsten würde sich bestimmt freuen.

Zwei Tage später, an einem herrlich warmen Frühsommernachmittag, an dem man die Nase in den Wind hielt, die frische, salzige Luft aus westlicher Richtung genoss und die Augen schloss, um die Wärme auf der Haut zu spüren, ging Hildemar Rosskopf langsamen Schrittes bergauf, nicht zu schnell, um nicht außer Puste zu kommen. Der wenig befahrene Weg, der am Hafen des schottischen Dörfchens Castledeen endete, war um diese Tageszeit wenig befahren, so konnte Rosskopf getrost auf der Straße laufen, ohne in Gefahr zu geraten, von einem Transporter oder einem der vielen Künstler, die sich hier niedergelassen hatten, überfahren zu werden.

Der Weg führte an der Teestube des Ortes und einem kleinen Supermarkt vorbei und schlängelte sich zielstrebig bis zu einer Kreuzung hinauf, von der aus man nicht nur einen fantastischen Blick über die zerklüftete Küstenlandschaft geboten bekam, sondern mit etwas Glück auch Handyempfang hatte. Als Rosskopf auf der Höhe angelangt war, beobachtete ihn ein neugieriger Pfau, der zum nahegelegenen Hof gehörte, als er sich, das Handy emporreckend, im Kreis drehte, um zumindest einen Strich auf der Empfangsanzeige zu ergattern, was ihm mit etwas Geduld auch gelang.

Seine Frau und er wohnten noch nicht wirklich lange hier, hatten sich bislang ganz bewusst von der übrigen Außenwelt abgeschottet, wollten die Zeit ausschließlich der Dorfgemeinschaft widmen, sie besser kennenlernen, ein Teil von ihr werden. Heute jedoch reizte es ihn zu hören, was draußen in der Welt während seiner Abwesenheit passiert war, damit er am Abend im Pub etwas zu erzählen und mit den Einheimischen zu diskutieren hatte.

Er öffnete die App einer deutschen Boulevardzeitung, klickte sich am Straßenrand sitzend durch die Weltnachrichten, überflog die Sportmeldungen und forschte schließlich nach regionalen Nachrichten aus der alten Heimat.

„Das gibt es doch nicht", murmelte er vor sich hin, als er den Aufmacher im Frankfurter Lokalteil über den dreisten Fechenheimer Arbeitslosen las, der bei seiner Kündigung nicht nur eine gewaltige Abfindung kassiert, sondern jetzt auch noch den Lottojackpot gewonnen hatte und sich nicht zu schade war, weiterhin die Leistungen des Arbeitsamtes zu kassieren. „Der fährt hier seinen nagelneuen Porsche spazieren und wir zahlen das von unseren Steuern", wurde die Inhaberin eines Friseursalons zitiert. „Und seine Frau lässt sich beim teuersten Friseur der Stadt die Strähnen färben." Unverschämt sei das, geradezu asozial, kamen weitere Nachbarn zu Wort, und jetzt würde er wohl nach und nach ganz Fechenheim aufkaufen. „Schäm dich", beendete der Lokalreporter seinen Artikel und fragte die Leser, in welcher Welt wir eigentlich lebten, in der wir solche Egoisten auch noch staatsfinanzierten?

Hildemar steckte das Mobiltelefon ein und eilte den Berg hinunter. Er freute sich schon, Sigrid von der Meldung aus der Heimat zu erzählen, na, die würde Augen machen.

Und in der Tat: Als Sigrid Rosskopf, eine Tasse Earl Grey mit Milch zur Seite stellend, die Nachricht auf dem Telefon ihres Mannes las, schüttelte sie nur ungläubig den Kopf.

„Ist das nicht verrückt, Hildemar?", fragte sie ohne aufzublicken. „Der muss gleich nach uns im Lotto gewonnen haben. Fechenheim scheint ja wirklich ein Ort für Glückspilze zu sein."

„Hätte er sich lieber auch ein Häuschen am Meer gekauft, statt mit teuren Autos anzugeben und die Ämter zu behumsen. Geschieht ihm recht", antwortete ihr Mann und verschwand im Haus, um die Flasche mit dem schottischen Speyside zu holen. Etwas ganz Mildes, ein Tipp des Pubbesitzers. Genau richtig für die ersten warmen Nachmittage, kurz bevor die Möwen aufflogen, wenn die Sonne im Meer versank.

FAHRT INS GLÜCK

Das Ufer nahe der Ruderclubs hatte nie zuvor ein ähnliches Aufkommen an Radfahrern erlebt. Dörthe und ich hatten etwas in der Art befürchtet, waren daher früh am Morgen aufgebrochen und standen um kurz nach acht parat, um uns im Zelt der *Main Idyll Immobilien* zu registrieren und die Armbinden mit den Startnummern abzuholen.

„Das müssen Hunderte sein", staunte Dörthe und sah sich um. „Sag mal, wollen wir es nicht lieber lassen? Das hat doch keinen Sinn."

„Auf gar keinen Fall", antwortete ich. „Jetzt sind wir da, jetzt fahren wir auch mit und holen uns die Wohnung."

„Optimist", sagte meine Frau, nicht wirklich überzeugt.

Die Wohnungsnot in Frankfurt war zuletzt immer größer geworden, die Mieten stiegen ins Unermessliche, günstige Unterkünfte waren kaum noch zu bekommen. Die Stadt baute, wo sie konnte, doch zogen immer mehr Menschen in die Mainmetropole, und das Angebot an Wohnraum wuchs nicht annähernd in gleichem Maße mit. Inzwischen machte sogar das Gerücht der Enteignung großer Immobilienunternehmen die Runde. Möglicherweise war genau das auch der Grund, der die *Main Idyll* veranlasst hatte, als Zeichen ihres guten Willens den heutigen Event zu organisieren. Unterstützt durch das Dezernat für Planen und Wohnen hatte die Immobilienfirma bekanntgegeben, drei Wohnungen in begehrten Lagen als Hauptgewinne einer Stadtrundfahrt zur Verfügung zu stellen. Die *Fahrt ins Glück* war von den Teilnehmern mit dem Fahrrad auf dem Grüngürtel-Radweg zu absolvieren, dabei würde man das Feld durch diverse Prüfungen nach und nach dezimieren, bis sich am Ende drei glückliche Gewinner herauskristallisierten.

Ich hatte von der Aktion im Netz gelesen und wollte Dörthe und mich direkt auf der Webseite der Firma anmelden, doch verwies man uns auf den heutigen Tag und das Zelt, in dem sich die Teilnehmer vor Beginn des für zehn Uhr angesetzten Wettkampfs zu registrieren hätten. Und so hatten wir uns denn zu nachtschlafender Zeit in die Schlange eingereiht und konnten nun entspannt dem stetig wachsenden Mob zusehen, der sich noch Hoffnung auf einen Startplatz machte.

Bereits seit zwei Jahren suchten wir für unsere Familie ein neues Zuhause. Magda wurde nächsten Herbst eingeschult, da war es höchste Zeit, dass sie ihr eigenes Reich bekam und wir endlich wieder ein kinderfreies Schlafzimmer. Doch die Suche verlief erfolglos. Wir hätten Frankfurt schon den Rücken kehren müssen, um uns eine 3-Zimmer-Wohnung leisten zu können. Die *Fahrt ins Glück* kam uns also gerade recht. Heute war unser Tag, ich spürte, nein, ich wusste das.

Die seit unserer Ankunft aus den Lautsprechern dröhnende Musik verstummte, stattdessen begrüßte nun eine Sprecherin den am Ufer versammelten Pulk und zählte begeistert einen Countdown herunter.

„… drei, zwei, eins … zehn Uhr! Das Teilnehmerfeld, liebe Freunde, ist ab sofort komplett."

Jemand applaudierte, zufrieden schlossen wir uns an.

„Ich höre gerade, wir haben zweihundertsechsundachtzig Starter. Wow, das ist fantastisch! Von allen, die jetzt noch in der Schlange stehen, müssen wir uns leider verabschieden. Sorry, aber weiterhin ganz viel Glück bei eurer Wohnungssuche!"

Ein Pfeifkonzert der vergeblich Angereisten setzte ein, doch dafür zeigten wir wenig Verständnis. Selbst schuld, hätten sie eben früher kommen müssen, so wie wir.

Kurz darauf erklomm die Sprecherin der Firma eine Bühne und erklärte den Teilnehmern die Regeln. Zunächst gehe es hinauf zu den Überresten des Goetheturms am Rande des Stadtwalds, von dort aus durch Frankfurts Süden bis nach Höchst, anschließend die Nidda entlang durch die nördlichen Stadtviertel bis zum Lohrberg, über Enkheim und Fechenheim wieder hinunter zum Main und auf der Offenbacher Seite zurück zum Start, der gleichzeitig das Ziel der Tour sei und wo man die Gewinner am Ende gebührend feiern werde.

Dann bat sie die Anwesenden aufzusteigen, und um Punkt Viertel nach erklang ein Signal, woraufhin sich das Feld in Bewegung setzte. Die Immobilienfirma hatte den Tag perfekt vorbereitet und die Straßenübergänge durch eigene Ordner gesichert, sodass der Start ohne Verzögerungen verlief und sich die Fahrer schnell durch Oberrad mäandern konnten, wo sie einer der wenigen Anstiege der Rundtour, der Weg hinauf zum Stadtwald, erwartete.

Dörthe und ich hatten seit Wochen trainiert. Wir stiegen aus dem Sattel und in die Pedale und ließen einen Radler nach dem anderen hinter uns. Die ersten bekamen bereits Probleme, mussten absteigen und schieben. Bei einem Ausreißversuch in der Spitzengruppe verfing sich zudem ein grünes Strampelmännchen im Lenker seiner bissig kämpfenden Nachbarin, was beide zu Fall brachte. Mehrere Verfolger konnten nicht ausweichen und stürzten ebenfalls, andere hielten, um zu helfen. Wir ließen uns von alledem nicht beirren, zogen mit Elan vorbei und erreichten unbeschadet und in guter Zeit das erste Etappenziel.

„Hopp, hopp, hopp ...", feuerte ein Moderator die Radfahrer an. „Noch zehn Sekunden, noch fünf ... und ... Schluss! Für alle, die jetzt noch auf der Strecke sind, ist das Rennen hier zu Ende. Tja Leute, so schnell wird aus einem Tourfahrer ein Tourist."

Sofort sprangen Helfer auf die Piste und bildeten eine Sperrkette, um die Nachzügler vom qualifizierten Rest zu trennen. Den Ausgeschiedenen wurden die Armbinden abgenommen, für sie war die *Fahrt ins Glück* vorbei.

„Ebenfalls disqualifiziert sind die Fahrer, die abgestiegen oder gestürzt sind. Das gilt auch für diejenigen, die Hilfe geleistet haben. Noch einmal, damit das klar ist: Das hier ist ein Wettbewerb. Denkt nur an euch! Alle anderen wollen dieselbe Wohnung wie ihr. Ihr seid Konkurrenten", plärrte der Moderator ins Mikrofon. „Also: Was seid ihr?"

„Konkurrenten!", riefen einige der Umstehenden.

„Ich kann nichts hören. WAS SEID IHR?"

„KONKURRENTEN!", brüllten nun fast alle unter großem Gelächter. Auch meine Frau und ich stimmten in den Chor mit ein und schüttelten lachend den Kopf. Der Typ machte das gut, ein richtiger Einheizer.

„Ganz genau!", schrie er. „Und zwar noch hundertdreiundfünfzig!"

Die Zahl der Gegner hatte sich also schon nahezu halbiert. Und wir waren noch mit dabei. Siegessicher klatschte ich mich mit Dörthe ab, dann begaben wir uns auf die verschlungenen Wege des Stadtwalds.

Eine geraume Weile später hatten wir die Oberschweinstiege sowie die Commerzbank Arena passiert und den Schwanheimer Wald erreicht, wo auf einer Wiese des Naturschutzgebiets eine Pausenstation aufgebaut war. Während wir uns an den Verpflegungsstationen versorgten, wurde bereits das große *Richtig-Oder-Raus-Quiz* angekündigt und uns erklärt, dass es darum ginge, Fragen über Frankfurt zu beantworten. Dazu würde ein Zufallsgenerator aus den verbliebenen Startnummern einen Teilnehmer herauspicken, der die richtige

Antwort nennen müsse, andernfalls wäre das Rennen für ihn vorbei.

„Legen wir los", ermunterte uns die junge Frau, die das Quiz angekündigt hatte und nun leicht erhöht auf einem Podium stand. „Wir beginnen mit der Startnummer 73. Ah, da hinten."

Ein junger Mann hatte die Hand gehoben und sich zu erkennen gegeben, worauf ihm ein Helfer ein Mikrofon unter die Nase hielt.

„Die erste Frage, aufgepasst: Welches ist der flächenmäßig größte Stadtteil Frankfurts? Und keiner sagt vor!", ermahnte sie die übrigen Radfahrer. Die Nummer Dreiundsiebzig überlegte angestrengt, was ich nachvollziehen konnte. Ein Glück, dass sie mich nicht gefragt hatte.

„Westend?", kam schließlich die zögerliche Antwort.

„Das ist komplett ... falsch. Denn es ist Sachsenhausen!", rief die Moderatorin fröhlich und verabschiedete sich von dem Mann, dem augenblicklich die Binde vom Arm entfernt wurde.

„Kommen wir nun zu einer Sportfrage. Es geht um die Eintracht, um ihren Rekordspieler."

Ich riss die Hand nach oben. Die Chance durfte ich mir nicht entgehen lassen. Die Moderatorin sah zu mir hinüber und lächelte.

„Tut mir leid, Meldungen sind nicht erlaubt. Aber vielleicht hast du ja die Nummer 204?"

Enttäuscht winkte ich ab. Warum konnte die Kuh nicht die hundertvierunddreißig ziehen? Stattdessen gab sich eine humorlos wirkende Frau zu erkennen, die resigniert die Augen rollte. Sport schien nicht wirklich ihr Metier zu sein.

„Die Frage dreht sich um Karl-Heinz Körbel. Wie viele Spiele hat der treue Charly für unsere Eintracht in der Bundesliga absolviert?"

Puh, dachte ich und atmete durch. Schon wieder Schwein gehabt.

„Hättest du das gewusst?", wollte Dörthe wissen.

„Im Leben nicht", antwortete ich. „Ich dachte, die will den Namen hören."

Dementsprechend blieb auch der Frau nichts weiter übrig als zu raten, und natürlich riet sie falsch. Sechshundertzwei Spiele. Das hatten doch nur die Ultras auf dem Schirm.

So ging das die folgende Stunde weiter, und mit jeder neuen Antwort verkleinerte sich das Feld. Denn nur wenige waren in der Lage, eine Frage richtig beantworten zu können. So wie der Grauhaarige neben uns, der aus nicht erfindlichen Gründen wusste, dass der erste Aufstieg eines bemannten Ballons in Deutschland von Bornheim aus gestartet war.

„Hoffentlich ist es bald vorbei", flüsterte meine Frau. „Nicht eine Frage hätte ich beantworten können."

„Ich auch nicht", gab ich zu, als die Stimme der Moderatorin laut und deutlich *135* rief. Ach du liebe Güte, Dörthes Nummer.

„Hier", rief die Radlerin, die neben ihr stand, mit dem Arm fuchtelte und auf sie deutete. „Hier, die hat die hundertfünfunddreißig!"

„Klappe", zischte Dörthe und warf der Verräterin giftige Blicke zu, doch es half nichts, die Moderatorin hatte sie bereits entdeckt und fragte auch schon nach Frankfurts bekanntestem Mundartdichter.

„Yes", begeisterte ich mich, das war doch großartig, der Punkt ging an uns. „Worauf wartest du? Komm, sag schon: Goethe."

Doch Dörthe winkte ab, ich solle still sein, sie müsse überlegen.

„Wozu? Es gibt nur einen Dichterfürsten, na los, Dörthe, auf!"

„Noch zehn Sekunden, dann bräuchten wir von dir die Antwort", mischte sich die Moderatorin dazwischen. „Sechs, fünf, ..."

„Friedrich Stoltze!", rief Dörthe. Ich erstarrte. War die wahnsinnig?

„Richtig!", kam die Antwort der Moderatorin. „Dein Glück, dass du nicht Goethe gesagt hast. Gratulation, du bleibst im Rennen."

Tolle Frau, meine Frau. Und so unglaublich gescheit. Ich drückte sie an mich und küsste sie, doch sie schien noch nicht versöhnt.

„Wenn ich auf dich gehört hätte, wär ich jetzt draußen."

„Schwamm drüber", antwortete ich. Schließlich konnte ich nicht immer Recht haben.

Eine gute Stunde später machten sich die rund achtzig verbliebenen Wohnungssuchenden auf den Weg, setzten bei Höchst in Kleingruppen mit der Fähre über den Main und folgten der Nidda, lediglich unterbrochen durch ein paar kleine, jedoch unschöne Zwischenfälle. Zunächst wollten sich bei Nied zwei Paare mittleren Alters ins Teilnehmerfeld einschmuggeln, doch fiel den aufmerksamen Streckenposten der wenig gelungene Farbton der selbstgefertigten Armbinden auf. Ergo wurden die Betrüger aufgehalten und vom Rad geholt, was allgemein von Applaus begleitet wurde. Soweit käme es noch. Wir strampeln uns ab, und die legen sich ins gemachte Nest.

In der Höhe von Hausen wurde das Feld abermals gestoppt, da Hinweise ergeben hatten, dass es bei den akkreditierten Teilnehmern zu Unregelmäßigkeiten gekommen war. Misstrauisch beäugten Mitarbeiter der *Main Idyll* die Reihen der Radfahrerinnen und Radfahrer und ließen sich Ausweise präsentieren. Und tatsächlich: Sieben Teilnehmer wurden noch an Ort und Stelle disqualifiziert, da sie bei der Registrierung ihr Geburtsdatum falsch angegeben hatten. Das Höchstalter des Wettbewerbs war auf sechzig Jahre begrenzt worden, da gab es kein Vertun. Ich verstand daher auch weder die Aufregung noch die Schimpftiraden, die über die Mitarbeiter hereinbrachen, als sie die Armbinden der Senioren einsammelten.

„Regeln sind Regeln", kommentierte einer der Helfer und verstaute die Binden in einer Packtasche. „Aber machen Sie doch nächsten Sonntag bei der *Final Years*-Tombola mit. Da können Sie einen von zehn Plätzen in einem Frankfurter Pflegeheim gewinnen, das wär doch was."

Eine gutgemeinte Idee, die bei den Damen und Herren, die ihres Erachtens noch voll im Saft standen, jedoch auf wenig Gegenliebe stieß. Erst als man die Herrschaften mit sanftem Druck entfernte und wir wieder unter uns waren, beruhigte sich die Situation.

Am alten Flughafen in Bonames stand die zweite Verpflegungspause ins Haus, und, wie sich schnell herausstellte, auch das zweite Quiz. Diesmal ginge es, so die Moderatorin, ums Thema *Wohnen in Frankfurt*.

„Hoffentlich geht der Kelch diesmal an uns vorbei", stöhnte Dörthe.

Und, dem Himmel sei Dank, er ging in der Tat. Das Feld lichtete sich zügig durch Aufgaben, wie etwa der, wie viele Menschen pro Stunde nach Frankfurt zögen (siebenkommazwei) oder die Stadt wieder verließen (sechskommasechs). Auch konnte kein Mensch wissen, dass der durchschnittliche Frankfurter einundsiebzig Quadratmeter Wohnfläche zur Verfügung hatte. Dörthe, Magda und ich waren weiß Gott durchschnittlich und hausten seit Jahren auf vierundfünfzig

Quadratmetern. Wer zum Teufel okkupierte die siebzehn, die eigentlich uns zustanden?

Nachdem Unbekannte einigen Teilnehmern, die dummerweise ihre Räder unbeaufsichtigt gelassen hatten, die Ventile aus den Reifen entfernt hatten, waren jene zur Aufgabe gezwungen, denn eine Panne führte automatisch zum Ausschluss. Dennoch setzten sich immerhin noch dreiunddreißig Fahrer aufs Rad, und wie durch ein Wunder waren Dörthe und ich weiterhin mit von der Partie.

Der giftige Anstieg hinauf nach Berkersheim und die damit verbundene Auslese verringerte ein weiteres Mal die Teilnehmerzahl. Desgleichen passierte, als die *Main Idyll* am Lohrberg die übrigen neunzehn Fahrerinnen und Fahrer nach deren Einkommensverhältnissen durchleuchtete, woraufhin sich vier Kandidaten unter Protest verabschieden mussten. Sie würden das Geld für die Miete schon aufbringen, lamentierten sie, doch die Schiedsrichter der Immobilienfirma ließen nicht mit sich reden. Da bestehe leider keinerlei Verhandlungsspielraum, hieß es.

Zwei Fahrer wurden anschließend wegen ihres südländisch klingenden Nachnamens aus dem Feld genommen, da dies in den Hausgemeinschaften der zur Verlosung stehenden Wohneinheiten zu Unfrieden führen könnte. Das fanden dann selbst wir zu hart, doch unser verhalten vorgetragener Protest verhallte ungehört. Auch den postwendend angedrohten Klagen wegen Diskriminierung sah die Firma gelassen entgegen. Das solle man ruhig versuchen, die Verprellten könnten sich gerne mit den Anwälten ihrer Rechtsabteilung auseinandersetzen. Im Übrigen sei dies hier ein Wettkampf, eine Art Lotto, und da bestimme nun mal nur einer die Regeln, und das sei die *Main Idyll*. Aber wem das nicht passe, der könne sich natürlich solidarisch erklären und gleich an

Ort und Stelle seine Teilnehmerbinde ablegen. Nun, bis dahin reichte das Gemeinschaftsgefühl dann natürlich doch nicht, erst recht nicht, nachdem wir bereits so weit gekommen waren. Und so brachen die verbliebenen wilden Dreizehn kurz darauf auf, fest gewillt, das beinahe Erreichte nicht mehr aus den Händen zu geben.

Doch dann erwischte es Dörthe.

Nördlich von Bergen, kurz bevor wir Richtung Enkheimer Ried abbiegen wollten, pausierte die Gruppe für eine Sonderverlosung. Extra für uns hatte man ein nostalgisches Glücksrad mit den letzten dreizehn Teilnehmernummern aufgebaut. Eine regional bekannte Rapperin ließ das Rad rotieren, das sich klickernd und klackernd von einer Zahl zur anderen drehte, bis die Gummilippe mit letzter Kraft bei der 135 Halt machte.

„Der Preis geht an ... ja, das ist ja unsere Frau Stoltze von vorhin, wie schön! Na, dann rate mal, was du gewonnen hast. Eine Garage im Nordend! Applaus für unsere Gewinnerin!"

„Aber wir besitzen gar kein Auto", sprach Dörthe entgeistert. „Was sollen wir mit einer Garage? Außerdem wohnen wir in Bornheim."

„Na, dann vermietest du sie eben. Die wird dir aus der Hand gerissen, da kannst du sicher sein. Gibst du mir bitte deine Binde?"

„Wie jetzt?"

„Ja, du bist natürlich draußen. Bei uns gewinnt keiner doppelt, das wäre den anderen gegenüber ungerecht."

„Das könnt ihr nicht machen", rief ich entsetzt. „Sie wollte doch keine Garage, sie will eine Wohnung. Wir wollen eine Wohnung."

„Das Leben ist kein Wunschkonzert, liebe Freunde. Aber du kannst natürlich auch gerne aussteigen, das würde die Kollegen bestimmt freuen."

Ich blickte mich um und sah jedem einzelnen Radfahrer in die Augen. Zustimmend nickten sie mir zu.

„Nichts da. Ich bleibe."

Nie zuvor war ich entschlossener als in diesem Augenblick. Nichts konnte mich davon abbringen, die letzten Kilometer zurückzulegen, um meiner Familie und mir eine neue Wohnung zu erkämpfen. Mit Tränen in den Augen umarmte mich Dörthe, als ein etwas linkisch wirkender Mann auf uns zutrat, sich als Charles vorstellte und Interesse an der Garage bezeugte.

„Der Brexit, you know", sagte er und dass seine Firma nach Frankfurt umzöge, sie aber partout keine Unterkunft für ihn fänden, nicht einmal ein möbliertes Appartment. Deshalb würde er seine Sachen gerne vorerst in unserer Garage parken und, falls absolut notwendig, eine Zeit lang dort nächtigen, und ob das okay sei. Ich ließ Dörthe mit der Entscheidung allein, denn ich musste aufsteigen, die Schlussetappe lag vor mir. Sie würde gleich folgen, rief sie mir hinterher und dass sie mir und uns fest die Daumen drücke.

Feierlich erklärte das Team der *Main Idyll Immobilien* dem letzten Dutzend Gladiatoren, dass es keine weiteren Prüfungen zu bestehen gäbe und es nun alleine darum ginge, die schnellsten Fahrer des Wettbewerbs und damit die Gewinner der drei Mietswohnungen zu ermitteln. Sogleich schossen wir den Weg bergab, auf dessen unebenem Belag die fünf letzten Fahrer strauchelten und stürzten, sodass wir nur noch zu siebt durchs Ried rasten, den Main erreichten und den Offenbacher Hafen ansteuerten, wo drei weitere Fahrer ausschieden, die nicht rechtzeitig genug einem Kinderwagen nebst dazugehöriger telefonierender Mutter ausweichen konnten. Zwei blieben bei dem Manöver im Maschendrahtzaun hängen, der dritte verzögerte zu spät und kollidierte mit dem verunglückten Duo.

Keiner des führenden Quartetts saß noch im Sattel, als wir mit hängender Zunge und pumpenden Lungen die Gerbermühle passierten und nur dank der Helfer an der Strecke vor weiteren Unfällen bewahrt blieben. Das Training der letzten Wochen machte sich bezahlt. Vielleicht sechshundert Meter waren noch zu bewältigen, als ich an dritter Stelle liegend einen meiner Kontrahenten wahrnahm, der mich links zu überholen versuchte. Noch einmal gab ich Gas und erhöhte die Geschwindigkeit. Ein Schlag gegen den Rahmen zog mir jedoch abrupt das Hinterrad weg, sodass ich fiel und mich überschlug. Dann verlor ich auch schon das Bewusstsein.

Als ich wieder aufwachte, sah ich in Dörthes verschwitztes Gesicht. Sie strich mir über die Wangen, sagte, alles sei gut.

„Du bist Dritter geworden", lächelte sie. „Den Arsch, der dich von der Strecke getreten hat, haben sie disqualifiziert."

„Gut", antwortete ich und wollte aufstehen, doch Dörthe hielt mich zurück, ich solle besser liegen bleiben. Zwar hätte ich nur Abschürfungen und vermutlich eine leichte Gehirnerschütterung, doch sicher sei sicher.

„Haben wir die Wohnung?"

„Ja", antwortete Dörthe. „Ja schon, ... aber ..."

„Aber was?"

„Tja, wie soll ich sagen?", druckste sie herum. „Es ist ... eine Zweizimmerwohnung. Vierundfünfzig Quadratmeter, um genau zu sein. Wie unsere."

„Zwei Zimmer?"

„Ja. Und in Griesheim."

„Wie?", wollte ich aufspringen, doch der brummende Schädel bremste mich. „Die sprachen doch von begehrten Lagen?"

„Griesheim sei *The Next Big Thing*, haben sie gesagt. Aber ist doch egal, komm du erst mal wieder auf die Beine, hm?"

Zwei Zimmer in Griesheim. Ich schloss die Augen und stöhnte auf. Dafür also die ganze Plackerei, dafür die Gehirnerschütterung. Na, wie auch immer, wenigstens eine Wohnung – und Dörthes Garage. Vielleicht war das ja ein Anfang. Dreihundert kalt sollte die schon bringen.

DER LAUBENKRIEG

Heinz Sikorski nestelte mit erdigen Fingern am Metallring und suchte den Schlüssel, der zur verwitterten Maschendrahttür passte. Bereits der zweite Versuch war erfolgreich. Er benötigte etwas Kraft, um die Tür nach innen aufzudrücken, da sich die wildwachsenden Zweige der angrenzenden Ligusterhecke dem Öffnen widersetzten.

„Bitteschön, nach Ihnen", sagte Sikorski und ließ Thomas Pröll passieren, der nach wenigen Metern stehen blieb und sich umsah. Der Kleingarten, der ab sofort ihm gehören würde, entsprach ziemlich genau seinen Vorstellungen. Gleich links der steinernen Gehwegplatten hatten seine Vorgänger Beete angelegt, die, das war offensichtlich, ausgiebiger Pflege bedurften. Pröll erkannte Kohlrabi und Zucchini, das Beet daneben war mit Rhabarber bepflanzt, der nicht mehr geerntet worden war. Unkraut machte sich zwischen dem Gewächs breit, das zu beseitigen eine mühsame Arbeit zu werden versprach.

„Ein Prachtgarten, was?", begeisterte sich Sikorski mit Kleingartenvorstandsstolz und breitete die Arme aus, als wollte er die dreihundert Quadratmeter Großstadtidyll an die fleischige Brust drücken.

„Ja, sehr schön", erwiderte Pröll und ging langsam weiter. Rechter Hand befanden sich Blumenbeete mit Dahlien und in kräftigen Farben blühende Tagetes. Hinter den Nutzflächen schloss sich zur Linken ein Stück Rasen an, auf dem schachbrettgleich Steinplatten verlegt worden waren, an deren Ende ein halb verrosteter Kugelgrill stand, dessen ursprünglich schwarze Farbe an einigen Stellen bereits abgeplatzt war. An der Kopfseite des Grundstücks erwartete die Männer eine Gartenlaube, deren hölzerne Läden ebenso verschlossen waren wie die Tür, die sich seitlich befand und zu einer mit transparenten Kunststoffplatten überdachten Sitzecke auf einer kleinen Terrasse führte.

„Ihre Vorpächter haben alles drin gelassen. Wegen des Abstands haben Sie sich geeinigt, habe ich gehört."

„Das ist erledigt", antwortete Pröll. „Der Preis war fair und nach dem, was ich sehe, auch absolut angemessen."

„Freut mich zu hören", sagte Sikorski. „Wir hatten da schon ganz andere Fälle, das kann ich Ihnen sagen. Da wurden am Ende die Lauben abgerissen und Bäume gefällt, eine Riesenschererei. So was haben Sie nicht vor, hoffe ich?"

„Keineswegs, ganz im Gegenteil."

„Schön", meinte Sikorski und taxierte den neuen Pächter. „Wo das Vereinshaus ist, wissen Sie bereits, die Toiletten habe ich Ihnen ebenfalls gezeigt. Die Kleingartenordnung hängt in der Hütte, die schauen Sie sich bitte ganz genau an, die nehmen wir bei uns sehr ernst. Hatten Sie schon mal einen Garten?"

Pröll schüttelte den Kopf. „Nein, dazu fehlte mir bislang die Zeit."

„Umso wichtiger, dass Sie sich mit den Gepflogenheiten vertraut machen. Unsere Gemeinschaft will keinen Ärger, deswegen halten Sie sich bitte an die Regeln, dann werden wir wunderbar miteinander auskommen. Der Garten nebenan gehört übrigens mir, sehen Sie, der hier", sagte Sikorski und deutete auf die rechts hinter der Hecke verborgene Parzelle. Pröll drückte das dichte Geflecht der Büsche beiseite und spähte in die Nachbarschaft. So konnte ein Garten also auch aussehen. Trotz des beginnenden Herbstes verlor sich auf dem akkurat gemähten Rasen kein einziges Blatt, die Blumenbeete erinnerten an die Musteranlagen einer Großgärtnerei und die Nutzflächen, die von einem Gewächshaus begrenzt wurden, versprachen reiche Ernte. Die Krönung des Vorzeigegartens war jedoch ein Apfelbaum, der fachmännisch beschnitten worden war und vor Früchten zu bersten schien.

„Da haben Sie sich ja eine herrliche Oase geschaffen, Respekt. Der Baum sieht wirklich aus wie gemalt. Was ist das für eine Apfelsorte? "

„Ein Pommerscher Krummstiel. Trägt nur alle zwei Jahre, dafür aber reichlich. Mit dem hab ich dieses Jahr den Kleingartenpreis für den schönsten Obstbaum abgeräumt. So, ich muss dann mal. Auf gute Nachbarschaft, Herr Pröll!"

Damit drückte der Vorsitzende des Kleingartenvereins *Schreberglück* dem neuen Pächter den Schlüssel in die Hand und verabschiedete sich. Pröll blieb zurück und gelangte mit etwas Druck gegen die verzogene Holztür ins Innere der Laube. Drinnen roch es abgestanden muffig, daher öffnete er als Erstes die Läden und Fenster und ließ frische Eschersheimer Luft herein. Das ist aber anständig, dachte er, als er den Kühlschrank öffnete, den die Vorbesitzer angeschlossen gelassen hatten und in dem sich zur Freude ihres Nachfolgers noch eine volle Bierflasche befand. Pröll suchte und fand einen Öffner, nahm einen kräftigen Schluck und ließ sich auf einem der Terrassenstühle nieder. Nun war er also Gartenbesitzer, ein erhabenes Gefühl. Das versprach weit mehr als nur Erholung, der Garten war gewiss eine echte Aufgabe, und eine Aufgabe war exakt, was er jetzt brauchte.

Bis vor wenigen Wochen hatte Thomas Pröll in der IT-Abteilung eines Unternehmens im Mertonviertel gearbeitet und befand sich seit letztem Montag im Vorruhestand. Letzten Herbst hatte er seinen sechzigsten Geburtstag gefeiert, noch drei Jahre, dann würde er endgültig in Rente gehen. Bis dahin nahm er mit dem halben Gehalt vorlieb und freute sich auf das, was er während der letzten Jahrzehnte sträflich vernachlässigt hatte: eine geregelte und sinnvolle Freizeit. Da Pröll mit Ausnahme weniger kurzzeitiger Beziehungen Single geblieben war und sich weder um Frau noch Kinder kümmern musste, konnte er seine ungeteilte Aufmerksamkeit anderen Dingen schenken. Seine Kollegin Senta war es gewesen, die ihn auf den großartigen Gedanken mit dem Schrebergarten gebracht hatte. Er besäße wahrlich einen grünen Daumen, staunte sie jedes Mal aufs Neue, wenn er sich ebenso selbstverständlich wie gerne um ihre Büropflanzen kümmerte, sobald sie in Urlaub fuhr oder krankheitsbedingt das Bett hüten musste. In der Tat gediehen die ihm anvertrauten Gewächse so vorzüglich, dass er sich irgendwann selbst zunächst Grünpflanzen, dann das ein oder andere Blühende ins Büro stellte, was dem nüchternen Ambiente des IT-Arbeitsplatzes schnell das Flair eines tropischen Gewächshauses verlieh. So war es auch nicht verwunderlich, dass ihn die Kolleginnen und Kollegen am Tag seines Abschieds mit einer prachtvollen *Trachycarpus Fortunei* bedachten, die unter seiner gütlichen Pflege sicher bald eine stattliche Höhe erreichen würde, jedenfalls weit mehr als die aktuellen gut zwei Meter. Was zum Glück allein noch fehlte, war der geeignete Garten, um der Hanfpalme eine neue Heimat zu verschaffen. Und diesen hatte er nun, nach mehr als einem Jahr auf der Warteliste des Vereins, im Frankfurter Norden gefunden.

Zwei Tage später kehrte der stolze Gartenbesitzer in sein Idyll zurück, im Schlepptau einen hölzernen Leiterwagen mit der mannshohen Palme, deren imposante Zweige fröhlich im Wind schaukelten, als wollten sie der neuen Heimat zuwinken. Pröll bemerkte die neugierigen Blicke der anwesenden Gärtner, die ob des Anblicks ihre Arbeit unterbrachen, den botanischen Novizen begrüßten und das Schauspiel gespannt verfolgten. Kein Zweifel, das exotische Gewächs war das erste ihrer Art im *Schreberglück*. So mussten die amerikanischen GIs begrüßt worden sein, als sie Fünfundvierzig den Main überquert hatten.

Pröll hievte den Baum vom Wagen und ließ den Blick nach einer geeigneten Stelle für die erfolgreiche Umsiedlung schweifen, als er eine ihm bereits bekannte Stimme vernahm:

„Wollen Sie die hier etwa pflanzen?"

„Tag Herr Sikorski, ja, ich suche noch den idealen Platz für mein Schmuckstück. Herrlich, so eine Palme, was? Die verbreiten gleich so was Mediterranes."

„Vor allem verbreiten sie Schatten. Setzen Sie die mal schön weit weg von meinem Garten. Was ist das überhaupt für eine?"

„Eine Hanfpalme."

„Hanf? Sie sind jetzt aber nicht so ein Haschbruder, oder?"

„Nein, nein, die heißt nur so. Eigentlich müsste ich bis zum Frühjahr warten, um sie einzusetzen, aber das ist ein ganz schöner Apparat. Ich fürchte, dass ich sie im Kübel nicht über den Winter kriege."

„Hm", war alles, was Sikorski dazu zu sagen hatte, bevor er sich wieder ab- und dem Aufpicken vereinzelt auf dem Rasen liegender gelber Blätter zuwandte.

Hätte ruhig mal mit anpacken können, dachte Pröll. Aber gut, dann musste er den Burschen eben alleine vom Wagen wuchten. Vermutlich, überlegte er, während er den Übertopf umklammerte, wäre es gar keine schlechte Idee, zunächst einmal zu den Leuten in der Anlage Kontakt aufzunehmen. Sich vorstellen, kurz ‚Hallo' sagen, ein erstes gegenseitiges Beschnuppern. Gut möglich, dass sich dazu am Wochenende die Gelegenheit ergab, da hatte er frühere Kollegen auf ein paar Steaks und das ein oder andere Bier zu Gast. Zumindest Sikorski würde er einladen, sollte er zu vorgerückter Stunde noch im Garten zugange sein.

„Die Hecke hätte es dringend nötig", hörte er wie aufs Stichwort den Obergärtner rufen. „Das wäre wichtiger als die Palme."

„Schon vorgemerkt, Herr Sikorski."

Kopfschüttelnd zeigte Pröll der Stimme hinter der Hecke den Vogel. Schien etwas anstrengend zu sein, der neue Nachbar. Wenn das so weiter ging, würden sie noch viel Spaß miteinander haben. Aber gut, er durfte es sich nicht mit ihm verscherzen, schließlich war Heinz Sikorski der Chef des Vereins. So ewig, wie es gedauert hatte, den Garten zu bekommen, so schnell war er ihn womöglich wieder los, das lag allein in der Hand des Obergärtners. Daher war er auch bereit, um des lieben Friedens willen die blöde Hecke zu stutzen.

„Ach äh ...", sagte Pröll und hielt nach dem Nachbarn Ausschau. „Herr Sikorski? Sie besitzen nicht zufällig einen Spaten? Oder eine Schaufel?"

Als niemand reagierte, schlich der IT-Mann den Liguster entlang und spähte nach drüben. Außer der gelben Vereinsfahne mit dem Schriftzug *KGV 09 Schreberglück*, auf der ein grüner Zwerg eine rote Gießkanne in der Hand hielt und die, an einem turmhohen Mast im Wind befestigt, im Wind flatterte, bewegte sich nichts.

„Wiedersehen macht Freude."

Zu Tode erschrocken zuckte Pröll zusammen und drehte sich um. Vor ihm stand Sikorski und reckte ihm einen Spaten entgegen.

„Die Tür", sagte Sikorski. „Sie war offen. Machen Sie die lieber zu, man weiß nie, was für ein Gesocks sich hier herumtreibt."

„Danke", antwortete Pröll und ergriff das Werkzeug. „Morgen haben Sie ihn wieder. Wie wär's mit einem Bier?"

„Ein anderes Mal", bekam er zur Antwort, denn Sikorski hatte sich bereits umgedreht und verschwand in Richtung Ausgang.

Thomas Pröll ging ihm nach, verschloss das Gartentor, machte sich wieder daran, den passenden Platz für das Geschenk der Kollegen zu suchen und fand ihn schließlich links des Gehwegs. Vielleicht könnte er schon im nächsten Sommer einen Liegestuhl unter der Palme platzieren und mit einem gepflegten Cocktail in der Hand die Nachmittagssonne über Eschersheim genießen. Ein angenehmer, motivierender Gedanke.

Eine halbe Stunde später hatte er ein Loch ausgehoben; gut doppelt so hoch und fast doppelt so tief wie der Erdballen, der den Palmenstamm umgab. Vorsichtig löste er den Baum aus dem braunen Kunststoffgefäß und hob den bereits stark verwurzelten Ballen in die vorbereitete Vertiefung. Sodann öffnete er den Sack mit nährstoffreicher Erde, den er eigens bei einem Blumengroßmarkt erstanden hatte und bedeckte damit sorgfältig das Wurzelwerk seines exotischen Freunds. Zu guter Letzt schaufelte er die ausgehobene Erde zurück an die ursprüngliche Stelle, trat sie vorsichtig fest, ging zur Gartenlaube, wickelte den Schlauch von der Wandhalterung, öffnete den Hahn und kehrte an seinen Arbeitsplatz zurück, bereit, die neue Heimstatt seiner Palme kräftig einzuschlämmen.

„Die können Sie da gerade wieder rausholen", tönte es in diesem Augenblick aus vertrauter Richtung. „Ich hab doch gesagt, dass das Ding von meinem Grundstück weg soll."

„Das sind gute zwei Meter bis zur Hecke, der Abstand langt bei Pandemien, dann wird das wohl auch bei einer Palme genügen."

„Im Leben nicht. Das Ding muss raus. Mindestens noch mal zwei Meter nach links, wenn nicht drei."

„Ach kommen Sie, Herr Sikorski, darüber kann man doch reden. Mein Bäumchen wird Ihnen schon keinen Schatten ..."

„Da gibt's nichts zu reden. Drei Meter weiter weg von der Hecke, dann will ich nichts gesagt haben. Schönen Abend noch."

Langsam wurde Pröll sauer. So hatte er sich das Kleingärtnerleben dann doch nicht vorgestellt. Sikorski entpuppte sich ganz offensichtlich als Bilderbuchidiot. Genau wegen solcher Zeitgenossen hatte Pröll eine Wohnung mit nur einer Partei pro Etage angemietet. Auf diese Weise ließ sich die Gefahr minimieren, von kleinkarierten Nachbarn genervt zu werden. Und dann beackerte so ein Exemplar ausgerechnet den Garten neben ihm. Hatte er das verdient? Wenn ja, womit?

Reichlich genervt überlegte er, wie er auf Sikorskis unverschämtes Auftreten reagieren sollte. Er musste davon ausgehen, dass das kein Einzelfall bleiben würde, vermutlich lungerte der Vorsitzende Tag für Tag um seinen Garten herum, um etwaige Regelverstöße anzuprangern. Wie ein Schulhausmeister, dem es tiefe Befriedigung bereitete, den in der Pause kickenden Zweitklässlern den Ball abzunehmen. Auf so was hatte der Vorruheständler überhaupt keine Lust. Er musste sich also schnellstens etwas einfallen lassen, um der Piesackerei des Nachbarn ein Ende zu bereiten. Bis dahin blieb ihm nichts weiter übrig als kleinbeizugeben, die Distanz zur Zonengrenze mit großen Schritten abzumessen und mit weit weniger Elan als zuvor ein zweites Loch auszuheben. Das befand sich dann zwar in der Nutzfläche, inmitten des Rhabarbers, doch konnte ihm das jetzt auch egal sein.

Eine weitere halbe Stunde später war seine *Trachycarpus Fortunei* ein weiteres Mal umgezogen. Mit Schweißperlen auf der Stirn betrachtete Pröll sein Werk und ärgerte sich maßlos; die zuvor ausgewählte Stelle hatte ihm weit besser gefallen. Stattdessen befand sich dort jetzt ein hässliches Loch, das aussah, als hätte ein hinter den feindlichen Linien jenseits der Ligusterhecke abgefeuertes Projektil einer Feldhaubitze eingeschlagen. Mit Wut im Bauch trat er die ausgehobene Erde in den frischen Krater und stampfte sie fest. Da. Da. Und noch mal da!

„Viel besser. Jetzt müssen Sie allerdings Ihre Nutzfläche vergrößern, sonst verstoßen Sie gegen die Gartenordnung."

„Was wollen Sie eigentlich, Herr Sikorski? Vielleicht können Sie sich zur Abwechslung um Ihren eigenen Garten kümmern und mich erst mal in Ruhe ankommen lassen."

„Vorsicht, Freundchen", antwortete Sikorski. „Ich achte lediglich darauf, dass sich in unserer harmonischen Gartengemeinschaft keine Schmarotzer einnisten."

„Was erlauben Sie ...?"

„Sie wollen den Garten doch behalten, oder? Dann befolgen Sie die Regeln. Sonst ist der Spaß ganz schnell vorbei."

Damit entfernte sich Sikorski und zog sich, fürs Erste siegreich, in die heimische Laube zurück. Pröll hingegen schleuderte den Spaten über die Hecke, der sich mehrfach auf dem feindlichen Rasen überschlug und laut scheppernd auf der Terrasse des Aufsehers liegen blieb.

„Mit vielem Dank zurück", brüllte ihm Pröll hinterher. „Idiot."

Sikorski wollte Krieg. Also bitte, den konnte er haben.

Es war gar nicht so leicht, einen Schädling aufzutreiben, der sich ohne Weiteres in Nachbars Garten umsiedeln ließ. Blattläuse, Spinnmilben oder Apfelwickler gab es weder im Fachhandel noch waren sie online erhältlich. Also nutzte Pröll das kräftige Gewitter am folgenden Tag für einen ausgiebigen Ausflug aufs Land, wo er durch Wiesen strich und am Ende des Tages einen ganzen Eimer voller Nacktschnecken gesammelt hatte. Die Beute im Kofferraum, fuhr er im Anschluss nach Eschersheim, wartete geduldig, bis sich das Gartengelände entvölkert und auch Sikorski die Pforte seiner Parzelle sorgfältig verriegelt hatte. Minutenlang sah Pröll ihm nach, bis die Rücklichter des silberfarbenen Opels nicht mehr zu sehen waren. Dann zog er Handschuhe über, griff in den Eimer, holte Schnecke um Schnecke heraus und beförderte sie so vorsichtig wie möglich über den Liguster. Ein gutes halbes Dutzend landete direkt in der Sikorskischen Nutzfläche, die übrigen verteilte er so gut wie möglich in den Blumenbeeten und unter die Obstbäume. Auch unter Sikorskis Prachtbäumchen kamen ein paar zum Liegen.

„Guten Appetit", flötete der IT-Fachmann seinen kleinen Helfern hinterher. „Das gehört alles euch!"

Zwei Tage später hatten die Kerlchen ganze Arbeit geleistet. Als Thomas Pröll den Garten aufschloss, hörte er bereits das Fluchen aus der Nachbarschaft. Zufrieden lächelnd ging er hinein und warf einen vorsichtigen Blick über die Hecke. Eine Pappschachtel in den Händen haltend, kroch Sikorski auf allen Vieren durch die Rabatten und streute braune Körner um die Pflanzen. Trotz der Entfernung hatte Pröll kein Problem, die Löcher in den Blättern zu entdecken. Sauber geschafft, dachte er, aber gut, Sikorskis Garten war für die Schnecken geradezu ein Schlaraffenland. Ein Jammer, dass Sikorski nun zum Gift griff.

„Tststs ... sieht aber gar nicht gut aus, Ihr Garten", begrüßte Pröll seinen Nachbarn. „Was ist denn da um Himmels willen passiert?"

Doch außer einem verärgerten Brummen erhielt er keine Antwort. Sikorski kroch aus dem Gebüsch hervor, kämpfte sich tapfer auf die Beine und kam grimmigen Blicks auf ihn zu.

„Tag Herr Sikorski, kann ich irgendwie helfen?"

Sikorski schritt ihm weiter entgegen, bis sie nur noch die Zweige des Ligusters trennten. Argwöhnisch blickend, schien der Chef der Gartenanlage in Prölls Augen etwas entdecken zu wollen.

„Ich habe diesen Garten jetzt siebenundzwanzig Jahre. Und ich hatte noch nie Schnecken. Nicht einmal."

„Schnecken? Oh, wie ärgerlich. Die fressen Ihnen doch alles auf."

„Wenn ich herausfinde, dass Sie etwas damit zu tun haben, schmeiß ich Sie raus."

„Ich? Herr Sikorski, ich bitte Sie. Machen Sie sich doch nicht lächerlich. Die Schnecken wissen eben, wo es ihnen so richtig gut geht. Ihr Garten ist für sie der Garten Eden."

„Vorsicht, Pröll. Ich habe ein Auge auf Sie."

„Nur zu, ach, übrigens: Heute Abend grille ich mit früheren Kollegen. Wenn Sie wollen, sind Sie herzlich eingeladen. Ein Bier, eine Wurst, da können wir uns vielleicht ein bisschen besser kennenlernen."

Misstrauisch beäugte der Vereinsvorsitzende den Neuankömmling.

„Ich überleg's mir", antwortete Sikorski zögerlich, ließ die Ligusterzweige zurückschnalzen und war hinter dem grünen Dickicht verschwunden. Pröll grinste. Was für ein Spaß. Er war gespannt, ob Sikorski tatsächlich auftauchen würde.

Und Sikorski tauchte auf. Als der Abend bereits in vollem Gange war, das Bierfass auf der Terrasse längst angezapft und die Steaks gerade noch blutig, stand er ebenso unvermittelt wie grußlos neben Pröll am Grill und hielt einen leeren Teller in der Hand.

„Herr Sikorski, na, das ist ja mal nett, dass Sie doch noch gekommen sind. Ich dachte schon, Sie sträuben sich. Oder wollen Sie bloß nachschauen, ob ich mich an Ihre Regeln halte, hm?"

Pröll zwinkerte ihm zu, doch Sikorski verzog keine Miene.

„Sind die schon durch?"

„Sie kommen gerade richtig. Als hätten Sie es gerochen."

„Sie werden lachen: Genau das habe ich."

Pröll musste in der Tat lachen. Der alte Giftzwerg. Auf seine Art war der Kauz fast schon wieder charmant. Bis auf die Nase erinnerte er ein bisschen an Walter Matthau. Er lud dem Gartenchef ein ordentliches Steak auf den Teller, schickte ihn zur Salattheke und ermunterte ihn, sich unter die Leute zu mischen und Spaß zu haben, sofern er das Wort überhaupt kannte.

Sikorski verschwand und tauchte die nächste Zeit nur sporadisch wieder auf. Mal zapfte er ein Bier, dann stand er teilnahmslos in einer Ecke der Terrasse. Den Großteil der Zeit blieb er jedoch unsichtbar. Unsichtbar, jedoch nicht untätig. Denn natürlich war der Herr Nachbar nicht gekommen, um sich den Bauch vollzuschlagen, das war lediglich der angenehme Nebeneffekt. Vielmehr begab er sich auf die Suche nach Beweismaterial. Im Schutze der saufenden, fressenden und tanzenden Meute hatte Sikorski alle Möglichkeiten, sich in Ruhe umzusehen und womöglich den Hinweis zu finden, von dem er insgeheim sicher war, dass er irgendwo verborgen sein musste. Er lugte in Schubladen und in Kisten, hob Planen hoch und Deckel an und fand schließlich einen kleinen Plastikeimer, der für den ungeübten Betrachter vollkommen unauffällig neben dem Anschluss des Gartenschlauchs abgestellt war. Sikorski bückte sich, hob den Eimer hoch und hielt die Nase darüber, schnupperte. Dann sah er hinein und entdeckte am Boden die angetrockneten Reste einer wässrigweißen Substanz. Bingo, dachte er und streckte den Zeigefinger ins Gefäß, tauchte ihn in das klebrige Etwas und betrachtete sich das Zeug interessiert unter dem Licht der Außenbeleuchtung. Noch einmal schnupperte er daran. Kein Zweifel, das Zeug im Eimer war Schneckenschleim. Jetzt war das Freundchen reif.

Sikorski ließ alles stehen und liegen und verließ ohne ein weiteres Wort die fröhliche Gesellschaft. Niemandem fiel sein Fehlen auf, auch Pröll nicht, der sich trotz seiner sechzig Lenze beeindruckend agil auf der zur Tanzfläche umfunktionierten Laubenterrasse bewegte. Abwechselnd schwang er die Arme in die Luft und umkreiste gerade hüftenschwingend seine Kollegin Senta, als das Licht erlosch und die Musik verstummte.

Dem erschrockenen Geraune folgte die Suche nach einer Taschenlampe, was in heutigen Zeiten nicht schwer war, besaß doch jedes handelsübliche Mobiltelefon eine diesbezügliche App. Und so leuchtete man sich durch die Tiefen der Laube auf der Suche nach dem Sicherungskasten und fand ihn in der winzigen Küche, oberhalb des Kühlschranks. Dort, so stellte Pröll fest, war alles in Ordnung. Der Fehler musste also außerhalb des Gartens zu finden sein.

„Sikorski?", rief er in die gesichtslose Menge im Garten. „Herr Sikorski?", wiederholte er, als sich der Angerufene nicht meldete. Warum wurde er das Gefühl nicht los, dass der Stromausfall auf dem Mist des Gartenvorsitzenden gewachsen war? Entschlossen bahnte sich Pröll den Weg durch die Gäste und drückte mit Vehemenz die Zweige des Ligusters zur Seite. Die Sikorskische Laube lag ebenfalls in Dunkelheit, doch deutete das Flackern einer Kerze auf die Anwesenheit des Eigentümers hin.

„Herr Sikorski?", rief Pröll erneut, woraufhin sich tatsächlich die Tür der Laube öffnete und der Vorsitzende erschien.

„Was ist?"

„Waren Sie das?"

„War ich was?"

„Der Strom. Haben Sie den abgestellt?"

„Ja sicher. Es ist nach 22 Uhr. Da ist hier Ende Gelände. Schluss mit der Feierei, verstanden? Ich werde ganz sicher nicht warten, bis sie mitten in der Nacht grölend das Gelände verlassen und mir womöglich noch in die Büsche kotzen. Ab zehn ist Schicht im Schacht. Die Leute wollen schlafen."

„Welche Leute? Hier ist kein Mensch."

„Ich bin hier. Und ich will schlafen. Ach, und Ihren Schneckeneimer, den hab ich sichergestellt. Als Beweis, sozusagen. Gute Nacht."

Damit verschwand Sikorski wieder in seinem Refugium und ließ Pröll sprachlos zurück.

„Was für ein Schneckeneimer?", fragte Senta, die hinter Pröll stand.

„Vergiss es. Der spinnt komplett", antwortete der Ex-Kollege, kehrte zu seinen Gästen zurück und entschuldigte das Verhalten des Gartenvorsitzenden. In Ermangelung von Kerzen oder sonstiger Lichtquellen löste der Gastgeber das bis dahin so gemütliche und harmonische Fest auf und versprach eine baldige Fortsetzung unter anderen, hoffentlich besseren Umständen. Als sich auch die letzten Gäste mit Hilfe ihrer Handys den Weg zur Gartenpforte gebahnt hatten und insgeheim dankbar waren, dass sie selbst keinen Kleingarten ihr eigen nannten, denn man hatte ja heute Abend erlebt, was für Kleingeister die Parzellen bevölkerten, räumte Pröll so gut es unter den gegebenen Umständen ging, die Reste des Festes beiseite und ließ sich auf der verwaisten Terrasse auf einem Stuhl nieder. Diese Unverschämtheit wollte, nein, die konnte er sich natürlich nicht gefallen lassen. Die Zeit war gekommen, es dem alten Blockwart zu zeigen.

Am nächsten Morgen stieg Pröll die vier Etagen zum Dachboden hinauf, wo er das verwahrte, was zum Gebrauch nicht mehr taugte, zum Wegwerfen jedoch zu schade war. Für einen alleinstehenden Mann im dritten Lebensalter hatten sich erstaunlich viele Habseligkeiten angesammelt, darunter auch ein von seinen Eltern übernommener Karton mit verschiedenen Dingen, der ihnen wiederum vom Vater seiner Mutter überlassen worden waren. Als Kind hatte er den darin verstauten Inhalt unglaublich spannend gefunden, jetzt würden ihm gewisse Utensilien einen letzten Dienst erweisen, nun, jedenfalls eines der Stücke.

Als Heinz Sikorski am kommenden Wochenende seinen Astra auf dem Parkplatz des Kleingartens abstellte und, die Kühltasche mit Grillgut im Arm, den Hauptweg des Geländes durchschritt, bemerkte er sogleich die feindseligen Blicke der Nachbarn. Sikorski grüßte, doch die Vereinskollegen erwiderten den Gruß nicht, nein, sie wandten sich ab, einer spie sogar auf das Blumenbeet vor seinen Füßen. Was war da los?

Sikorski bog um die Ecke in den kleinen Seitenweg, der zu seinem Garten führte und sah vor dem Eingang des Grundstücks eine kleine Menschenansammlung, die intensiv miteinander diskutierte und zornig gestikulierend auf seinen Garten deutete. Als sie des *Schreberglück* Vorsitzenden gewahr wurden, begannen sie zu pfeifen und zu schimpfen. Eine Schande sei er, musste er sich anhören, und dass sie mit so einem wie ihm nichts mehr zu tun haben wollten. Sikorski verstand nichts von alledem, bis er das Corpus Delicti erblickte, den Stein des Anstoßes, der die bislang so harmonische Gartengemeinschaft unisono erzürnte. An der Spitze des Fahnenmastes, an der unlängst noch ein Zwerg mit Gießkanne im Wind flatterte, wehte nun der unrühmliche Schatten der Vergangenheit: eine rote Flagge mit weißem Kreis, darauf unverkennbar ein schwarzes Hakenkreuz.

145

Pröll, schoss es Sikorski durch den Kopf. Er würde seinen zornesroten Kopf dafür verwetten, dass sein gottverdammter Nachbar hinter der Sache steckte. Das würde er ihm büßen, das, nein, das war jetzt ein Schritt zu viel, das würde er ihm nicht durchgehen lassen.

Wenn er nicht umgehend diesen widerlichen Fetzen einholte, werde man die Polizei rufen, musste er sich von den aufgebrachten Gärtnern anhören.

„Ich habe nichts damit zu tun", verteidigte sich der Gartenchef. „Ich nehme das Ding sofort ab, keine Sorge."

„Aber ganz schnell", blaffte die sonst so freundliche Frau Jaspers. „Mit dem braunen Gesindel wollen wir nichts zu tun haben."

So schnell es die Umstehenden zuließen, verschwand Sikorski hinter der Pforte und vernahm aus dem Hintergrund noch ein wütendes *Nazis raus*, doch darauf konnte er jetzt nicht reagieren. Erst musste er die blöde Fahne vom Mast holen, sonst würde der Mob am Ende noch handgreiflich werden. Er hantierte am Drahtseil und beförderte das schändliche Teil in Windeseile nach unten, löste die Ösen, packte die Flagge, knüllte sie zusammen und öffnete die Mülltonne, doch da lachte ihm bereits der grüne Zwerg mit der Gießkanne entgegen, der Stolz der Gartenfreunde – obwohl, Freunde konnte er seine Nachbarn nach dem Auftritt ja wohl kaum noch nennen. Unfassbar, dass sie ihm so etwas zutrauten. Er war doch kein Nazi! Wie konnten sie das von ihm annehmen? Daran war nur Pröll schuld, daran bestand kein Zweifel. Vermutlich die Rache für den kleinen Stromausfall am letzten Wochenende. Mit dem Typen hatte er sich eine schöne Laus in den Pelz gesetzt. Sikorski hatte ihm nichts getan, rein gar nichts. Er hatte ihn lediglich auf die Einhaltung der Regeln hingewiesen, und die galten schließlich für alle, ergo auch für ihn. Und was machte der Kerl?

Setzte ihm Schnecken in die Parzelle, die ihm die Ernte zer-
fraßen und pflanzte Palmen, die ihm das Sonnenlicht ... Moment mal ... da war ja noch was. Eine Hanfpalme, eine
Trachycarpus Fortunei, hatte Pröll gesagt. Sikorski suchte und
fand in der Fachliteratur, die er in der Laube aufbewahrte,
einen Artikel über besagte Pflanze und musste feststellen,
dass das Biest mehr als zehn Meter hoch werden konnte. Ein
klarer Verstoß gegen die Kleingartenordnung der Stadt
Frankfurt, die unter Paragraf drei die Maximalhöhe der Ge-
hölze auf sechs Meter beschränkte. Dessen besann sich der
rachedürstende Sikorski, als er aus dem Verschlag hinter der
Laube die Kettensäge hervorholte, sie mit dem 1:50 Benzin-
Öl-Gemisch aus dem Reservekanister betankte, den General-
schlüssel der Gartengemeinschaft vom Haken zog und seinen
Garten verließ, um das Grundstück des verhassten Nachbarn
zu betreten.

Dieser wiederum befand sich gerade auf dem Weg in sein
kleines Paradies und wollte bei der Gelegenheit nachsehen,
ob die hübsche rote Flagge in des Nachbars Garten noch
hing, als er schon auf dem Kiesweg das Anwerfen eines mo-
torisierten Werkzeugs vernahm, was freilich erst beim dritten
oder vierten Versuch gelang, dann allerdings heulte der
Zweitaktmotor mit unverkennbar aggressivem Unterton auf.
Schon von weitem entdeckte der Frührentner Heinz Sikorski,
der sich eindeutig auf seinem, Prölls, Grund und Boden befand, die Ohren mit einem signalorangefarbenen Gehör-
schutz bedeckt, in den behandschuhten Pranken das botani-
sche Mörderwerkzeug. Der wollte doch nicht etwa ...
    Pröll stürmte schreiend auf seinen Garten zu, durch die ge-
öffnete Pforte hindurch und erreichte Sikorski gerade noch
rechtzeitig, bevor dieser mit dem blutdurstig aufheulenden
Werkzeug das unschuldige südländische Gewächs töten

konnte. Pröll packte den Berserker von hinten an den Schultern, woraufhin sich Sikorski erschrocken zur Seite drehte und die Kettensäge herumriss. Eine purpurrote Fontäne spritzte durch die Rabatten, als Pröll seinen linken Arm, der ihm sechs Jahrzehnte sehr verbunden gewesen war, zu Boden fallen sah. Die Finger der linken Hand, die mitsamt des Arms vor ihm auf dem Rasen lagen und auf die sein Gehirn nun keinen Einfluss mehr hatte, öffneten sich selbstständig und zuckten.

„Oh mein Gott, das wollte ich nicht", war das Letzte, was Pröll hörte, als er vor Schmerz gelähmt das Blut betrachtete, das aus dem durchtrennten Oberarm pulsierte. Ihm wurde schwarz vor Augen, dann sank er ohnmächtig zu Boden und bekam auch nicht mehr mit, dass Sikorski entsetzt die triefende Kettensäge fallen ließ.

*

Sechs Monate später, an einem der ersten warmen Tage im späten März, ließ Thomas Pröll zum ersten Mal nach seinem Unfall wieder die Maschendrahttür des *KGV 09 Schreberglück* hinter sich zufallen. In der einen Hand einen Jutebeutel mit einem Stück Kuchen aus der seiner Wohnung gegenüberliegenden Filiale der Bäckereikette sowie eine kleine Thermosflasche, die er mit Milchkaffee gefüllt hatte. In der anderen Hand ... nun, in der anderen Hand befand sich gar nichts mehr, den Unterarm hatte man in der Unfallklinik fachgerecht entsorgt. An dessen Stelle baumelte dort der Ärmel einer anthrazitfarbenen Sweatshirtjacke. Pröll verweigerte vehement das Hochstecken des nutzlosen, überflüssigen Ärmels. Er hatte es zwar versucht, doch erinnerte ihn der Anblick im Spiegel fatal an einen späten Kriegsheimkehrer. Nein, entschied er für sich, dann lieber das sinnlose

Gebaumel, das auf den ersten Blick so aussah, als hätte sich der Frührentner einfach nur lässig die Jacke umgehängt.

Eigentlich wollte er *nach der Sache*, wie er es Senta und den übrigen früheren Kollegen gegenüber bezeichnete, den Garten aufgeben, doch dann hatte er es sich anders überlegt. Sikorski ... Heinz, wie der Vorsitzende der Gartenanlage ihn nun nennen hieß ... Heinz also, war in der ersten Zeit rührend darum bedacht gewesen, die unzweifelhafte Schuld an der Zerstückelung des Nachbarn wieder gut zu machen. Auf eine Anzeige hatte Pröll verzichtet, zum Dank war ihm Sikorski nicht nur im Garten mit Rat und Tat zur Hand gegangen. Er hatte sich auch in Prölls Haushalt nützlich gemacht, ihm die Bettwäsche gewechselt, die Gardinen gewaschen und wieder aufgehängt, größere Einkäufe erledigt und die Fußböden gewischt. Pröll hatte ihn all das machen lassen. Der Verbrecher sollte ruhig dafür bluten, dass er ihn hatte bluten lassen. Zu Beginn hatte er Sikorski sogar dazu gebracht, ihm die Fußnägel zu schneiden und auf allen Vieren nach Dingen zu suchen, die Pröll absichtlich unters Wohnzimmersofa hatte fallen lassen. Doch eines Tages begehrte der Gartenchef auf und meinte, nun sei es aber auch gut.

„Ich habe das nicht absichtlich getan, und das weißt du genau", lamentierte er und weigerte sich, die Haare aus dem Ausguss der Dusche zu fischen. „Irgendwann muss auch mal gut sein."

„Tja, Heinz, das Blöde ist nur, dass mein Arm ab ist und ab bleibt, weißt du? Das ist nicht irgendwann mal wieder gut."

„Ich werde dich ja auch weiter unterstützen, das versteht sich von selbst. Aber es gibt Dinge, die du nach wie vor selbständig erledigen kannst. Eine Hand hast du schließlich noch."

„Mit der kann ich nicht einmal den Deckel der Hämorrhoidensalbe abschrauben."

„Abschrauben werde ich ihn dir, aber sonst nichts." Und damit verließ Sikorski die Wohnung und ließ den Invaliden zurück. Der jedoch war mit dem Gartenvorsitzenden noch lange nicht fertig.

Als Pröll sein Gartentor erreichte, erwartete ihn über dem Maschendraht ein selbstgemaltes Transparent: *Willkommen zu Hause!*

Der Frührentner und Neuversehrte betrachtete den Gruß und fragte sich, wie Sikorski allen Ernstes auf den Gedanken kommen konnte, auf das Tuch *zu Hause* zu schreiben. Zu Hause war er im *Schreberglück* beileibe nicht gewesen, dazu war es wegen des drangsalierenden Vorsitzenden gar nicht erst gekommen. Pröll drehte den Schlüssel herum und drückte die Tür auf. Anders als beim allerersten Besuch ging das heute problemlos vonstatten, da die Ligusterhecke nicht nur am Eingang, sondern über die gesamte Länge des Zauns säuberlichst gestutzt und beschnitten worden war. Jeglichen Wildwuchs hatte man beseitigt, der Rasen befand sich auf Golfplatzniveau, die Beete wirkten akkurat gepflegt. Aus der verwahrlosten Parzelle, die Pröll im Herbst blutüberströmt auf einer Trage des Notarztwagens liegend verlassen hatte, war im letzten halben Jahr eine Mustergartenanlage geworden. Ehrlich beeindruckt trug er seinen Beutel Richtung Laube, die ihrerseits einen neuen Anstrich verpasst bekommen hatte und mit der blau-weißen Lackierung aussah, als wäre sie einem Astrid Lindgren-Buch entsprungen. Was ihn aber am meisten beeindruckte, war die *Trachycarpus Fortunei*, die seit seinem abrupten Aufbruch einen guten Meter an Höhe zugelegt hatte. Vor allem hatte sie scheinbar laufen gelernt, denn sie befand sich wieder exakt an der Stelle, an der Pröll sie zuerst eingepflanzt hatte, bevor der Schwachkopf aus der Nachbarschaft auf die Versetzung der Palme insistiert hatte.

Doch damit nicht genug: Unter dem Gewächs erwartete ihn bereits ein Liegestuhl mit farblich zur Laube passender Polsterauflage sowie ein Beistelltisch mit einer kleinen Blumenvase, daneben ein Bierglas sowie ein Flaschenöffner. Pröll war sich sicher, dass auch der Kühlschrank mit dem passenden Getränkevorrat bestückt worden war.

„Herzlich willkommen", hörte Pröll Sikorskis vertraute Stimme. Da die Hecke durch das Stutzen gute fünfzig Zentimeter an Höhe eingebüßt hatte, konnte er das Gesicht des Nachbarn über das Gewächs lugen sehen. „Ich hoffe, das ist alles in deinem Sinne."

„Danke, Heinz", antwortete der Anderthalbarmige. „Schön, sehr schön. Ich muss mich natürlich erst mal zurechtfinden."

„Natürlich, Thomas. Komm erst mal an", antwortete der Vereinschef und drehte sich weg.

„Ach, äh ... Heinz?", hielt ihn der Nachbar zurück. „Vielleicht wärst du so gut, mir vielleicht ein kühles Bier einzuschenken. Das einhändige Öffnen ist mir noch immer nicht in Fleisch und Blut übergegangen."

„Aber natürlich, ich komme." Keine zwei Minuten später stand Sikorski im Garten, klopfte seinem Opfer freundschaftlich auf die unversehrte Schulter und begab sich zur frischrenovierten Laube, um kurz darauf mit zwei Flaschen Bier zurückzukehren. Er öffnete eine davon und schenkte Pröll ein. Als er sich die zweite öffnen wollte, wurde er vom Mann im Liegestuhl gestoppt.

„Sei mir nicht böse, Heinz. Aber ich wäre jetzt gerne erst einmal alleine."

„Na klar, verstehe ich. Dir gehen bestimmt furchtbare Erinnerungen durch den Kopf."

Pröll nickte stumm, nahm einen großen Schluck Bier und schloss die Augen, was Sikorski als Signal zum Gehen verstand.

„Das andere Bier kannst du mir ruhig da lassen, das trinke ich vielleicht danach."

„Ja sicher, entschuldige, Thomas. Ich dachte ..."

„Stell's einfach auf den Tisch. Vielen Dank."

„Gern geschehen. Wenn noch etwas ist, melde dich einfach. Du weißt ja, wo du mich findest."

Ohne die Augen zu öffnen, hob Pröll die verbliebene Hand und ließ sie kraftlos wieder sinken. Als er das scheppernde Geräusch des ins Schloss fallenden Maschendrahttors im Nachbargarten vernahm, wartete er, bis sich der Nachbar etwa in seiner Höhe befand, dann rief er:

„Heinz?"

Der Kleingartenvorsitzende näherte sich dem Zaun und antwortete:

„Thomas? Ist noch was?"

„Ach, nichts, nur ... sag mal, du hast nicht zufällig etwas zu essen?"

„Essen? Eigentlich nicht, das heißt, ich könnte mal nachsehen, ob ich vielleicht noch ein paar Butterkekse in der Küche finde."

„Schade."

„Magst du keine Kekse?"

„Mir war mehr nach etwas Herzhaftem. Und ich kann mir doch so schlecht selbst ... da fehlt mir einfach der Arm."

Pröll sah Sikorski nicht, aber er wusste, dass dieser gerade die Augen schloss und tief durchatmete.

„Was hättest du denn gerne? Ein Mettwurstbrot vielleicht?"

„Du hattest nicht zufällig vor, heute zu grillen?", kam die prompte Gegenfrage.

„Um ehrlich zu sein ... aber ... na schön. Es dauert allerdings ein bisschen. Ich muss erst mal zum Supermarkt."

„Kein Problem, Heinz. Das ist sehr, sehr nett von dir."

„Hoffentlich haben die schon Grillkohle."

„Ja, hoffentlich. Ansonsten bekommst du sie sicher im Baumarkt."

„Ich werde schon was finden. Bis später."

Thomas Pröll lächelte. Gut möglich, dass er später gar keinen Hunger mehr hatte.

Als fast drei Stunden später der Geruch verbrannten Holzes durchs Gartengelände waberte und Heinz Sikorski die Bratwürste anstach, auf das diese prompt mit explosionsartig austretendem Fett reagierten, siegte Prölls leerer Magen dann doch über seine abgefeimte Boshaftigkeit. Er lag im Liegestuhl, zum Schutz vor der noch kühlen Nachmittagsluft eine Decke über den ausgestreckten Beinen, und wartete auf den Teller des Nachbarn sowie ein weiteres Bier.

Beides servierte Sikorski keine zwanzig Minuten später in den benachbarten Garten und stellte es am Tisch auf der überdachten Terrasse ab.

„Kommst du?", rief er Pröll zu, der mit geschlossenen Augen im Liegestuhl saß.

„Kannst du's nicht herbringen?

„Auf dem Beistelltischchen kannst du die Wurst nicht schneiden."

„Die kann ich sowieso nicht schneiden."

„Stimmt, entschuldige. Ich erledige das."

Wenig später platzierte er einen Teller mit mundgerechten Häppchen neben dem Ruhenden, der mühsam die Augen öffnete.

„Den Salat kannst du wieder runter tun. Ich hasse gekaufte Salate."

„Willst du ich nicht wenigstens mal probieren? Der ist fast so gut wie der Kartoffelsalat meiner Mutter."

„Nein, tu ihn bitte runter. Steaks gab es keine?"

„Ist noch keine Saison."

„Schade."

Lustlos stocherte Pröll im Essen herum, Sikorski stand etwas ratlos daneben, nicht wissend, ob er sich zu ihm setzen sollte oder wollte oder ob er nicht einfach wieder in die Ruhe seines Gartens zurückkehren konnte. Der kam in letzter Zeit sowieso zu kurz.

„Du kannst ruhig wieder gehen", sagte Pröll, ließ die Gabel sinken und schloss erneut die Augen. „Ich muss mich noch etwas ausruhen, ist doch anstrengend, das erste Mal so lange draußen."

„Natürlich, ruh dich aus. Ich bin drüben, falls du mich brauchst."

Der IT-Mann nickte und drehte den Kopf zur Seite, während sich Sikorski dankbar davonschlich. Kaum hatte der Kleingartenchef den Garten verlassen, öffneten sich Prölls Augen, er schnappte die Gabel und stopfte die Wurststücke gierig in sich hinein. Dann machte er sich über den Salat her, der über jeden Zweifel erhaben war und erstklassig schmeckte. Als er aufgegessen hatte, überlegte er kurz, ob er Sikorski wegen eines Nachschlags rufen sollte, doch halt, das wäre unglaubwürdig gewesen. Wohl oder übel und beileibe nicht satt, fiel ihm der Kuchen im Jutebeutel ein. Er stand auf, nahm den Teller mit und stellte ihn in die Küche. Dem Nachbarn würde er später erzählen, dass er die ungenießbare Kartoffelpampe entsorgt hätte.

Nachdem er den Kuchen sowie einige Kekse aus der Metalldose am Fensterbrett hinuntergeschlungen hatte, die trotz der vielen Monate erstaunlicherweise noch wohltuend knusprig schmeckten, verspürte er endlich ein leichtes Völlegefühl.

Ein ekliger Stich durchfuhr seinen linken Arm, jedenfalls den Teil, den er wegen einer Kettensäge eingebüßt hatte. Der Phantomschmerz war mit das Schlimmste an der Amputation. Er durchfuhr ihn ohne Vorwarnung. Sein Verstand wollte einfach nicht begreifen, warum die Nerven ihm nach wie vor einen Streich spielten, obwohl sie genau wussten, dass unterhalb des Ellbogens kein Arm mehr existierte. Das war in etwa so, als hätte er ohne Vorwarnung die externe Festplatte von der USB-Schnittstelle seines Rechners abgezogen, und das System würde es nicht erkennen und weiterhin von einem vorhandenen Speicher ausgehen. In diesen vom Schmerz gepeinigten Momenten sah er Sikorski vor sich und stellte sich vor, wie er ihm den Vorschlaghammer in der verbliebenen rechten Hand über den ergrauten Schädel zog. Alleine der Gedanke verschaffte ihm eine gewisse Befriedigung.

Pröll ging zurück in den Garten und verbrachte den Rest des Tages in angenehmem Schlummer, bis er zu frösteln begann. Er rief den Nachbarn, damit dieser das Geschirr wegräumen konnte, dann verabschiedete er sich und fuhr mit der U-Bahn nach Hause.

Zwei Tage später kletterte die Temperatur auf fast dreißig Grad. Pröll saß erneut im Liegestuhl unter seiner Hanfpalme und genoss die ungewohnte Frühlingshitze. Der Klimawandel wies eindeutig auch gute Seiten auf, wenn es in Eschersheim im März wärmer war als in Sevilla. Wie in den letzten Jahren hatte es zwar auch im vergangenen Winter viel zu wenig geregnet, doch das sollte Prölls Sorge nicht sein. Das Bewässern des Gartens würde er sowieso seiner rechten Hand überlassen: Heinz Sikorski. Seiner linken, um genau zu sein.

„Warum installierst du nicht eine Bewässerungsanlage? Du bist doch Computerspezialist, da kannst du das doch bequem steuern."

„Ich glaube, es ist präziser und sicherer, wenn man das von Hand macht – vorausgesetzt, man hat eine."

„Du hast doch eine."

Pröll tat, als hätte ihn Sikorski erneut zutiefst verletzt, diesmal seelisch. Bis eben hatte er gar nicht gewusst, dass er auf Kommando feuchte Augen bekommen konnte. Wie schön, das würde ihm sicher noch nutzen.

„Entschuldige, das war geschmacklos", sagte Sikorski zerknirscht. „Natürlich übernehme ich das Gießen des Gartens, kein Problem."

„Und wenn du schon dabei bist: Ich glaube, mir gefiel die Palme am anderen Platz doch besser."

„Wie? Aber du wolltest sie doch von Anfang an ..."

„Ich weiß", fiel Pröll ihm ins Wort. „Aber du hattest recht. Sie ist zu nahe an deinem Grundstück. Dort drüben kommt sie viel besser zur Geltung."

„Bist du dir sicher?"

„Ganz sicher."

Der Vorsitzende des *KGV 09* atmete tief durch. Zutiefst befriedigt verfolgte Pröll, wie sich der Geduldsfaden des Obergärtners seit Monaten immer mehr anspannte und langsam zu reißen drohte.

„Also schön, Thomas, ich versetze dir das Ding. Aber dann ist auch mal Schluss. Es wird höchste Zeit, dass du lernst, mit deiner Situation klar zu kommen."

„Ich würde es ja selbst schaufeln, aber mit einer Hand ..."

„Ich weiß, ich weiß, du bekommst dein Loch. Aber es gibt genügend Dinge, für die du niemanden brauchst. Essen machen, aufräumen, einkaufen, das kannst du alles selbst. Du darfst dich nicht in deinem Schicksal vergraben."

„Wie gesagt, ... graben ist ein bisschen schwer für einen Einarmigen."

„Um deine Palme werde ich mich kümmern."

„Eilt nicht, Heinz. Heute Nachmittag genügt völlig."

Thomas Pröll saß geduldig auf der Terrasse neben der Laube und beobachtete Sikorski, der sich mit seinen gut zwei Zentnern auf den Spaten wuchtete und ihn in den harten Boden des Gemüsefeldes trieb. Auch auf die Distanz bemerkte Pröll den Groll, mit dem der Kettensägemann zu Werke ging. Ja, groll du nur, dachte er und konnte sich ein Lächeln nicht verkneifen, als Sikorski schweißgebadet die Hanfpalme auf den Schubkarren wuchtete und sie wenige Meter weiter auf den Erdhaufen kippte.

„Vorsicht, Heinz. Die ist empfindlich!", rief ihm Pröll zu, doch der Gärtner missachtete ihn und arbeitete unbeirrt weiter. Er hievte das inzwischen durchaus stattliche Gewächs ins Loch und schob die Erde etwas umständlich mit dem Fuß zurück. Dann trat er den braunen Hügel fest und wischte sich mit dem Ärmel den Schweiß von der Stirn. Bei der Hitze war das sicher keine leichte Arbeit.

„Das sieht sehr gut aus", ertönte das Lob von der Terrasse. „Das Einschlämmen nicht vergessen!"

„Um den Schlauch zu halten, braucht man nur eine Hand."

„Die hält gerade ein Bier."

„Dann machst du's eben später. Für heute ist genug."

Sprach's, packte Schaufel und Spaten ein und verließ grußlos das Grundstück. Kein Zweifel, der Täter wurde aufmüpfig. Na schön, das Angießen konnte auch warten. Morgen musste er Sikorski allerdings noch daran erinnern, die Nutzfläche des Gartens zu vergrößern und neu zu bepflanzen. Ordnung musste schließlich sein, bevor er in die finale Phase überging.

Doch am nächsten Tag durchkreuzte der Gartenchef seine Pläne und nötigte ihn dazu, schneller als gedacht aktiv zu werden.

„Nächstes Wochenende wird das gute Stück beschnitten", ließ Sikorski seinen Nachbarn wissen, als er, beide Hände in die Hüften gestützt, den Pommerschen Krummstiel betrachtete. „Wird höchste Zeit bei dem Wetter. Ist ja viel zu warm."

„Kommst du da oben überhaupt ran?"

„Mit der Leiter kein Problem. Die ganzen Triebe, die nach oben wachsen, müssen weg. Samstag wird er hübsch gemacht, dann gibt's nächstes Mal wieder eine gute Ernte."

„Sag mal, Heinz, ich will dich ja nicht ständig belästigen, das ist mir wirklich peinlich, und das wird dir ja auch alles zu viel. Aber eine Bitte hätte ich noch, dann lasse ich dich ganz sicher in Ruhe."

„Du musst mich nicht in Ruhe lassen, du musst dir nur wieder selbst vertrauen."

„Ja, das will ich ja. Nur das, worum ich dich bitten möchte, hätte ich auch mit zwei Händen nicht geschafft."

„Und das wäre?"

„Ich brauche in der Hütte einen Starkstromanschluss."

„Starkstrom? Wozu das denn?"

„Naja, zum einen will ich einen Backofen in der Küche."

„Du willst backen? Hier?"

„Warum nicht? Ich werde vermutlich den ganzen Sommer hier draußen verbringen, da möchte ich die Zeit sinnvoll nutzen und mich mit neuen Dingen befassen. Das ist wichtig in meiner Situation."

„So, so. Und zum anderen?"

„Plane ich, mir neben der Laube eine Sauna zu bauen. Und der Saunaofen braucht ebenfalls Starkstrom."

„Und wann willst du das machen?"

„So schnell wie möglich. Wenn's geht, gleich morgen."

„Morgen? Du hast es ja ganz schön eilig."

„Was du heute kannst besorgen, ..."

Der Vorsitzende des *Schreberglück* überlegte.

„Naja, vielleicht komme ich heute oder morgen früh noch beim Baumarkt vorbei, dann könnte ich alles Nötige mitbringen. Hast du ein Glück, dass ich früher Elektriker war."

„Ist das so? Na, das trifft sich doch bestens. Dann ist das für dich ja ein Kinderspiel."

„Gib mir einen Tag. Wenn du übermorgen in den Garten kommst, ist alles erledigt."

„Großartig, Heinz. Ich wusste, dass ich auf dich bauen kann."

Am übernächsten Tag präsentierte Sikorski dem Nachbarn stolz sein Werk. Er führte ihn zunächst in den kleinen Küchenverschlag der Laube, zeigte ihm dort die Dose, dann gingen sie nach draußen, wo sich ein weiterer Anschluss für die Sauna befand.

„Und hier ist die Sicherung", sagte der Elektriker und deutete auf einen Schalter auf der Rückwand der Laube. „Die Starkstromleitung muss natürlich separat abgesichert werden. Ich denke, damit sollte alles für dich vorbereitet sein. Wann kommt denn der Backofen?"

„Nächste Woche wollen sie liefern."

„Na, dann freu ich mich schon auf den ersten Einsatz."

„Ich auch", antwortete Pröll. „Jetzt lass ich dich aber absolut in Ruhe. Du hast mir in den letzten Wochen und Monaten wirklich sehr geholfen. Ab jetzt nehme ich die Dinge wieder selbst in die Hand."

„Dann wünsche ich dir dabei alles Gute. Und wenn du irgendwie Hilfe benötigst ... du weißt ..."

Der Kleingartenvorsitzende sah sich nochmal um, ob er nichts vergessen hatte, und zog von dannen. Er schloss das Gartentor von außen und winkte dem Nachbarn zum Abschied. Pröll winkte zurück, doch da schoss ihm wieder der Schmerz durch den fehlenden Arm.

„Jaja", sagte er zu sich selbst. „Ich hab dich nicht vergessen. Ich kümmere mich um ihn, keine Angst."

Am nächsten Tag ging Pröll nicht in den Garten. Er hatte zu Hause genug zu tun. Schließlich wollten fast dreißig Meter Starkstromkabel abisoliert werden. Mit nur einer Hand war das recht mühselig, doch bis Donnerstag hatte er sicher Zeit, eventuell sogar bis Freitag. Also klemmte er das Kabel zwischen die Knie, nahm das Teppichmesser und begann sehr vorsichtig, den Kunststoff wegzuschneiden. Zentimeter für Zentimeter löste er das graue Plastik und gab den nackten, glänzenden Draht frei.

Spät abends war das Werk vollbracht. Seine Hand hatte sich mehrmals verkrampft, doch konnte er den Schmerz wegen des Kettensägenmalheurs nicht wegmassieren; stattdessen rieb er sie am Oberschenkel, bis sich der Krampf weitgehend löste. Er schob zwei Stühle mit den Rücken zueinander und begann, das Kabel um die Lehnen zu wickeln. Erfreulicherweise gelang das recht zügig. Er hob das Bündel, legte es in eine große Reisetasche, packte etwas Werkzeug daneben und zog den Reißverschluss zu. Dann öffnete er den Drehverschluss der Rotweinflasche, die er sich für besondere Momente aufgehoben hatte, goss das Glas bis zum Rand voll, trank es innerhalb von Minuten aus und füllte nach. Anschließend ging er schlafen. Morgen Nacht hätte er dazu nur wenig Gelegenheit.

Die Woche neigte sich dem Ende entgegen, als Thomas Pröll unter seiner Hanfpalme döste und erschöpft, aber in einem angenehmen inneren Frieden ruhend, die Nachmittagssonne genoss. Was immer nun geschah, es war gut. Er musste nur noch abwarten, doch wenn er etwas besaß, dann war es Geduld. Natürlich bekam er mit, dass sein Nachbar unruhig durch den Garten schlich und den Himmel beobachtete. Der Wetterdienst hatte für heute Abend Gewitter vorhergesagt, gut möglich, dass auch Eschersheim davon betroffen sein würde. Der drückenden Luft und den dunklen Wolken nach zu urteilen, war das sehr gut möglich.

„Na, Heinz?", rief er über den trennenden Liguster hinweg. „Wann geht's los mit dem Beschnitt des Krummstiels?"

„Bald", bekam er zur Antwort. „Wahrscheinlich noch heute Abend, bevor's hier richtig rumort."

„Wunderbar. Ich würde dir ja helfen, aber ..."

„Vielen Dank, aber das mache ich gerne, danach fühlt man sich so angenehm erledigt. Ich bin in diesem Jahr viel zu spät dran."

„Wegen mir?"

„Quatsch, das warme Wetter kam einfach zu früh."

„Tja, dann ... falls wir uns nicht mehr sehen, wünsche ich gutes Gelingen!"

„Besten Dank, Thomas. Du kannst mir gerne zusehen, hast da ja einen schönen Logenplatz."

„Klar, werde ich tun. Falls was schief geht."

„Da geht nichts schief. Hab ich schon tausendmal gemacht."

Sikorski winkte über die Hecke und machte sich davon. Pröll hingegen schloss die Augen und wartete geduldig auf das Klappern der Aluleiter.

Es dämmerte bereits, als am Himmel ein leichtes Grollen einsetzte und Sikorski endlich ans Werk ging. Warum hatte der Kerl so lange gewartet? Das Gartengelände war bereits menschenleer. Alle waren auf der Flucht vor dem Unwetter, außerdem würde es danach schlagartig kalt werden, da war man zu Hause weit besser aufgehoben.

Schweren Schrittes schleppte der Obergärtner im Nachbar-
terrain die Klappleiter zum Stolz des Gartens. Zeit, sich vor-
zubereiten, dachte Pröll, stand auf und ging mit schwitziger
Hand Richtung Laube. Das Timing war perfekt, das Gewitter
befand sich direkt über ihnen. Noch regnete es nicht, doch
waren bereits die ersten Blitze über den Frankfurter Himmel
gezuckt. Von der Rückseite des Häuschens hatte Pröll einen
perfekten Blick auf das zu beschneidende Gehölz. Achtsam
lehnte er sich an die Wand und beobachtete, was sich auf der
anderen Seite der Hecke tat.

Sikorski war zwischenzeitlich verschwunden, kehrte nun
jedoch mit einem Werkzeug wieder, dessen oberes Ende dem
Kopf eines Papageien ähnelte. Der Schnabel, soviel wurde
auch auf die Distanz deutlich, wäre durch einen beherzten
Ruck an der mit ihm verbundenen Leine in der Lage, auch
stärkere Äste zu durchtrennen. Genau das richtige Werkzeug
für die höher gelegenen Wassertriebe. Sikorski hatte die Leiter ausgeklappt und lehnte sie in die unteren starken Äste,
drückte dagegen, erprobte, ob diese seinen massiven Körper
wohl halten würden. Offensichtlich waren sie stark genug,
denn Sikorski stieg Stufe für Stufe nach oben, den Papageienschnabel über die Schulter gelegt.

Bei so einem Wetter Apfelbäume zu beschneiden, das be-
wies einmal mehr, dass Heinz Sikorski für seinen Garten,
nein, den ganzen *KGV 09 Schreberglück*, ach was, vielmehr das
Kleingärtnertum per se Feuer und Flamme war. Und genau
das würde er gleich eindrucksvoll unter Beweis stellen und
seinen Gartenfreunden mit leuchtendem Beispiel vorange-
hen.

„Habe die Ehre", sagte Pröll leise, als Sikorski oben ange-
kommen war, mit der Leiter im Baum lehnte und zu den ersten Schnittversuchen ansetzte. „Ein Gartengerät nahm mir

meinen Arm. Ein Gartengerät nimmt dir dein Leben. Quid pro quo."

Dann legte er den Kipphebel des Starkstromanschlusses nach oben um und erwartete ein knisterndes, brummendes Geräusch, gefolgt von einem zunächst dampfenden, dann brennenden Kleingartenvorsitzenden.

Doch nichts dergleichen geschah.

Noch einmal schaltete Pröll den Hebel um, vielleicht hatte er sich in der Richtung getäuscht? Aber auch diesmal geschah nichts, der Rentner schnitt weiter seine Triebe. Nur ein Blitz ließ ihn kurz aufmerken, der unweit von ihnen, möglicherweise im Fernsehturm, eingeschlagen war und fast zeitgleich mit dem ihn begleitenden ohrenbetäubenden Donner den frühen Abendhimmel erhellte.

Pröll verstand das alles nicht. Die ersten Regentropfen fielen vom Himmel, gleich würde Sikorski abbrechen. Oh, was war das ärgerlich, irgendwas musste schiefgelaufen sein, nur was?

Innerhalb von Sekunden wurde der Regen stärker, und Pröll verschwand enttäuscht in der Laube. Minuten später sah er seinen Nachbarn, der das Gartenhäuschen verschloss, die Kapuze der Regenjacke tief über die Stirn zog, noch einen letzten Blick in Prölls Garten warf, doch als er dort niemanden entdeckte, durch das Tor schlüpfte und das Gelände verließ. Morgen würde er die Arbeit zu Ende bringen. Bis morgen musste Pröll den Fehler entdeckt haben.

Etwa eine Viertelstunde später hatte der Regen deutlich nachgelassen. Der Rentner klemmte sich einen Tritthocker unter den verbliebenen Arm und huschte im dämmrigen Licht zur Ligusterhecke. Gott sei Dank hatte Sikorski das Ding beschnitten, sodass er vom Hocker aus darübersteigen und auf die andere Seite springen konnte. Wie er wieder zurückkommen wollte, stand auf einem anderen Blatt. Eins nach dem anderen.

Pröll näherte sich dem Baum und erkannte den um sämtliche starken Äste sowie den Stamm gewickelten Draht. Irgendwo musste etwas durchtrennt worden sein, mutmaßte er. Die Sicherung hatte er vorsichtshalber ausgeschaltet, man wusste ja nie. Dann machte er sich auf die Suche, packte einen Ast und wollte ihn zur Seite biegen, doch dazu kam es nicht mehr. Kaum hatte er zugepackt, schoss ihm nicht nur ein 400 Volt starker Stromstroß durch den Kopf, sondern auch der Gedanke, dass ihn der Alte ganz schön geleimt hatte. Danach war für ihn Ruhe, er begann zu dampfen, aus seinem tiefsten Inneren stieg Rauch in den Abendhimmel, dann begann die Kunststoffregenjacke zu brennen.

Er bekam nicht mehr mit, dass Sikorski längst zurückgekehrt war, noch einen Moment im nachlassenden Regen verharrte und erst, als er sicher sein konnte, dass ihn der einarmige Bandit für immer in Ruhe lassen würde, den Hebel der Sicherung wieder umgelegt hatte.

Der Chef des *KGV Schreberglück 09* war ja nicht dämlich. Natürlich war es ihm gleich verdächtig vorgekommen, dass Pröll, der ihn das letzte halbe Jahr lang wahlweise als Boten, Putzkraft, Anziehhilfe oder Einkaufsgehilfe schikaniert hatte, von einem Tag auf den anderen auf seine Hilfe verzichten und sich stattdessen eine vollkommen überflüssige Starkstromleitung installieren lassen wollte. Sauna ... Backofen, was für ein Quatsch! Sikorski hatte geahnt, dass Pröll etwas ausheckte und daher die tatsächliche Sicherung der Starkstromleitung an seiner eigenen Hauswand eingerichtet. Der Hebel an Prölls Laube war nur eine Attrappe. Sodann musste sich Sikorski nur noch auf die Lauer legen und abwarten. Er hatte sogar im Garten genächtigt und mit einem Nachtsichtgerät den Garten des Nachbarn beobachtet. Und er musste gar nicht lange warten, denn schon in der ersten Nacht schlich sich eine einarmige Gestalt im Schutze der Dunkelheit aus der Laube des angrenzenden Grundstücks, robbte sich umständlich über die Hecke und fiel ihm beinahe vor die Füße. Dann wickelte Pröll eine gute halbe Stunde lang etwas um den Stamm sowie die Äste des Pommerschen Krummstiels und verschwand danach so mühselig, wie er gekommen war. Sikorski wartete, bis Pröll kurz darauf den Garten verließ, und nahm anschließend das Werk des Nachbarn unter die Lupe. Er musste nur eins und eins zusammenzuzählen, um zu wissen, dass das blanke, abisolierte Kabel und der Starkstromanschluss zu ein und demselben Anschlagsplan auf sein Leben gehörten. Also schön, Pröll hatte es so gewollt. Dann drehte er den Spieß eben um.

Das Ergebnis davon war, das der vor sich hinkokelnde Attentäter just in diesem Augenblick im Stolz des Kleingartenvereins hing und drohte, den Baum selbst in Flammen zu setzen. Das musste natürlich verhindert werden.

Sikorski schnappte den Papageienschnabel, denn womöglich musste er den schwarzen Mann von seiner selbstgebauten Kabelfalle abzwicken. Er lehnte die Leiter neben den schwelenden Nachbarn und kletterte nach oben. Wie vermutet, klebte Prölls verbliebene Hand an einem mit Kupferdraht umwickelnden Zweig. Na dann, dachte der KGV-Vorsitzende und setzte den Schnabel des Gartengeräts am Draht an, als es hell um ihn herum wurde. Mehr nahm er nicht mehr wahr, denn dann wurde es sehr still und sehr schwarz um ihn.

So ganz konnte sich die Polizei die beiden Toten nicht erklären, die sie in trauter Eintracht und ebenso leblos wie verkohlt in einem bis zum Blitzschlag wohl ausgesprochen schönen alten Apfelbaum vorfanden. Warum war ein blankes

Kabel um den Baum gewickelt? Warum war die Leitung mit zwei Sicherungen abgesichert, von denen nur eine funktionstüchtig war? Und warum waren beide Kleingärtner ausgerechnet während des ersten schweren Gewitters des Jahres in einen Baum geklettert, der durch seine Verdrahtung als vorzüglicher Blitzableiter fungiert hatte? Entsprechend unscharf wurde in den Medien auch nur vom tragischen Tod zweier Hobbygärtner berichtet und dass die Polizei eine Fremdeinwirkung zwar für unwahrscheinlich halte, bislang aber nicht ausschließen könne.

Der Pommersche Krummstiel brannte bei dem Vorfall übrigens vollständig ab und musste von Heinz Sikorskis Nachfolger nach Abschluss der Spurensicherungsarbeiten sicherheitshalber gefällt werden. An ihn erinnert lediglich eine zunehmend verblassende Urkunde im Vereinsheim, die ihn zum dereinst schönsten Obstbaum des Kleingartens kürte.

DIE STIPPVISITE

Es war bereits nachmittags gegen halb drei, als der dunkelgrüne Audi mit dem Berliner Kennzeichen von der Autobahn auf die Borsigallee Richtung Innenstadt einbog. In etwa zehn Minuten sei man am Ziel, sprach der Fahrer in den Rückspiegel und bekam ein zustimmendes Nicken des Bundestagsabgeordneten Dr. Joachim Wittlich zur Antwort.

„Lassen Sie Frau Heller und mich irgendwo in der Nähe aussteigen, die letzten Meter laufen wir", sagte der Politiker und ließ sich von seiner Assistentin, die neben ihm aus dem Fenster sah, die verbleibenden Termine des Tages aufsagen.

„Bis 17 Uhr sind wir auf dem Straßenfest, danach holt uns Herr Laumer wieder ab und bringt uns nach Wiesbaden, wo wir gegen 19 Uhr an einem Sektempfang mit anschließendem Kammerkonzert teilnehmen. Gegen 21.30 Uhr sollte die Veranstaltung beendet sein, danach fährt mich Herr Laumer ins Hotel und Sie nach Hause zu Ihrer Frau. Morgen früh um neun holen wir Sie dort wieder ab und fahren zurück in die Hauptstadt."

Juliane Heller hatte wie immer alles im Griff. Joachim und Juliane, ein perfekt eingespieltes Team. In Berliner Cafés nannte man sie nur *JJ*, so wie JJ Cale, neben Lou Reed einer von Wittlichs Lieblingssängern. Und nun waren JJ auf dem Weg zur Berger Straße, wo Wittlich in ein paar Minuten sein ganz persönlicher *Walk On The Wild Side* erwartete. Es gab nur wenig, was Wittlich mehr hasste als Kammerkonzerte und Sektempfänge, zum Beispiel das Gedränge auf Straßenfesten. Aber gut, in wenigen Monaten war Bundestagswahl, und der Abgeordnete war nicht zum Vergnügen hier, sondern zu Wahlkampfzwecken. Und Wahlkampf hasste Wittlich noch mehr als alles andere.

Heute Morgen hatte Dr. Joachim Wittlich auf einem Wochenmarkt in Nordhessen bereits mit Bürgerinnen und Bürgern diskutieren müssen, danach waren sie nach Fulda aufgebrochen, um an der zentralen Wahlkampfveranstaltung seiner Partei in Osthessen teilzunehmen, wo ihm zwar keine zentrale Rolle zukam, seine Anwesenheit jedoch vorausgesetzt worden war. Jetzt war JJ schlussendlich zu einer Stippvisite in Frankfurt eingetroffen, der Stadt, für die Wittlich seit zwölf Jahren im Bundestag saß, trotz dem er nicht einmal das Direktmandat erringen konnte. Gegen Renate Gütlich, seine ebenso intelligente wie charmante und selbstbewusste Gegenkandidatin, wirkte Wittlich wie der Sachbearbeiter einer mittelhessischen Krankenkassenzweigstelle, dessen Karrierepläne bereits nach Ausbildungsende ins Stocken geraten waren.

Nun gut, es gab eben Rampensäue wie die Gütlich, die bei der letzten Wahl fast zwanzig Prozentpunkte vor ihm gelegen hatte, und es gab die Unsichtbaren, und zu denen zählte eindeutig und auch nach eigener Einschätzung Dr. Wittlich. Sein Gesicht war austauschbar wie eine altersschwache 30 Watt Glühbirne, niemand erinnerte sich an ihn, nicht einmal dann, wenn er über Stunden hinweg mit seinem Gegenüber in hitzige Diskussionen verstrickt war. *Kennen wir uns?* Das war der Standardsatz, den Wittlich zu hören bekam, wenn er auf jemanden traf, mit dem er beim vorherigen Mal bereits per Du gewesen war.

Doch es war nicht nur das unscheinbare Äußere, an das sich die Außenwelt nicht zu erinnern vermochte. Schlimmer noch war, dass niemanden interessierte, was der studierte Wirtschaftsjurist zu sagen hatte. Sein unbestreitbares Fachwissen kollidierte in geradezu grotesker Art mit der Ungelenkheit seiner Ausdrucksweise. Er war nicht in der Lage, unbefangen zu parlieren, nein, er konnte einfach nicht aus seiner Haut und behielt den akkuraten, unverbindlichen Politikersprech selbst in privatesten Situationen bei. Auch deshalb waren für Wittlich Auftritte wie der nun folgende auf dem Berger Straßenfest der blanke Horror und er hoffte, das Ganze schnellstmöglich und unversehrt über die Bühne bringen zu können.

Herr Laumer, der Berufschauffeur des Frankfurter Direkt-kandidaten, hielt in der Nähe des Luisenplatzes und wünsch-te dem Abgeordneten und dessen Begleitung einen erfolgrei-chen Termin. Dann entschwand die Limousine im Einbahn-straßendschungel des Nordends und überließ die Fahrgäste ihrem Schicksal, das sich durch die wummernden Bässe einer großdimensionierten Musikanlage bereits lautstark andeute-te.

„Schön, dann tun wir mal so, als würden wir uns unters Volk mischen", lächelte der Abgeordnete ebenso hilf- wie lustlos und schritt mit hängenden Schultern voran.

„Dr. Wittlich?", rief ihn Juliane Heller zurück und fuchtelte mit der Hand vor dem Kehlkopf herum. „Wollen Sie die nicht ablegen, wenn Sie schon im Anzug auftauchen?"

„Ah so, ja, da haben Sie recht, Juliane", antwortete Wittlich, löste die Krawatte und drückte sie der aufmerksamen Assis-tentin in die Hand.

„Vielleicht noch ein, zwei Knöpfe", riet Frau Heller ihrem Chef, der ihr brav Folge leistete und das Hemd öffnete, was ihm bei der Hitze zwar Luft, jedoch nicht die gewünschte Lockerheit verschaffte. „So? Oder mehr?", fragte Wittlich.

„Gut so", antwortete die Assistentin. „So lass ich Sie ge-hen."

Das Berger Straßenfest war um diese Zeit bereits in vollem Gange, mit der Betonung auf voll. Wie jedes Jahr pressten sich die Leute an den Ständen mit exotischen Speisen und eisgekühlten Getränken vorbei, befingerten die Auslagen mit

Modeschmuck und wühlten sich durch mobile Kleiderstangen mit heruntergesetzten Klamotten. Es roch nach südländischen Gewürzen und einheimischem Bratfett. Dr. Wittlich atmete tief durch, ordnete sich in den stadteinwärts fließenden Publikumsstrom ein und überlegte, wo und wie er den Wahlkampfeinsatz am besten beginnen könnte.

Eine Kartoffelbratwurst wäre vielleicht kein schlechter Start, dachte er und bog bereits Richtung Holzkohlengrill ab, als er Juliane Hellers diskreten Zug am Arm spürte.

„Keine Wurst, Dr. Wittlich, ich bitte Sie. Sie müssen Weltoffenheit demonstrieren, Aufgeschlossenheit, Toleranz. Da drüben die Afrikaner, da gehen wir hin."

„Und was gibt's da?"

„Fladenbrot mit Lammfleisch."

„Ah ja", entgegnete der Abgeordnete. „Fladenbrot."

„Genau. Bestimmt lecker. Dort mach ich ein Foto von Ihnen."

„Mit Fladenbrot?"

„Und mit der Köchin."

Die Köchin indes wusste nicht so recht, wie ihr geschah, als sich der seltsam steife Anzugträger, ihr pikant gewürztes Injera mit geschmortem Lamm in den Händen haltend, den Weg hinter die Theke bahnte, sich neben sie stellte und in Juliane Hellers Handykamera lächelte. Sie könne ruhig ebenfalls lächeln, sagte die Assistentin. Die Köchin tat ihr den Gefallen und ließ sich für ein weiteres Foto sogar die Hand des Mannes schütteln.

„Tolles Essen", sagte Wittlich, der nicht mal gekostet hatte. „Sagen Sie, wo kommen Sie denn her?"

„Gutleut", antwortete die Köchin wahrheitsgemäß.

„Nein", lächelte der Politiker. „Ich meine ursprünglich."

„Ursprünglich? Kamerun", sagte die Köchin.

„Ah, jetzt wird ein Schuh draus", lachte Wittlich.

„Frankenallee", fügte die Köchin hinzu. „Ein paar hundert Meter von der Galluswarte. Wieso wollen Sie das wissen?"

„Ach, nur so", gab der Abgeordnete auf. „Jedenfalls willkommen in Frankfurt. Sie sind ein großartiges Beispiel für Integration. Weiter so."

Dann wand sich der merkwürdige Eindringling wieder nach draußen und würdigte die Köchin keines Blickes mehr. Diese bekam nur noch mit, dass Wittlich in ihr Injera biss und es sofort an die Frau mit dem Sakko weitergab. So ein Depp, dachte die Köchin. Warum kaufte er es erst, wenn es ihm sowieso nicht schmeckte?

„Entsorgen Sie das", keuchte Wittlich röchelnd und steuerte auf den nächsten Getränkestand zu. Das pikante Gericht brannte wie Hölle. „Schnell", rief er dem Mann hinter dem Zapfhahn zu. „Ich verbrenne."

„Dann machen Sie sich aus der Sonne", brummte der Wirt. „Was darf's'n überhaupt sein?"

„Egal, irgendwas."

„Egal hammer net. Also'n Schoppen. Groß, nehm isch an."

„Ja, groß. Nur schnell."

Dankbar nahm Dr. Joachim Wittlich den halben Liter Apfelwein entgegen und trank ihn ohne abzusetzen in einem Zug aus.

„Respekt", meinte der Wirt. „Na, des war aber nötisch, was? Noch aaner? Uff aa'm Baa ... Sie wisse schon."

„Vielleicht sollten wir ...", versuchte Juliane Heller den durstigen Politiker vergeblich von einem weiteren Getränk abzuhalten; Dr. Joachim Wittlich jedoch setzte bereits aufs Neue an und trank, diesmal etwas verlangsamt, den Apfelwein, der ihm jetzt schon viel besser schmeckte. Eigentlich konnte er dieses säuerliche Gesöff nicht ausstehen – er bevorzugte vielmehr einen gutgekühlten Rieslingsekt, den es bei dem abendlichen Empfang im Rheingau hoffentlich geben würde – doch irgendwie schmeckte der Schoppen in diesem Moment geradezu angenehm frisch. Und fruchtig. Ja, fast schon gut.

„Dr. Joachim Wittlich", stellte sich der Abgeordnete dem Wirt vor und streckte ihm die Hand entgegen. „Ich bin Ihr Mann im Deutschen Bundestag und würde mich freuen, wenn Sie mir im September Ihre Stimme geben würden."

„*Kennen wir uns?*", kam die unvermeidliche Frage. Zwölf Jahre, dachte Wittlich. Drei Legislaturperioden, und der Typ kannte ihn nicht. Dabei hing sein Bild seit Wochen an jeder Litfaßsäule. Da war er wieder, Wittlich, der Unsichtbare.

„Ich setze mich seit vielen Jahren für die Belange der Frankfurterinnen und Frankfurter ein. Leider sind wir uns noch nie persönlich begegnet. Haben Sie etwas auf dem Herzen? Bewegt Sie etwas, das Sie mir mit auf den Weg nach Berlin geben möchten?"

„Nee, lasse Se ma. Isch bin aus Offebach."

„Ach, du gute Güte."

„Was soll'n des heiße?"

„Nichts, ich meinte nur, da bin ich ja gar nicht für Sie zuständig. Schöne Stadt, ehrlich."

„Offebach ist des bessere Frankfurt, des is Ihne schon klar?"

„Wir müssen leider gehen, Dr. Wittlich. Wir haben noch Termine", sprang Juliane Heller dazwischen.

„Ja, isch denk auch, der Herr Politiker zieht jetzt besser Leine, bissi Diäte unners Volk bringe. Habe die Ehre. Auf, de Nächste, bidde! Was hätte mer'n gern?"

Damit wandte sich der Wirt von Dr. Wittlich ab und kümmerte sich um die Schlange, die sich während des kurzen Gesprächs mit dem Abgeordneten bereits gebildet hatte.

„Ich würde auf lokalpolitische Scharmützel verzichten, Dr. Wittlich. Das ist vermintes Gebiet, auf das sich Ihre Kollegen vor Ort begeben können, nicht Sie als Bundespolitiker."

„Sie haben recht, Juliane", lächelte Wittlich, grüßte entgegenkommende Passanten freundlich, schüttelte manchen von ihnen sogar die Hand, was diese verwundert über sich ergehen ließen, winkte Nachbarn zu, die das Geschehen vom Fenster aus beobachteten und verteilte Kugelschreiber sowie kleine Tüten mit Gummibärchen und seinem darauf abgebildeten Konterfei, welche ihm Juliane Heller eigens zu diesem Zweck mitgegeben hatte.

Der Apfelwein schien eine geradezu magische Wirkung zu haben, jedenfalls verlieh er dem Juristen endlich eine gewisse Lockerheit. Wittlich öffnete die Knöpfe des Jacketts, schwang es über die Schulter und ließ es lässig an einem Finger baumeln.

Das Berliner Duo schlenderte mit der Menge die Straße entlang, als Dr. Wittlich auf dem Bürgersteig zur Linken zwei etwa neun Jahre alte Jungs entdeckte. Vor sich auf einer Decke hatten sie ihre Spielsachen ausgebreitet und befanden sich im Verkaufsgespräch mit einem Mann, der argwöhnisch ein Gesellschaftsspiel unter die Lupe nahm. Während die Kinder eine geradezu stoische Gleichgültigkeit ausstrahlten, näherte sich Wittlich dem Geschehen.

Der lässig gekleidete Interessent, ein Mittdreißiger mit Designer-Sonnenbrille, akkurat gepflegtem Bart und halblangem, leicht gewelltem, mit einem Gummi im Nacken zusammengehaltenen Haar, erkundigte sich nach dem Preis des offensichtlich neuwertigen Spiels.

„Zehn Euro", antwortete einer der Jungs und zwinkerte unablässig mit den Augen, während sein Kompagnon unbeteiligt auf das Display seines Handys starrte. Ihr potenzieller

Kunde zog gequält Luft durch die Zähne, beäugte das Objekt der Begierde erneut und bot dann schweren Herzens fünf Euro für ein Spiel, das im Laden mindestens dreißig kostete, wie Wittlich mutmaßte.

„Okay", sagte der offensichtlich überforderte und ahnungslose Jungverkäufer und hielt die Hand hin.

„Moment", schritt da der Volksvertreter und Wirtschaftsfachmann ein. Das konnte er nicht zulassen. „Zehn Euro sind ein mehr als fairer Preis für diese Neuware. Darunter solltet ihr keinesfalls gehen."

„Halten Sie sich doch da raus, das ist ein Flohmarkt, und wir verhandeln gerade", ging ihn der schamlose Betrüger an. „Kümmern Sie sich um Ihre Angelegenheiten."

„Tut mir leid, aber genau das ist mein Beruf. Ich kümmere mich um die Interessen und Belange des Volks, und dazu zählen auch diese jungen Herren. Gestatten? Dr. Joachim Wittlich, Bundestagsabgeordneter für Frankfurt am Main."

„Schon okay, wir haben das sowieso geschenkt bekommen", ging der Junge dazwischen und hielt dem Mann weiterhin die Hand hin, woraufhin dieser ihm ein paar Münzen gab und kopfschüttelnd, mit dem nagelneuen Spiel in der Hand, die Szenerie verließ, nicht ohne dem Politiker noch ein leises, aber gut hörbares *Idiot* mit auf den Weg zu geben.

„Aber sind eure Eltern nicht traurig, wenn ihr die schönen Geschenke gleich wieder verkauft?"

„Die sind nicht von ihnen. Die bekommen wir von denen, die die Spiele machen. Mama filmt uns, wie wir damit spielen. Wir sagen dann, wie wir die Spiele finden, und dann schauen die Kinder das bei YouTube und Instagram an."

Wittlich war beeindruckt, er stand scheinbar einem kleinen Start-Up gegenüber.

„Das ist ja toll. Und da folgen euch bestimmt eure ganzen Freunde."

Die beiden nickten stumm.

„Ich bin auch bei Instagram", sagte Wittlich. „Ich habe da schon fast tausend Follower. Und ihr?"

„Keine Ahnung", sagte der Junge, der noch immer ohne hochzublicken auf dem Handy herumspielte. „Aber Mama und Papa müssen nicht mehr arbeiten, seit wir die Videos machen. Du kannst uns auch folgen, wenn du magst: #frankfurtgameboys. Hashtag, das ist das schräge Kreuz auf der Tastatur."

„Ich weiß, was ein Hashtag ist", antwortete der Politiker verschnupft. Für wie rückständig hielten ihn diese kleinen Klugscheißer eigentlich? „Wollt ihr einen Kugelschreiber? Damit könnt ihr eure Influencerverträge unterschreiben."

„Nein danke", bedankten sich die Jungs artig. „Aber nett." Dann boten sie dem Bundestagsabgeordneten ihrerseits ein Selfie an, das er gerne auf seinem Account posten könne, was Wittlich nun seinerseits ablehnte. Einen Rest von Stolz wollte er sich schließlich bewahren.

Juliane Heller, die die Zeit genutzt hatte, um sich nebenan beim Modeschmuck umzusehen, las ihren Chef auf und zog ihn weiter. Wenn sie in dem Tempo weitermachten, wären sie heute Abend noch nicht am Bethmannpark, wo der Fahrer sie erwartete.

Bei dem Versuch, seine kleinen Wahlkampfgeschenke bei einer brasilianischen Bar loszuwerden, wurde Dr. Wittlich jedoch erneut aufgehalten, denn die leicht bekleideten Damen hinter dem Tresen erwarteten, dass der Politiker einen ihrer Cocktails probierte. Folglich ließ sich Wittlich leichten Herzens überreden und orderte gleich zwei der exotisch anmutenden Drinks.

„Auf JJ", sagte Dr. Wittlich und prostete seiner Assistentin zu. „Das Dreamteam." Bei der Hitze genau das Richtige, befand der Jurist, der üblicherweise eher mäßig und sehr kontrolliert Alkohol konsumierte. Und mächtig Wumms hatte das Zeug, da wurde so ein Straßenfest gleich viel erträglicher. Einen weiteren Cocktail später zogen die zwei schließlich von dannen und erreichten nach dem ein oder anderen Bürgergespräch, das schon viel flüssiger lief, den Merianplatz, wo auf einer großen Bühne eine Band mit Bryan Adams-Liedern die gutgelaunt tanzende Menge unterhielt.

Back in the summer of 69, stimmte auch Wittlich mit ein und sang Juliane Heller an, die 1969 noch nicht einmal geboren war. Vor der Bühne angelangt bewegte sich der Politiker etwas hüftsteif, doch für seine Verhältnisse geradezu schwungvoll zur Musik, und hätte sich, longdrink- und apfelweinbeschwingt sogar an einem Luftgitarrensolo versucht, wenn nicht am rechten Zeigefinger nach wie vor sein Sakko gehangen hätte. So tänzelte er sich stattdessen durch die Menge und suchte und fand den nächsten Getränkestand, wo er der Hitze wegen einen weiteren Apfelwein orderte, den er allerdings lieber sitzend zu sich zu nehmen gedachte. Ganz sicher fühlte er sich nicht mehr auf den Beinen, das musste an den Außentemperaturen liegen.

„Ist hier noch frei?", fragte er ein junges Paar, das mit ihrer Tochter an einem Tisch saß und Waffeln aß. Sofort rückten sie etwas zusammen, und so konnte JJ Platz nehmen und erst mal durchatmen. Wittlich gönnte sich einen kräftigen Schluck aus dem gerippten Glas, dann lächelte er leicht getrübten Blicks die Kleine an, die ihm mit strack geflochtenen blonden Zöpfen gegenüber saß und sich auf die Schlagsahne auf ihrer Gabel konzentrierte.

„Na, du kleine Greta, du. Schwänzt du freitags auch immer schön die Schule, hm?" Dann brach der Abgeordnete in schallendes Gelächter aus, woraufhin ihn Juliane Heller mit den Worten *„Dr. Wittlich, bitte!"* zu beruhigen versuchte, doch dem Politiker schossen ob seines gelungenen Scherzes vor Lachen die Tränen in die Augen.

„Papa, was will der Mann?", fragte die Kleine, die nicht die geringste Ahnung hatte, was hier vor sich ging.

„Eins in die Fresse, wenn er nicht aufpasst", antwortete der Vater, den seine Frau erst mal beruhigen musste, bevor mehr passierte. Doch dazu kam es nicht, denn die geistesgegenwärtige Assistentin griff auch diesmal ein und schleppte ihren noch immer prustenden Chef von der Bank weg, der gerade noch die Zeit fand, der jungen Familie ein paar seiner Gummibärchen und Kugelschreiber vor die Teller zu pfeffern.

„Ich denke, wir sollten uns nun ohne weitere Aufenthalte zu Herrn Laumer aufmachen. Genug unters Volk gemischt für heute."

Folgsam begleitete der Wirtschaftsjurist die Frau im blauen Sakko, die zügig neben ihm her schritt, dabei trällerte er leise *Take A Walk On The Wild Side*, als er aus den Augenwinkeln die Reporterin eines Privatsenders entdeckte, die mit einem Kamerateam unterwegs war, um Passanten zum Berger Straßenfest zu befragen. Sofort änderte der Politiker die Laufrichtung und ging schnurstracks auf die Frau mit dem Mikrofon in der Hand zu.

„Schönen guten Tag, Dr. Joachim Wittlich ist mein Name. Ich bin Bundestagsabgeordneter für die Stadt Frankfurt."

„Ich kenne Sie, Dr. Wittlich", antwortete die Reporterin, die sofort ihr Team zu sich holte. Nicht nur wegen Wittlichs offensichtlicher Fahne witterte sie eine nette kleine Politikerstory.

„Sie kennt mich, Juliane, hast du gehört? Die Frau kennt mich!"

„Aber natürlich, Dr. Wittlich. Sind Sie heute privat auf dem Berger Straßenfest oder machen Sie Wahlkampf?"

„Ja natürlich Wahlkampf, was denn sonst? Ich hasse Straßenfeste. Aber hier krieg ich Volksnähe, Sie wissen schon. Den Wählern zuhören, mit ihnen reden, mit ihnen anstoßen ...“

„Anstoßen?“

„Genau, junge Frau. Und Kulis verschenken. Kulis kann man ja immer gebrauchen, hab ich recht?“

Juliane Heller stand neben ihrem Chef und merkte, wie ihr der Boden unter den Füßen entglitt. Wittlich redete sich um Kopf und Kragen, und sie hatte keine Ahnung, wie sie ihn da rausholen sollte. Katastrophe!

„Wie schätzen Sie nach dem heutigen Tag Ihre Chancen ein, bei der Bundestagswahl in wenigen Wochen Ihr Direktmandat zu holen? Renate Gütlich lag letzten Prognosen zufolge erneut weit vor Ihnen?“

„Wissen Sie was? Mir doch egal. Sollen die Leute doch wählen, wen sie wollen. Ich reiß mir seit zwölf Jahren ... verstehen Sie, seit zwölf Jahren den ... Sie wissen schon. Jeden Tag. Sechzehn Stunden Minimum, kaum ein Wochenende mit der Familie. Und was ist der Dank? Die machen ihr Kreuz bei der Gütlich. Aber egal ... mir doch egal. Ich mach mir heut einen schönen Tag mit Juliane ... Juliane, komm doch mal, hier, das ist meine Assistentin, Juliane Heller.“

Wittlich zog seine Helferin zu sich, was der ganz offensichtlich extrem unangenehm war.

„Ohne Juliane wär ich gar nichts. Die Frau regelt ja alles für mich. Die weiß alles, kann alles ... eigentlich müssten die Leute sie wählen. Wir beide, wir sind JJ, verstehen Sie? Joachim und Juliane. Das Dream-Team. So nennt man uns.“

„Wir müssen jetzt leider gehen, Dr. Wittlich“, sprang Juliane endlich dazwischen, um ihren Chef aus den Klauen der Reporterin zu befreien. „Sie entschuldigen?“

Damit zog sie den Abgeordneten am Arm und zum Bedauern ihres Chefs tauchten sie gemeinsam in der Menge unter. Das war's dann wohl mit der Berliner Karriere, dachte sie und hätte heulen können.

Als Wittlich am nächsten Morgen mit dickem Kopf aufwachte und überlegte, ob er noch im Rheingau wäre oder nicht, bekam er über sein Handy mit, dass sein Interview in der Zwischenzeit für mächtig Wirbel gesorgt hatte. Die Kollegen aus der Fraktion bedankten sich hinter verschlossenen Türen für den erwiesenen Bärendienst, die Presse sprach von politischem Selbstmord. Adieu Berlin, dachte er und ließ sich wieder in die Kissen fallen. Sei's drum, dann war es eben so.

Umso überraschender fiel das Wahlergebnis wenige Wochen später aus, als Dr. Joachim Wittlich zwar wie erwartet den Kampf um seinen Wahlkreis gegen Renate Gütlich verlor, jedoch gut zehn Prozent zulegen konnte, was einer Sensation gleich kam. Die Menschlichkeit des Politikers wurde offensichtlich honoriert.

Das alles konnte ihm jedoch nicht helfen. Die Partei hatte Wittlich nach dessen Stippvisite auf dem Berger Straßenfest auf einen chancenlosen hinteren Listenplatz versetzt. Seinen vorderen Listenplatz und damit auch seinen Platz in Berlin musste er hingegen für die Bundestags-Novizin Juliane Heller räumen, deren Sachkenntnis als Wittlichs Assistentin bereits seit längerem über alle Parteigrenzen hinweg hoch geschätzt wurde.

DIE GRENZEN DER DEMOKRATIE

Eigentlich kann ich nicht meckern. Ich bin fünfundvierzig Jahre alt, genieße das Vertrauen der Geschäftsleitung, verdiene entsprechend gut und kann mir daher selbst in Zeiten wie diesen den Kauf eines kleinen Reihenhauses im Frankfurter Norden leisten. Seit nun schon sechzehn Jahren bin ich glücklich verheiratet, Vater zweier Töchter und laut Aussage der Ärzte waren die Vorsorgeuntersuchungen, die ich im vergangenen Frühjahr erstmals habe machen lassen, ausnahmslos unauffällig. Ich sei kerngesund, hieß es, und wenn ich weiterhin Sport treiben, auf das Rauchen verzichten und Alkohol nur in Maßen genießen würde, gäbe es keinen Grund, warum das nicht auch in Zukunft so bleiben sollte.

Ich könnte also rundum glücklich und zufrieden sein, wenn es da nicht einen kleinen Makel gäbe, den zu beheben es ein Leichtes wäre, wenn, ja, wenn ich alleine zu entscheiden hätte. Die Rede ist vom Familienauto der Wolters. Ja, ich rede nicht von *einem der Familienautos*, sondern von *dem Familienauto*. Denn wir besitzen nur ein einziges Gefährt. Nadja und ich sind uns einig, dass wir kein zweites benötigen, da unser Zuhause ideal an den öffentlichen Personennahverkehr angebunden ist und die Familie die meisten Wege zur Schule, zur Arbeit und zu privaten Zielen sowieso überwiegend mit dem Fahrrad absolviert. Meine Idee, unseren zwölf Jahre alten Golf in den ewigen Autohimmel zu verabschieden und der Familie ein neues Mitglied zu gönnen, stieß daher zunächst auf wenig Gegenliebe. Wenn man es genau nimmt, war nicht einmal sonderliches Interesse vorhanden.

„Sagt mal, was würdet ihr davon halten, wenn wir uns ein neues Auto kaufen würden?"

Die Frage war im Grunde leicht verständlich und zu passender Zeit nach dem gemeinsamen Abendessen hervorgebracht, noch bevor uns Lotte und Marie für ihre Lieblingsserien verlassen konnten.

„Was hast du gegen unser Auto?", fragte Nadja. Wenigstens eine, die reagierte. „Es fährt doch noch gut."

„Sicher fährt es", antwortete ich. „Fragt sich nur, wie lange noch. Es wird auch nicht jünger, und da werden bald immer mehr teure Reparaturen auf uns zukommen. Den Auspuff haben wir ja gerade erst ersetzt, das war auch schon nicht billig."

„Ein neues Auto kostet aber viel mehr."

„Natürlich, aber es wäre eine Investition in die Zukunft."

„Hm."

Gut, das Thema Auto war bei uns bislang kein Thema gewesen. Die Kinder hatten hingenommen, dass wir eins hatten, um sie zu Freundinnen oder zum Reitstall zu fahren, wenn ihre Ziele anders nicht erreichbar waren, und meine Frau fuhr höchstens zum Einkauf in den Supermarkt im Ostend. Dennoch hätte ich etwas mehr Begeisterung erwartet, schließlich handelte es sich hier um eine große Anschaffung, ein Fahrzeug, das mit der alten Laube, die unseren Carport verschandelte, nur noch die Kategorie gemein hatte.

„Warum machen wir nicht Carsharing? Das machen Tobis Eltern auch, und die sind ganz begeistert." Lotte war fünfzehn, da war es ganz normal, dass man Dinge kritisch hinterfragte, das förderten wir sogar. Hier jedoch lag sie völlig falsch, und das galt es nun richtig zu stellen.

„Würden wir wie Tobis Eltern in der Innenstadt wohnen, wäre das bestimmt eine gute Idee, da findest du die Stellplätze der Carsharing-Unternehmen an jeder Ecke. Aber wir müssten erst mal zwanzig Minuten mit dem Rad oder ein paar Stationen mit dem Bus fahren, um überhaupt zum Auto zu kommen."

„Was ist Carsharing?"

„Carsharing, mein Engel, ist, wenn sich Leute ein Auto teilen, weil sie sich kein eigenes leisten können oder wollen."

„Können wir uns denn kein eigenes leisten?", fragte Marie und spielte mir mit ihrer entzückenden kindlichen Neugier in die Karten.

„Natürlich können wir das, wir leisten uns ja auch ein eigenes Haus."

„Und damit haben wir eigentlich schon genug am Hals, findest du nicht auch?", fiel mir die Frau in den Rücken, die immer an meiner Seite stehen, mich unterstützen wollte, in guten wie in schlechten Zeiten, zumindest hatte sie das vor langer Zeit unter Zeugen versichert.

„Schau mal, wir verdienen beide sehr gut", antwortete ich, was der Wahrheit entsprach, da Nadja als Innenarchitektin sehr gefragt war und es Zeiten gab, in denen sie sich vor Aufträgen kaum retten konnte. „Und ich finde, ein Auto ist heutzutage kein Luxus mehr, sondern ein Alltagsgegenstand wie eine Waschmaschine oder ein Geschirrspüler."

„Für das Geld, was ein Auto kostet, könnten wir vermutlich hundert Waschmaschinen kaufen. Was kostet ein Auto heute eigentlich? Ich hab keine Ahnung."

„Das kommt natürlich aufs Auto an, ist klar. Die kleinen kosten weniger, die großen mehr. Für uns vier bräuchten wir eher ein großes."

„So groß wie der Golf, meinst du?"

„In etwa", log ich. „Ich muss mich da erst mal informieren, also, ich meine: Wir müssten uns da erst mal informieren."

Wer sich unvorbereitet in ein solches Gespräch begibt, hat bereits verloren. Daher hatte ich mich vorab natürlich ausgiebig damit beschäftigt, welches Auto für meine Familie in Frage käme. Sportwagen und Cabrios fielen von vornherein aus, es sei denn, unsere Kinder würden in Zukunft auf eine motorisierte Fortbewegung verzichten wollen, wovon jedoch nicht auszugehen war. Selbst Lotte, mein grünpubertierendes

Gewissen, sagte nicht nein, wenn es draußen schüttete und sie zu einer Verabredung musste. Dann wurde sie von Papili trockenen Fußes zur Party gebracht, der sie Stunden später oft sogar abholte, sollte keine Übernachtung vor Ort geplant sein oder die Veranstaltung wegen zwischenmenschlicher Spannungen vorzeitig enden.

Da wir Wolters zudem bevorzugt mit dem Auto in Urlaub fuhren, um die Schuhgröße unseres CO_2-Fußabdrucks zu verringern, blieb uns nur die Entscheidung zwischen einer Limousine, die ich wegen des spießigen Kofferraums jedoch ablehnte, eines Kombi, der aus mir nicht bekannten Gründen kaum noch gebaut wurde und eines innovativen, geräumigen Stadtgeländewagens, landläufig besser als SUV bekannt.

Man muss nur zwei und zwei zusammenzählen, um zu wissen, dass das Hassobjekt der klimaneutralen Menschheit auch in meinem innerfamiliären Kosmos – der die Frauenquote mit exakt fünfundsiebzig Prozent weit übererfüllte – nicht gerade zum Objekt der Begierde würde. Kurz erwog ich daher, einen volljährigen Burschen mit Migrationshintergrund zu adoptieren, der mir in meinem Vorhaben zur Seite stehen könnte. Zum Dank würde ich ihm erlauben, samstagabends mit dem Familienauto ein, zwei Stündchen um die Hauptwache zu cruisen, solange er mir versprach, sich auf der Babenhäuser Landstraße keine illegalen Autorennen mit Offenbacher Bruchpiloten zu liefern.

Ich verwarf die Idee jedoch und schlug mir gleichfalls aus dem Kopf, meine Erstgeborene mit einem weit älteren Freund zu verkuppeln, um diesen als Mitstreiter auf meine Seite zu ziehen. Wer konnte schließlich wissen, was man sich da ins Haus schleppte, womöglich eins dieser glattgestriegelten Muskelpakete, die einen E-Roller jedem Q7 vorziehen, weil sie da mit ihrem Flämmchen zwischen den proteingestählten Oberarmen durchs Nordend rollern konnten. Nein, ich musste die Überzeugungsarbeit wohl oder übel alleine leisten, und ich hatte dafür auch schon einen Plan. Eine Schocktherapie erschien mir das Mittel der Wahl.

„Was ist das denn? Das meinst du aber jetzt nicht im Ernst, oder?", hörte ich es aus dem Wohnzimmer aufschreien. Das zarte Stimmchen war zweifellos der schöne Alt meiner Tochter Lotte, die zwischen der Fernsehzeitung und dem Tchibo-Katalog vermutlich die dort eigens zu diesem Zweck platzierte Autobroschüre entdeckt hatte.

„Papa, spinnst du? Du willst nicht wirklich einen Panzer kaufen?"

Als hätte ich die Frage nicht gehört, schlenderte ich die Treppe nach unten und erkundigte mich scheinheilig nach dem Grund der Aufregung, woraufhin mir Lotte den Katalog vors Gesicht hielt.

„Ach das, das ist doch nur eine Möglichkeit. Ein Hummer gäbe euch Dreien ein sehr sicheres Gefühl. Das ist mir wichtig, weißt du."

„Ein sicheres Gefühl? Ich will damit doch nicht im Irak herumfahren, sondern in Sachsenhausen. Mama? Maaama!" Lotte hielt Ausschau nach Verstärkung, die auch prompt an der Tür ihres Arbeitszimmers im ersten Stock erschien.

„Was ist denn los bei euch? Was schreist du so herum? Wie soll man denn da arbeiten?", wollte Nadja zu Recht wissen. Unschuldig breitete ich die Arme aus und zeigte auf die Furie zu meiner Linken.

„Papa ist so peinlich, echt. Hier, sieh dir mal an, was er sich kaufen will."

„Ich will gar nichts kaufen, ich informiere mich lediglich. Und dann entscheide ich mich für das beste Auto für uns."

„Du entscheidest?", mischte sich Nadja ein.

„Wir entscheiden, ist doch klar, so wie wir alles gemeinsam entscheiden", beruhigte ich sie, um mir etwas Zeit zu verschaffen. Tatsächlich waren der demokratischen Entscheidungsfindung im familiären Mikrokosmos Grenzen gesetzt, die ich im Bedarfsfall auch auszuloten gedachte. Zunächst aber galt es die Wogen zu glätten.

„Ich habe mich für den Hummer nur interessiert, weil du da einen erstklassigen Überblick über den Verkehr hättest."

„Allerdings bräuchte ich zum Ein- und Aussteigen eine Leiter. Oder seilt man sich aus so einem Ding ab? Wie machen die Soldaten das?"

„Nein, nein, aber keine Angst, der Kofferraum wäre auch viel zu klein für unser Gepäck, geschweige denn unseren Wochenendeinkauf. Außerdem passt so ein Auto nicht zu uns."

„Das ist kein Auto", sagte Lotte. „Wenn du den kaufst, parkst du den nicht vor unserer Tür."

„Vorsicht, junge Dame, ja? Mal ganz schnell einen anderen Ton."

„Hoppala, jetzt werden wir autoritär, oder was?"

„Schluss, Lotte", sprang meine Frau mir bei. „Wir werden schon ein vernünftiges Auto für uns finden, und was für eins das wird, entscheidest nicht du, verstanden?"

„Vernünftig", höhnte Lotte. „Einen halben Schützenpanzer kann man ja wohl kaum vernünftig nennen."

„Du hast deinen Vater ja gehört. Dieses Monstrum ist bereits aus dem Rennen. Vielleicht kaufen wir ja einfach wieder einen Golf."

Einen Golf? Sofort schrillten bei mir alle Alarmglocken.

„Naja, ein bisschen größer sollte er schon sein. Schließlich wird unser Gepäck nicht weniger."

„Dann schrauben wir für den Urlaub eben den Dachgepäckträger drauf, das ging bisher doch auch wunderbar."

„Aber wir wollen uns doch verbessern, oder? Egal, wir müssen das ja nicht jetzt entscheiden."

Damit verließ ich die Damen und ging ohne jeden Grund in den Keller. Zumindest hatte ich damit die Diskussion beendet, die in die falsche Richtung zu laufen drohte.

Den Vorschlag, den ich als Nächstes aus dem Hut zu zaubern gedachte, war ein klassischer Van. Gegen einen Van als Familienauto sprach im Grunde genommen gar nichts. Er war unschlagbar geräumig, man konnte ihn mit allem Schnickschnack in ein luxuriöses Wohnzimmer verwandeln, und es gab Motorvarianten, mit der man an der Ampel manchen tiefergelegten Zweisitzer stehenlassen konnte, auch wenn das nicht unbedingt mein vorrangiges Ziel war. Warum ich ihn dennoch ins Spiel brachte, war der Tatsache geschuldet, dass ein Van für Nadja in etwa die Erotik eines Sitzrasenmähers ausstrahlte und zu allem Überfluss der Mann ihrer besten Freundin Katja ein solches Gefährt besaß. Dazu muss man wissen, dass es nur wenige Menschen auf der Welt gab, die Nadja nicht ausstehen konnte, und Rolf, Katjas Mann, gehörte fraglos dazu. Nicht für alles Geld der Welt würde Nadja ein ähnliches Auto fahren wollen, wie der Mann, den sie mir gegenüber nur als den Friedberger Deppen bezeichnete.

Als ich beim gemeinschaftlichen Abendessen die Katze aus dem Sack ließ und das Bild eines ausgesprochen nichtssagenden Exemplars auf dem Tablet präsentierte, gab es sofort die erwartete Reaktion.

„Im Leben nicht, Nico. Ein Van kommt mir nicht ins Haus, und auch nicht vor die Tür."

„Schade eigentlich", antwortete ich halbwegs glaubhaft.

„Vans sind die idealen Familienautos, nur dafür werden sie gebaut."

„Oder für Handwerker, die ihre Kloschüsseln damit durch die Gegend fahren", beschied Lotte und stocherte in den Resten ihrer Nudeln herum. Das gute Kind.

„Also, ich find's schön", sagte Marie, die alles schön fand, was neu war. „Das hat sogar Türen, die man aufschieben kann, das finde ich toll."

Der Rest der Familie ignorierte die Meinung des jüngsten Familienmitglieds schlichtweg und Nadja war es schließlich, die einem Wolterschen Van den Todesstoß versetzte.

„Ich werde keinen Meter in einem Van fahren", sagte sie. „Das Auto ist hässlich, viel zu groß, und nur Idioten fahren so was. Ende der Diskussion."

Wer war ich, meiner Frau zu widersprechen?

„Na schön, dann suche ich eben weiter. Wir finden schon noch was, was uns allen gefällt, davon bin ich überzeugt."

Obwohl ich längst wusste, welches Auto ich wollte, ließ ich etwas Zeit vergehen. Schließlich wollte ich mir nicht vorwerfen lassen, gleich das erstbeste Auto kaufen zu wollen. Nächtelang hatte ich auf der Webseite des Herstellers den Konfigurator malträtiert, bis er mir endlich das Gefährt ausspuckte, das in wirklich jedem Punkt meinen Wünschen entsprach. Ein Traumauto, fürwahr.

Ich speicherte das Fahrzeug ab und vereinbarte im selben Atemzug für den kommenden Samstag beim Händler meines Vertrauens eine Probefahrt. Bei der Gelegenheit wollte ich alle meine Lieben mit dem neuen Familienmitglied bekanntmachen.

„Samstag? Das geht nicht, da wollte ich mit Samira in den Stall."

„Doch nicht um elf Uhr morgens, da schläfst du doch normalerweise noch", antwortete ich. Von Lotte ließ ich mir die Überraschung nicht verderben.

„Was willst du uns überhaupt zeigen?", nölte sie weiter. „Hast du dein Auto jetzt gekauft, oder was?"

„Was ist mit euch?", ließ ich die Frage meiner vorlauten Tochter im Raum stehen, die noch alles zu vermasseln drohte.

„Von mir aus", sprühte Nadja vor Begeisterung. „Wie lange soll das Ganze denn dauern?"

„Nicht so lange, ein, zwei Stunden vielleicht."

„Okay, dann können wir Lotte danach im Stall absetzen und mit Marie einkaufen gehen."

„Oh nee, ich will nicht mit zum Einkaufen. Kann ich nicht auch in den Stall?"

„Nein, kannst du nicht", entschied ihre ältere Schwester.

„Wir machen danach auch was Schönes", versprach ihr die gute Mutter, der ich wiederum versprach, mich der gemeinsamen Unternehmung anzuschließen und dafür auf die Bundesliga-Übertragung zu verzichten. Eine Hand wäscht die andere, sagte Nadjas Blick, dem ich nichts entgegenzusetzen hatte.

„Gut, dann machen wir das so", beschlossen wir die Sitzung. „Ihr werdet sehen, es wird euch gefallen."

„Ich wusste es", triumphierte Lotte, als ich den Golf samstags darauf auf dem Parkplatz des Händlers parkte. „Papa hat endlich sein Auto gekauft. Was ist es denn? Ein Leopard 2?"

„Hast du wirklich ein Auto gekauft?", wollte Marie wissen.

„Unsinn, Schätzchen, das würde ich doch nie ohne euch entscheiden", antwortete ich, wohlwissend, dass die Demokratie innerhalb der Familie Grenzen hatte.

„Das würde euer Vater nie tun, Marie. Denn er wüsste genau, was dann passierte."

„Was würde denn passieren?", wollte Marie wissen. Eine Frage, die auch mich brennend interessierte.

„Papa könnte dann gleich in sein Auto einziehen, und selbst, wenn es ein großes Auto wäre, wäre es doch ein bisschen zu klein für ihn."

„Warum würde Papa ins Auto ziehen?"

„Quatsch, Marie, Mama meint das nicht so, Mama macht einen Witz", antwortete ich, doch Nadjas entschlossener Blick sprach anderes.

Wenig später drückte mir der Verkäufer den Schlüssel in die Hand, der eigentlich kein Schlüssel mehr war, sondern ein handlicher Gegenstand mit mehreren Druckknöpfen. Dann geleitete er die Wolters auf die Stellplätze hinter dem Showroom.

„Welcher ist es denn?", wollte Nadja wissen und sah sich um. „Bestimmt der große Kombi."

Ich lächelte meiner Frau zu und entriegelte mit der Fernbedienung scheinbar ziellos das Auto. Ohne das zwitschernde Geräusch, das man aus Kinofilmen kennt, gab sich mit einem freundlichen Aufleuchten der vorderen Blinklichter das größte Fahrzeug weit und breit zu erkennen.

„Der?"

Nicht nur Nadja war bass erstaunt, auch ihre Töchter trauten ihren Augen nicht.

„Wow", sagte Marie, sichtlich beeindruckt.

„Du spinnst total", bemerkte hingegen ihre ewig gutgelaunte Schwester. Ich überlegte ernsthaft, ob ich vielleicht doch noch einen Vaterschaftstest machen lassen sollte. Etwas derart Mürrisches und Miesgelauntes konnte schwerlich mein eigen Fleisch und Blut sein.

„Lasst uns einfach mal einsteigen", sagte ich und ließ mir vom ebenso souveränen wie kundigen Fachverkäufer die technischen Finessen des Fahrzeugs erklären.

„Es ist ein Automatikmodell. Sie müssen also nichts machen, nur den Hebel auf D stellen, Gas geben und bremsen. Aber denken Sie bitte daran, mit einem Kickdown sind Sie aus dem Stand von null auf hundert in etwa sechs Sekunden."

„Das ist doch voll assi", mischte sich meine vorlaute Tochter ein.

„Ein guter Beschleunigungswert ist wichtig, wenn sich dein Vater einmal in einer Gefahrensituation befindet und schnell überholen muss."

„Oder deine Mutter", ergänzte Nadja kühl.

„Natürlich, oder deine Mutter", verbesserte der Verkäufer seinen Fauxpas. „Es ist wie bei vielen Details im Leben. Vielleicht braucht man sie niemals, aber es ist gut zu wissen, wenn man sie hat."

„Das ist ein Klimakiller", stänkerte Lotte. „Den kaufen wir nicht."

„Das entscheidest nicht du", pampte ich zurück. „In diesem Auto steckt die allerneueste Technologie. Bayerische Qualität."

Der Verkäufer nickte, wir verstanden uns. Und bevor mir die hauseigene Aktivistin noch weiter den Spaß verderben konnte, bedeutete ich meinen Damen einzusteigen. Ein Wunsch, dem sie mehr oder weniger begeistert Folge leisteten. Ich startete den Motor und hörte ... nichts. Mein Gott, war der leise. Außerdem blinkte es überall um mich herum. Ich kam mir vor, als säße ich im Cockpit eines Airbus, kurz vor meinem ersten Transatlantikflug. Nachdem sich die Passagiere zum Start angeschnallt hatten, legte ich den Rückwärtsgang ein, tippte leicht aufs Gaspedal und wäre fast im dahinter befindlichen Neuwagen gelandet. Junge, staunte ich, der hatte tatsächlich jede Menge Pferde unter der Haube, die ich nun zu bändigen gedachte. Winkend fuhr ich am reichlich blass gewordenen Verkäufer vorbei und bog vom Hof.

Marie hatte das Auto bereits gekauft. Sie rutschte fröhlich auf dem Ledersessel herum, quietschte vergnügt, als sie den Bildschirm vor ihrer Nase entdeckte und war begeistert vom Sound des bordeigenen Soundsystems.

Lotte hingegen schmollte und tippte genervt auf ihrem Handy herum. Ihre Entscheidung stand ebenfalls bereits fest, was mich aber nicht sonderlich interessierte.

Blieb Nadja, die noch etwas verkrampft neben mir saß und wohl hoffte, dass ihr Cowboy mit der animalischen Kraft des Wagens zurechtkäme. Daran gab es jedoch gar keinen Zweifel. Ebenso souverän wie gelassen blickte ich ihr in die Augen. Sie sah bezaubernd aus auf dem Beifahrersitz dieser Luxuskutsche. Das Auto war allein für ihre Schönheit gebaut worden.

An der nächsten Ampel kam ich in der Pole Position zum Stehen und wartete geduldig, bis die Fußgänger unter uns sicher die Straße überquert hatten. Als das Licht auf gelb umsprang, wollte ich sehen, ob der Verkäufer uns keinen Unsinn erzählt hatte. Ein Tritt aufs Gaspedal, und es presste die Familie Wolter in die Sitze.

„Bist du wahnsinnig?", schrie Nadja auf. „Fahr gefälligst langsamer, sonst steige ich auf der Stelle aus." Sofort ging ich vom Gas und bändigte die Hengste und Stuten unter der dunkelblau glänzenden Motorhaube. Der Verkäufer hatte nicht zu viel versprochen. Ich war gerade mit knapp Hundert am Mainufer entlang gebrettert.

„Du bist so ein Assi, Papa", musste ich mir aus der zweiten Reihe anhören. „Du bringst uns noch alle um."

„Das stimmt überhaupt nicht, Papa ist kein Assi", nahm Marie mich in Schutz.

„Doch, dein Vater ist ein Assi, wenn er so fährt", maulte Nadja neben mir.

„Schon gut, schon gut, war vielleicht ein bisschen schnell", sagte ich und mäßigte meinen Fahrstil, um die Wogen zu glätten. Dann überquerten wir den Main und cruisten entspannt durch Sachsenhausen.

„Ganz schön viel Platz, was?", fragte ich rhetorisch in die Runde. Verglichen mit unserem alten Golf glich der Innenraum einem Kinosaal.

„Wie lange müssen wir noch fahren?"

„Wir haben den Wagen etwa eine Stunde. Wenn's ein bisschen länger dauert, ist das auch kein Problem."

„Und wenn wir schneller zurück sind?"

„Wir sind nicht schneller zurück. Jetzt fährt erst mal eure Mutter."

„Ich? Ich will den nicht fahren."

„Ach komm, das macht richtig Spaß, wirst sehen", sagte ich, hielt mitten auf der Schweizer Straße und schaltete den Warnblinker ein.

„Was machst du? Warum hältst du hier?"

„Fahrerwechsel", sagte ich und schnallte mich ab.

„Kannst du dafür nicht wenigstens in einer Einfahrt halten?"

„Dafür sind SUVs nicht gemacht", antwortete ich und stieg ganz entspannt aus. „Einen SUV parkt man in zweiter Reihe, wir könnten jetzt auch gepflegt einen Kaffee trinken gehen", fuhr ich fort, als ich auf dem Beifahrersitz Platz genommen hatte.

„Tun wir aber nicht." Nadja suchte und fand sämtliche Schalter und Hebel, um den Sitz auf ihre Höhe hochzupumpen und die Spiegel entsprechend zu justieren.

„Ganz schön hoch", sagte sie. Dann fuhr sie los, sodass sich auch der Stau, den wir hinter uns verursacht hatten, langsam auflöste.

„Wohin?", fragte Nadja und blickte in den Rückspiegel. Da ihre Töchter keine Antwort gaben, sprang ich in die Bresche.

„Ins Nordend."

„Von mir aus. Dann eben ins Nordend."

Mit einem SUV ins Frankfurter Nordend zu fahren, ist in etwa so, als führe man in die Serengeti, um einen in Gefangenschaft geborenen Löwen auszuwildern. Das enge Einbahnstraßenlabyrinth ist das natürliche Habitat für ein Fahrzeug mit dreihundertvierzig PS und einer Länge von mehr als fünf Metern. Keine Gasse ist zu schmal, kein Parkplatz zu besetzt, um den bulligen Boliden publikumswirksam an den ständig vollbesetzten Cafés und Bistros vorbeizukutschieren. Da stören auch die missmutigen Radfahrer kaum, die sich je nach Typus mit angst- oder wutverzerrtem Blick zur Seite flüchten, sobald sie dich entgegengesetzt der Einbahnstraße zu passieren versuchen.

„Das passt nicht", vermutete Nadja.

„Das passt", beruhigte ich sie. „Der wird schon ausweichen."

Ich behielt recht, die wilden Gesten ignorierte ich, die Beschimpfungen überhörte ich, da ich Maries aktuelles Lieblingslied auf volle Lautstärke gedreht hatte.

„Sicher fühlt man sich schon hier drin", stellte Nadja fest. Ganz offensichtlich begannen sie und der SUV sich aneinander zu gewöhnen.

„Was verbraucht der Panzer überhaupt?"

„Keine Ahnung", antwortete ich. „Ich meine, ich hätte etwas um die neun Liter gelesen."

„Nie im Leben", sagte die ausgewiesene Autoexpertin im Fond. „Das weiß doch jeder, dass die absolute Fantasiezahlen in ihre Werbung schreiben. Das schaffen die Autos nur, wenn sie auf dem Autoreisezug befördert werden. Ich wette, der schluckt locker fünfzehn bis zwanzig Liter."

„Unsinn", gab ich zurück. „Natürlich ist er mit seinen dreihundertvierzig PS etwas ..."

„Dreihundertvierzig PS?", fuhr mir Lotte in die Parade. „Bist du wahnsinnig, an so ein Auto überhaupt zu denken? Das ist absolut unverantwortlich der Umwelt gegenüber."

„Das erscheint mir allerdings auch ganz schön viel", pflichtete ihr Nadja bei. „Gibt es denn keine schwächeren Motoren?"

„Glaube nicht", sagte ich. „Aber es gibt auch ein Modell mit über fünfhundert PS. Das Auto ist ja auch schwer, das braucht schon eine gewisse Power, damit es überhaupt von der Stelle kommt."

„In sechs Sekunden von null auf hundert."

„Jajaja ... wenn du nichts zu stänkern hast."

„Wenn du dir schon so ein Schiff kaufen willst, warum dann keinen Tesla?"

„Ach, weil der so umweltfreundlich ist, oder was? Hast du schon mal an die Kinder gedacht, die für das Lithium in den Batterien unter unmenschlichen Bedingungen im Dreck wühlen müssen, hm? Und überhaupt, mein kleiner Umweltengel: Wenn du so engagiert bist, dann solltest du in Zukunft vielleicht als Erstes mal auf deine wöchentlichen Schokoladenrationen verzichten. Die Kakaobohnen werden nämlich auch nicht von gewerkschaftsorganisierten Fachkräften gepflückt. Dagegen ist das Auto hier fast schon greenpeacetauglich."

„Dann kauf doch FairTrade Schokolade."

„Können wir machen. Von deinem Taschengeld."

„Hallo? Hallo? Hallo? Könnt ihr euch vielleicht mal wieder einkriegen?" Nadja wurde das Ganze langsam zu bunt.

„Wieso Schokolade? Haben wir welche dabei?"

„Nein, Marie. Deine Schwester weiß nur alles besser."

„Es ist gut, Nico. Wir fahren jetzt zum Händler und geben den Wagen zurück."

Die Stunde der Wahrheit war gekommen. Wenn ich meine Frau jetzt nicht auf meiner Seite hatte, konnte ich mir den Wagen abschminken.

„Einverstanden. Und was denkst du? Schon ein tolles Auto, oder Marie?"

„Ja, ganz super, Papa. Kaufen wir das?"

„Vielleicht, mein Schatz."

„Auf gar keinen Fall, oder Mama?"

„Ich denke auch, dass der Wagen einfach zu groß für uns ist. Auch wenn er sich wirklich gut fahren lässt, das muss ich schon sagen. Und man sieht alles von hier oben, das ist toll, keine Frage. Aber Lotte hat natürlich recht."

„Deine Tochter sieht eben nur die Schattenseiten. Wir können ja einen mit Anhängerkupplung nehmen, dann können wir auch mal einen Pferdeanhänger dranhängen. Das schafft unser Golf nicht."

„Nice try, Papa. Oder kaufst du mir jetzt auch noch ein Pferd, damit du das Ding hier kriegst?"

„Oh ja, Papa, ein Pferd. Kauf uns ein Pferd!"

„Nichts wird gekauft, Marie. Kein Pferd, und das Auto hier auch nicht. Das ist viel zu teuer. Was kostet so was überhaupt? Doch sicher ein Vermögen?"

„Das kann ich gar nicht genau sagen", schwindelte ich. Ich hatte mir schließlich alles genau konfigurieren lassen. Aber natürlich klang so ein Gesamtpreis immer hässlich. „Ich denke, der Händler wird uns sicher einen guten Preis machen. Der will die Autos ja vom Hof bekommen."

„Eine Umweltprämie bekommst du für den jedenfalls nicht."

„Und dann würden wir ihn ja auch finanzieren. Das würden wir wahrscheinlich kaum merken."

Nadja war in der Zwischenzeit auf den Hof des Händlers gebogen und stellte den Wagen direkt vor dem Schaufenster des Showrooms ab. Die eindrucksvolle vordere Partie des Boliden spiegelte sich majestätisch in der Glasfront. Besser hätte ich die entscheidende Phase des heutigen Tags nicht inszenieren können.

Unser Verkäufer kam bereits auf uns zu. Er wirkte sichtlich erleichtert, dass er das wertvolle Stück offensichtlich wohlbehalten und kratzerlos zurückerhielt.

„Und?", begrüßte er uns lächelnd. „Ich sehe, die Dame des Hauses hat sich auch einen persönlichen Fahreindruck verschaffen können. Darf ich fragen, wie Ihnen unser Modell gefallen hat?"

„Gut", antwortete Nadja. „Gut, aber zu groß. Und vermutlich zu teuer. Was würde der hier denn kosten?"

„Genau der?"

„Ja, genau der. Nur als Beispiel."

„Ich sagte ja schon", unterbrach ich die beiden. „Die Finanzierungsraten wären problemlos machbar."

„Mich würde der Gesamtpreis interessieren", insistierte meine Frau.

„Gut, das Fahrzeug, das sich Ihr Mann zusammengestellt hat, beinhaltet natürlich noch ein paar kleine ..."

„Du hast dir dein Auto schon zusammengestellt?"

„Nur als Idee", antwortete ich. „Man braucht ja eine gewisse Vorstellung."

„Und möchtest du deine Vorstellung irgendwann mit mir und der übrigen Familie teilen?"

„Aber natürlich, es ist doch unser Auto. Ein Familienauto."

„Äh ... wie schon gesagt", klinkte sich der Verkäufer ein. „Ihr Mann hat sich ... also ihnen ... ein ganz wunderbares Modell zusammengestellt. Er hat wirklich an alles gedacht, was seinen Lieben Freude bereiten wird. Vom Surround Sound System bis zur kaffeefarbenen Lederausstattung."

„Zum Preis von?", beharrte Nadja und sah dem Verkäufer tief in die Augen, der diesen Blick im Gegensatz zu mir das erste Mal zu sehen bekam. Ein Blick, der kein Versteckspiel zuließ.

„Ich müsste nachsehen, Frau Wolter. Aber ich meine mich zu erinnern, dass der Preis bei etwas unter hunderttausend Euro lag."

„Mama, dein Mann hat 'ne Vollmeise."

„Boah Papa, hast du so viel Geld?"

„Hat er nicht. Nico, kann ich dich bitte mal sprechen? Allein?"

Gespräche dieser Art werden nur selten von Nadja eingefordert. Sie dauern meist nicht lang und sind in der Regel sehr zielführend. Der Ablauf ist jedes Mal ähnlich: Nadja spricht, ich versuche zu sprechen, komme aber nicht zum Zug, denn die Rolle, die Nadja mir zugesteht, ist die des Zuhörers. Unter einem demokratischen Diskurs verstehe ich zwar etwas anderes, aber in einem Matriarchat scheinen die Grenzen zwischen der Demokratie und einem autoritären Herrschaftssystem bisweilen zu verschwimmen. Und so bleibt mir nichts anderes übrig, als meinen handstreichartigen Autoputsch abzublasen und dem Verkäufer eine Viertelstunde später mitzuteilen, dass wir es uns noch einmal in Ruhe überlegen würden. Was natürlich ebenfalls gelogen war, da mir meine Frau das Überlegen vor wenigen Minuten abgenommen hatte.

Der geschulte Händler schien Situationen wie diese bereits zu kennen, denn von jetzt auf sofort schaltete er klug um und führte nicht mehr mit mir das Gespräch, sondern mit Nadja.

„Gut, dann verbleiben wir so, Frau Wolter. Ich höre von Ihnen, wie Sie sich entschieden haben."

„Selbstverständlich", lächelte meine Frau und winkte ihre Familie zu unserem alten Golf, der uns beim umständlichen Einsteigen wie ein Tretauto vorkam. Unfassbar, dass diese beiden Fahrzeuge derselben Spezies angehören sollten.

Nachdem wir Lotte beim Gestüt abgesetzt hatten und sie sich triumphierend lächelnd mit Küsschen links, Küsschen rechts von ihrer Mutter verabschiedete, fuhr der Rest der Familie nach Hause.

Als Erstes ging ich an meinen Rechner und löschte die gespeicherte Konfiguration. Dann klappte ich ihn zu und schaltete den Fernseher ein, vielleicht konnte mich die Bundesliga etwas aufmuntern. Das verabredete Unterhaltungsprogramm für Marie hatten wir durch die Aufregung alle aus dem Auge verloren.

Ich hatte auch keine Lust mehr, nach einem alternativen Fahrzeug für uns Ausschau zu halten. Sollte doch Lotte was heraussuchen, am besten gleich zusammen mit ihrer Mutter. Ein Holzauto mit Sonnensegel, war mir doch egal. Ich fuhr sowieso lieber Fahrrad. Und für die familiären Touren tat es unser Alter noch voll und ganz.

Marie kam zu mir auf die Couch, wollte mit ihrem Vater kuscheln.

„Bist du jetzt traurig, Papa? Also, ich fand das Auto ganz toll."

Mein Kind. Es fand in jedem Moment die richtigen Worte.

„Nein, ich bin nicht traurig, Schätzchen. Wir finden schon ein Auto, das uns allen gefällt. Wirst sehen, das kann ganz schnell gehen."

Eine Prophezeiung, die sich bereits zwei Tage später bewahrheitete.

Als ich am Montagmorgen zur Arbeit fuhr, bat mich mein Chef unverabredet ins Büro. Er sei sehr zufrieden mit meinen Leistungen, ließ er mich wissen und dass die Geschäftsleitung beschlossen hätte, mich mit Beginn des kommenden Monats zum Abteilungsleiter für den wichtigen Bereich Deutschland, Österreich, Schweiz zu befördern.

Natürlich schwoll mir vor Stolz die Brust, wenngleich ich mich dabei ertappte, dass ich mich etwas ärgerte, nicht bereits letzte Woche von den Planungen erfahren zu haben. Meine innerfamiliäre Verhandlungsposition bezüglich des anzuschaffenden Familiengefährts hätte sich mit einem üppig angehobenen Gehalt natürlich grundlegend geändert.

Von einem üppig angehobenen Gehalt war in der Laudatio allerdings nicht die Rede. Erst als ich mich diesbezüglich erkundigte, druckste mein Vorgesetzter etwas herum. Selbstverständlich würden sie mein Gehalt gerne anheben, das hätte ich mir durch meinen Einsatz in den letzten Jahren mehr als verdient. Gleichwohl ließe die aktuelle wirtschaftliche Lage dies im Augenblick nicht zu, und das könne ich sicherlich verstehen. Man habe daher nach einer anderen Lösung für mich gesucht und etwas gefunden, was mich sicher zufriedenstellen würde.

Und so erfuhr ich, dass die Firma gerade einen neuen, vom Staat großzügig subventionierten Flottenvertrag abgeschlossen hatte. Einen der Geschäftswagen, erfuhr ich sodann, sei für mich vorgesehen. Ein fantastisches Fahrzeug, das ich selbstverständlich auch privat nutzen könnte, worüber sich sicher die ganze Familie freuen würde. Ich wollte gerade ansetzen, dass ich da aufgrund aktueller Ereignisse berechtigte Zweifel hätte, doch mein Chef lächelte nur wissend und ließ Stück für Stück die Katze aus dem Sack.

„Ein innovatives Elektrofahrzeug", sagte er. Damit sollte selbst Lotte einverstanden sein.

„Natürlich in smaragdgrün, unserer Unternehmensfarbe, aber das sieht sehr edel aus." Maries Lieblingsfarbe, das passte.

„Und was für ein Auto ist es nun? Ein Tesla?", fragte ich ganz optimistisch. Doch mein Chef lachte nur mitleidig.

„Nanana ... das wär dann doch zu viel des Guten, mein lieber Herr Wolter. Nein, es handelt sich um ein erstklassiges deutsches Produkt. Ein VW Golf, neueste Generation." Schön, damit wäre dann auch Nadja zufrieden. Fehlte nur noch einer.

„Und? Zufrieden?"

„Das klingt alles sehr gut. Motorisierung und Ausstattung kann ich frei wählen?"

„Im vorgegebenen finanziellen Rahmen: selbstverständlich."

Ich lächelte und unterschrieb den Vertrag, der vor mir auf dem Besprechungstisch lag. Auch demokratische Entscheidungen beinhalteten immer noch einen gewissen Entscheidungsspielraum, wie sich gerade zeigte. Es gibt Dinge, die nicht durchs innerfamiliäre Parlament mussten, sondern auf kleinem Dienstweg ins Rollen gebracht werden konnten. Außerdem genoss ich Minderheitenschutz, von dem ich gerade Gebrauch machte. Doch ich war sicher, dass die häusliche 75% Mehrheit in diesem Fall der Überzeugungskraft meiner Argumente folgen würde. Und zwar ohne zu murren.

Anmerkung des Autors:

Es ist nicht das erste Mal, dass eine meiner Satiren noch vor der Veröffentlichung von der Realität überholt wurde. Ich schrieb diese Geschichte im Februar 2020. Acht Monate später, am 21. November, ereignete sich exakt auf der Straße, auf der mein Protagonist, an der Ampel startend, den SUV am Mainufer auf knapp hundert Stundenkilometer beschleunigt, ein folgenschwerer Unfall mit einem Fahrzeug vergleichbaren Typs. Zeugen zufolge gab auch hier der Fahrer an der Ampel Vollgas, verlor kurz darauf die Kontrolle über das Auto und raste über den Radweg und den Gehweg in eine Hausfassade. Dabei kamen ein Radfahrer und ein Fußgänger ums Leben, eine weitere Passantin wurde schwer verletzt. Der Fahrer selbst erlitt leichte Verletzungen.

Als ich davon erfuhr, überlegte ich kurz, ob es geschmacklos wäre, die Geschichte wie geplant zu veröffentlichen, oder ob ich nicht wenigstens den Schauplatz ändern sollte. Ich entschied mich aber dagegen, da dieser furchtbare Unfall genau das aufzeigt, worum es mir bei der Geschichte geht: einerseits um die offensichtliche Faszination, die tonnenschwere und eindeutig übermotorisierte Autos – ganz gleich ob SUV, Sportwagen oder hochgetunte Limousine, selbst die Kompaktklasse gibt es inzwischen mit mehr als 300 PS – auf manche Menschen ausüben, auf der anderen Seite um die ökologische und verkehrspolitische Unsinnigkeit sowie die latente Gefährlichkeit, Fahrzeuge dieser Art für den Stadtverkehr zuzulassen.

SVENJA AUS DUBLIN

Die Geschichte begann an einem Frühsommerabend im letzten Mai, als ich es mir gerade auf dem Sofa gemütlich gemacht hatte und mich auf die letzten drei Folgen der zweiten Staffel meiner Lieblingsserie freute. Ich schaltete den Fernseher ein, doch statt eines hochaufgelösten Bildes erschienen nur winzige bunte Quadrate, die sich offensichtlich nicht entscheiden konnten, wie sie sich zu etwas Sinnvollem zusammenfügen sollten. Und auch der Ton setz ... aus ... kei ... Spaß.

Die nächste halbe Stunde verbrachte ich mit dem üblichen Prozedere: Ich trennte das Gerät weit länger als dreißig Sekunden von der Stromversorgung und navigierte mich, als das nichts brachte, durch die verborgensten Untermenüs, um eventuell ein Update der Betriebssoftware veranlassen zu können. Doch allem Anschein nach war die Version, die mir gerade den Dienst versagte, topaktuell.

Mit meinen wenigen Möglichkeiten am Ende, trieb ich mich im Anschluss in einschlägigen Foren herum, um dort vielleicht Hinweise zu finden, wie ich das Problem in den Griff kriegen könnte. Außer der wenig hilfreichen Tatsache, dass der Defekt bei meinem Gerät scheinbar landauf, landab bekannt war, fand sich jedoch nur wenig Nützliches.

Blieb mir zuletzt die Webseite der Tamica AG, die meinen Fernseher vor ein paar Jahren gebaut hatte. Doch weder wurde ich unter den häufig gestellten Fragen fündig noch in der Bedienungsanleitung meines Geräts, die ich unter *Downloads* entdeckte und die ich mir auf den Rechner zog.

Unter dem Kapitel *Fehlerbehebung* fand ich in geradebrechtem Deutsch den Tipp, den ich bereits kannte: *Wenn das Bild nicht funktioniert, trenne das Gerät mindestens für 30 Sekunden von Stromkreis.*

Und dann, nun, dann lernte ich Svenja kennen.

Ratlos, wie ich war, wählte ich die Nummer der Service-Hotline. Mehrfach gab ich numerische Kommandos und hangelte mich nach wiederholten Abfragen zu den für technische Probleme mit Unterhaltungselektronik zuständigen Service-Mitarbeitern durch. Geduldig wartete ich in der Warteschleife, was mir durch die knödelnde Stimme von Céline Dion nicht wirklich erleichtert wurde. Um mir die Zeit zu vertreiben, empfahl mir ein sonorer Sprecher, es doch einmal auf der hauseigenen Webseite zu probieren, eventuell würde mein Problem dort erörtert, sodass ich mir den Anruf ersparen könnte. Der Kollege konnte ja nicht wissen, dass das längst erfolglos geschehen war. Dann erfuhr ich in unregelmäßigen Zeitabständen, an welcher Stelle der Warteschleife ich mich gerade befände und kurz darauf, dass der nächste freie Berater sogleich für mich da sei. Die Logik dahinter blieb mir allerdings verborgen. Warum wurde mir auf Platz dreiundzwanzig befindlich umgehende Hilfe versprochen? Was war mit den zweiundzwanzig Kollegen vor mir? Waren an einem Mittwochabend um halb neun so viele Berater im Dienst? Das wäre ein zugegebenermaßen respektabler Service von Tamica.

Gerade als Frau Dion zum unzähligsten Mal den Refrain ansetzen wollte, ertönte völlig unvermittelt ein Freizeichen. Doch bevor jemand am anderen Ende abhob, wies mich eine andere männliche Stimme daraufhin, dass das folgende Gespräch zu Schulungszwecken aufgezeichnet werden könnte, und falls ich damit einverstanden sei, sollte ich das bitte mit *ja* bestätigen. Schulung ist immer gut, dachte ich, also sagte ich klar und deutlich ja.

„Tamica Unterhaltungselektronik, Svenja Dobritz. Einen schönen guten Abend, was kann ich für Sie tun?"

„Ben Schuster, guten Abend. Ich habe ein kleines Problem, bei dem Sie mir vielleicht helfen können."

„Ich werde mein Bestes tun. Sind Sie bei uns schon registrierter Kunde?"

„Äh nein, wieso?"

„Ah, das ist jetzt ein bisschen doof. Wenn Sie registriert gewesen wären, hätten Sie Ihre PIN eingeben können, und ich hätte Ihnen Ihre Sicherheitsfrage gestellt. Und dann hätte ich sofort Ihre Historie aufrufen können und gesehen, um welches Gerät es sich handelt, wann und wo Sie es gekauft haben und all das."

„Oh, das tut mir leid", sagte ich betrübt. „Aber fragen Sie ruhig, dann lernen Sie mich eben jetzt kennen."

Ich hörte Svenja lachen. Ein schönes, ein sehr sympathisches Lachen.

„Gut, dann verraten Sie mir doch zunächst einmal, um was es genau geht."

„Das ist eigentlich ganz einfach. Ich habe ein TV-Gerät von Ihnen."

„Welches Modell?"

„Keine Ahnung, das ist so ein großes Ding. Sechzig Zoll, glaube ich."

„Das hilft mir schon, das finde ich gleich heraus. Und was ist mit dem Gerät?"

„Das Bild ist kaputt."

„Können Sie mir das vielleicht etwas genauer erklären?"

„Es pixelt im gesamten unteren Bereich, und der Ton kommt auch nur abgehackt aus den Lautsprechern."

„Haben Sie schon mal versucht, das Gerät für mindestens dreißig Sekunden vom Strom zu trennen?"

„Das habe ich natürlich. Das stand ja in der Bedienungsanleitung. Und die Software ist auch auf dem neuesten Stand."

„Gut, das heißt: nicht gut. Dann haben Sie schon das getan, was ich Ihnen spontan geraten hätte. Wissen Sie, ich bin ja kein Techniker. Ich sehe nur auf dem Bildschirm vor mir, was mir von der Technik an Lösungsmöglichkeiten vorgegeben wird. Und bei Ihrem Sechzig-Zoll-Modell handelt es sich mit Sicherheit um den ID4800, da werden bei Ihrer Fehlerdiagnose nur die beiden Möglichkeiten angezeigt."

„Könnten Sie denn einen Techniker dazu befragen?"

„Das tue ich natürlich gerne. Bleiben Sie bitte einen Augenblick dran, ich bin gleich zurück."

Das hoffe ich, dachte ich. Was für eine süße Stimme. Wie alt mochte sie sein? Mitte zwanzig? Ende zwanzig vielleicht? Während Céline Dion aufs Neue begann, versuchte ich mir ein Bild von Svenja zu machen. Svenja hatte sie doch gesagt? Oder Svea? Jedenfalls klang sie brünett, entschied ich. Ich tippte auf kastanienbraunes Haar, schulterlang, womöglich auch länger und etwas wirr hochgesteckt. Das würde zu ihrer warmen Stimme passen. Und zu den braunen Augen, die sie ganz sicher hatte.

„Ben? Oh, Entschuldigung, ich darf Ben sagen?"

„Aber natürlich, gerne. Und du warst nochmal? Svenja, richtig?"

„Richtig. Wie schön, das passiert nicht oft, dass sich ein Anrufer meinen Namen merkt."

„Ich bitte dich, dein Name hat sich mir gleich eingebrannt."

Wieder hörte ich Svenja lachen. Ein Genuss.

„Eingebrannt ist ein gutes Stichwort", antwortete Svenja. „Ich hab die Jungs von der Technik dran gehabt, und sie haben leider keine wirklich guten Nachrichten für dich. Sie tippen auf die Hauptplatine."

„Sag mal Svenja, und du arbeitest bei Tamica im Callcenter, ja?"

„Ja, aber eigentlich bin ich Studentin im Erasmus-Jahr."

„Ach komm, und in welcher Stadt sitzt du gerade?"

„In Dublin. Hier studiere ich auch. Anglistik und Kunstgeschichte. Aber wir waren ja gerade bei deinem Fernsehproblem. Das Ding ist, dass das teuer werden könnte. Weißt du Ben, dein Fernseher ist nicht mehr ganz neu. Wie lange hast du ihn schon?"

„Weiß ich nicht mehr genau, vielleicht vier, fünf Jahre. Soll ich mal nachsehen, ob ich die Rechnung finde?"

„Nein, das ist nicht nötig. Die ID-Baureihe ist vor fünf Jahren eingestellt worden, er muss also mindestens so alt sein, wahrscheinlich sogar ein, zwei Jahre älter. Und wenn du jetzt eine neue Platine brauchst, dann kostet dich das ... warte mal, ich sehe eben in der Liste nach. Einen Moment, ich bin gleich wieder da."

Erasmus-Studentin Svenja aus Dublin, mir ist völlig gleich, was die Platine kostet. Mich interessiert viel mehr, wie ich dich kennenlernen kann. Dublin ist Gott sei Dank nicht so weit von Frankfurt entfernt. Da gibt es bestimmt günstige Flüge.

„Hallo Ben? So, ich hab nachgesehen. Die Hauptplatine für den ID4800 kostet 189 Euro. Wenn du möchtest, dass unsere Techniker das Teil einbauen, kommen noch die Arbeitsstunden und die Anfahrt dazu. Wo wohnst du denn?"

„In Frankfurt."

„Ach, wirklich? Ich komme eigentlich aus Wiesbaden. Meine Eltern wohnen da noch, gar nicht weit von der Innenstadt."

„Das ist ja ein Zufall. Und bist du noch oft bei deinen Eltern?"

In Wiesbaden wäre ich mit dem Auto in einer halben Stunde, das wäre weit schneller und günstiger als ein Flug nach Irland.

„Nein, nicht so oft. Das Studium ist ganz schön heftig, weißt du, und nebenbei muss ich für die Miete jobben. Mit netten Jungs aus Frankfurt telefonieren zum Beispiel."

Wieder lachte Svenja. Eine fröhliche, bildhübsche Person, ausgesprochen clever und dann noch aus der Nähe. Ein Sechser im Lotto. Mein Fernsehschrott, er lebe hoch.

„Und ich telefoniere gerne mit netten Studentinnen in Dublin. Sag mal, wie alt bist du eigentlich, wenn ich fragen darf? Fünfundzwanzig? Sechsundzwanzig?"

„Bingo. Vor zwei Wochen geworden. Und du?"

„Ich bin zweiunddreißig. Aber nicht vor zwei Wochen geworden."

„Siehst du, wenn du jetzt registriert gewesen wärst, hätte ich längst dein Geburtsdatum und deine Adresse."

„Willst du sie denn? Kann ich dir gerne geben."

„Das können wir gleich erledigen, dann bist du auch bei uns im System, warte ... so. Der Name ist Ben Schuster, das hast du mir ja schon verraten. Jetzt darfst du mir auch noch deinen Geburtstag geben. Ich tippe, du bist Schütze, hab ich recht?"

„Nicht ganz, aber mein Zeichen passt zum Schützen. Ich bin Zwilling. Am 11. Juni 1988 geboren."

„Ist ja witzig, genau wie meine Mutter."

„Deine Mutter ist neunzehnhundertachtundachtzig geboren?"

„Hahaha ... du bist echt lustig, Ben. Und sag, du wohnst in Frankfurt, hast du gesagt, richtig? Und wo da genau?"

„In der Jahnstraße 9, das ist im Nordend."

„Ich weiß, wo das ist. Eine Freundin von mir wohnt gleich bei dir um die Ecke. Und deine Handynummer?"

Natürlich gab ich ihr auch meine Handynummer, jetzt brauchte ich nur noch ihre.

„Dann darfst du dir noch eine Sicherheitsfrage aussuchen. Was hättest du denn gerne? Deine Lieblingsband? Oder das Land, in dem du am liebsten Urlaub machst? Oder der Name der ersten Frau, in die du unsterblich verliebt warst?"

„Ich nehme die dritte Frage."

„Gerne. Und das Mädchen hieß?"

„Svenja. Unglaublich, was?"

„Ja, wirklich unglaublich. So oft gibt es den Namen ja nicht. Und habt ihr noch Kontakt?"

„Um ehrlich zu sein, kennen wir uns noch gar nicht so richtig, weißt du. Aber das kommt vielleicht noch."

„Dann drücke ich dir mal fest die Daumen, Ben. Ich könnte mir aber vorstellen, dass das was wird."

Oh mein Gott, Svenja, du Engel. Wie hieß noch mal dieser irische Billigflieger? Das musste ich gleich checken.

„Okay, pass auf. Wir waren bei der Platine. Also alles zusammen kämst du da auf, na, ich würde sagen, auf knapp dreihundert Euro. Das ist natürlich für einen so alten Fernseher ganz schön happig."

„Stimmt, das ist nicht wenig. Das Geld könnte ich genauso gut in einen Flug zu dir nach Dublin stecken, davon hätte ich mehr."

Natürlich lachte Svenja auch diesmal wieder ihr bezauberndes Lachen. Wer hatte das glückliche Händchen gehabt, so ein Mädchen ins Callcenter zu setzen?

„Sag mal Ben", sagte Svenja und sprach plötzlich ganz leise. „Man hat dich doch gefragt, ob sie unser Gespräch zu Schulungszwecken aufzeichnen dürfen, oder?"

„Ja, haben sie."

„Und hast du es ihnen erlaubt?"

„Ja, wieso?"

„Ach blöd, weil ... weißt du ...", druckste meine Erasmus-Studentin herum und sprach noch leiser. „Ich würde dir gerne was verraten, aber das darf ich eigentlich nicht. Wenn sie zufällig genau unser Gespräch mithören, käme ich für das, was ich dir sagen möchte, in Teufels Küche. Wahrscheinlich würden sie mich sogar rauswerfen."

„Wieso? Was möchtest du mir denn sagen?"

Mein Herzschlag beschleunigte. Ich konnte mir gut vorstellen, dass Tamica nicht besonders erfreut wäre, wenn ihre beste Callcenter-Mitarbeiterin im Beratungsgespräch private Liebesgeständnisse ins Mikrofon flötete.

„Pass auf, Ben, du musst jetzt mitmachen. Ich darf nichts sagen, aber du darfst raten, dann können sie mir nichts, okay?"

„Okay", antwortete ich. „Was soll ich tun?"

„Wegen deinem Fernseher: Rate mal, wie lange die Betriebssoftware noch mit Updates versorgt wird?"

Auch wenn es nicht genau das war, was ich von Svenja hören wollte, tat ich natürlich alles, was sie wollte.

„Ich weiß nicht. Vielleicht noch zwei Jahre?"

„Rate noch einmal."

„Ein Jahr?"

„Streng dich an, Ben."

„Kein Jahr mehr?"

„Ah, ich sehe, du hast dich bereits informiert", sagte Svenja wieder in normaler Lautstärke. „Ja, du hast recht. Die Software deines aktuellen TV-Geräts wird nur noch in diesem Jahr von uns modifiziert. Danach wirst du deine Sender auch mit neuer Hauptplatine vermutlich nicht mehr einwandfrei empfangen können, zumindest einige. Und mit dem Streamen deiner Lieblingsserien wird es dann auch eng."

„Ja klar, das hab ich in einer Fachzeitschrift gelesen", spielte ich ihr Spiel mit. Keine Frage, das Mädchen wollte mir helfen, dann half ich ihr selbstverständlich auch. „Und was rätst du mir jetzt?"

Wieder wurde Svenjas Stimme leise. So leise, dass ich mich richtiggehend anstrengen musste, sie zu verstehen.

„Hör zu, Ben. Wir haben nur noch heute eine Sondercharge unserer Topgeräte im Verkauf. Die sind ab morgen zum regulären Preis im Handel und auf unserer Webseite erhältlich. Das dürfte ich dir alles gar nicht sagen, aber wenn du jetzt bestellst, bekomme ich Provision. Frag mich bitte mal nach einer Sonderaktion für die ST-Serie, ja?"

„Hallo Svenja, bist du noch dran? Ich verstehe dich ganz schlecht", rief ich ins Telefon. „Ich hab da noch eine Frage, die du mir bestimmt beantworten kannst. Ich habe gehört, dass es eine Sonderaktion für eure ST-Serie gibt. Stimmt das? Wäre das vielleicht was für mich?"

„Oh, in der Tat, da bist du aber gut informiert, wo immer du das her hast", antwortete Svenja wieder in normaler Lautstärke. „Die ST-Modelle sind ab morgen zu einem sehr attraktiven Preis im Handel erhältlich."

„Und könnte ich die denn auch gleich hier bei dir bestellen?"

„Aber natürlich, Ben. Für dich wäre bestimmt ein etwas größerer Fernseher interessant, das wäre dann ein Fünfundsechzig-Zöller, der kostet in unserer Top-Version von morgen an 2229 Euro. Du hast aber so ein Glück, denn ich sehe gerade auf dem Monitor, dass ich dir den ST5000 für 1899 Euro überlassen kann, wenn du ihn gleich hier und jetzt bestellst. Das wären etwas mehr als dreihundert Euro, die du sparen würdest und die du normalerweise in die Reparatur deines alten Fernsehers gesteckt hättest. Soll ich alles für dich ausfüllen?"

„Ja, bitte, Svenja. Trag ein, was immer du magst. Aber jetzt musst du mir erst mal verraten, ob du braune oder blonde Haare hast. Ich glaube, du bist dunkelhaarig, stimmt's?"

„Nein, knapp daneben, Ben. Ich bin naturblond, hab aber braune Augen. Viele sagen, dass ich wie die junge Winona Ryder aussehe, nur eben blond. Wie möchtest du denn bezahlen? Vielleicht gibst du mir am besten deine Kreditkartennummer."

Ich gab Svenja nicht nur meine Kreditkartennummer, sondern orderte auch gleich noch eine Soundbar für 399 Euro dazu. Wenn schon Provision, dann richtig.

„Ich würde dich sehr gern kennenlernen, Svenja. Darf ich dich denn in Dublin besuchen?"

„Aber ja, sehr, sehr gerne, da würde ich mich riesig freuen. Ich fürchte nur, dass unser Gespräch getrennt werden könnte, wenn ich dir jetzt meine Adresse gebe, das haben die nicht so gerne. Egal, lass es uns versuchen. Ich wohne direkt in Dublin, gar nicht weit von der ..."

In der Leitung wurde es abrupt still.

„Svenja?", fragte ich ängstlich und hoffte inständig, dass meine Frage den weiten Weg von Frankfurt nach Dublin finden würde. Doch statt Svenja bekam ich wieder die Stimme von Céline Dion zu hören, die mir unverfroren ins Ohr trällerte.

„Svenja?" rief ich nun lauter, doch Céline war unbarmherzig. Ich blieb in der Leitung, dachte, wir wären nur kurz getrennt worden, und gleich wäre Svenja sicher wieder da. Ich stellte mir vor, wie sie mir lachend ihre Adresse verriet.

„Tamica Unterhaltungselektronik, Thomas Weniger. Einen schönen guten Abend, was kann ich für Sie tun?"

„Nichts können Sie für mich tun. Ich habe gerade eben mit einer Kollegin von Ihnen telefoniert. Svenja war ihr Name, Svenja aus Dublin."

„Verstehe, und konnte meine Kollegin Ihnen weiterhelfen?"

„Absolut, ich hätte aber noch eine dringende Frage. Verbinden Sie mich doch bitte weiter, ja?"

„Das tut mir leid, Herr ..."

„Schuster, Ben Schuster."

„... Herr Schuster, bei uns gibt es leider keine persönlichen Ansprechpartner. Wir sind ein Callcenter, und da ..."

„Das ist mir egal, ich muss unbedingt mit Svenja sprechen."

„Ich sage Ihnen doch, dass das nicht geht. Ein Zufallsgenerator verteilt die Anrufe auf die Callcenter-Agenten, deren Namen nicht mal ich kenne. Was Sie aber versuchen können, ist, noch einmal unsere Servicenummer anzurufen. Vielleicht haben Sie Glück und Sie bekommen Svenja an den Apparat. Worum ging es denn? Vielleicht kann ich ja? ..."

Ich legte auf. Die Einzige, die mir helfen konnte, war Svenja. Ich drückte auf Wahlwiederholung, ließ die ganze Prozedur aufs Neue über mich ergehen, beantwortete alle Fragen exakt so, wie ich es zuvor getan hatte und hoffte, auf diese Art und Weise wieder zu meiner Erasmus-Studentin zu gelangen. Doch statt Svenja hatte ich einen Jörg am Apparat. Erneut legte ich auf und begann von vorne.

Den ganzen Abend verbrachte ich damit, das Callcenter der Tamica AG mit Anrufen zu bombardieren und machte Bekanntschaft mit Lea, Thorsten, Oliver, Natascha, Sofia, Renate, Harald und vielen anderen.

Um halb zwei morgens gab ich auf. Gott sei Dank hatte ich einen Vertrag mit Flatrate, sonst hätte ich ein ernstes finanzielles Problem bekommen, zumal ich gerade ein sündhaft teures TV-System erstanden und nicht die leiseste Ahnung hatte, wovon ich das Teil bezahlen sollte. Meine Kreditkarte war soweit gedeckt, nahm ich an. Allerdings würden sie schon in wenigen Wochen den Betrag vom Girokonto abbuchen, bis dahin musste ich mir etwas einfallen lassen.

Doch nicht das war es, was mich belastete. Ich hatte gerade mit dem zauberhaftesten Mädchen der Welt gesprochen. Und es war unfassbar unfair, dass man uns nach einer halben Stunde wieder getrennt hatte, noch bevor wir zusammen gekommen waren.

Ich suchte auf der Webseite nach der Mailadresse der Tamica AG und schrieb noch in der Nacht eine endlose

Nachricht, in der ich ihnen den Fall schilderte und auf Verständnis für meine verzweifelte Lage hoffte. Ich erhielt auch sofort Antwort, in der stand, dass man sich für meine Anfrage bedankte und versprach, meine Mail an die zuständige Abteilung weiterzuleiten, die sich umgehend mit mir in Verbindung setzen würde.

Dann ging ich schlafen, mehr konnte ich nicht tun.

Am darauffolgenden Nachmittag erhielt ich in der Tat die Nachricht der PR-Abteilung, die sich für mein Interesse an ihrer Servicemitarbeiterin bedankte, mir aber aus Datenschutzgründen weder Namen noch Adresse der Kollegin aushändigen dürfte. Sie hofften auf mein Verständnis und waren erfreut, dass ich eine so positive Erfahrung mit ihrem Team gemacht hatte. Sie regten an, meine Erfahrung über ihre Webseite oder ihre Präsenzen in den sozialen Medien mit der Community zu teilen und wünschten mir viel Vergnügen mit dem neuen Gerät ihrer Premiumserie.

Das Gerät der Premiumserie wurde eine knappe Woche später von zwei Mitarbeitern eines beauftragten Logistikdienstleisters in den dritten Stock gehievt. Der riesige Karton thronte auf dem Fußboden in der Mitte des Wohnzimmers und machte es mir fast unmöglich, den Raum zu betreten. Ich brauchte fast drei Stunden, bis mein altes Gerät im Flur stand, von wo aus es über eine Zwischenstation im Keller bei nächster Gelegenheit den Weg alles Irdischen gehen würde. Derweil würde der neue Fernseher seinen Platz einnehmen. Völlig im Wahn suchte ich den Karton sowie die überschaubare Bedienungsanleitung nach einer Botschaft von Svenja ab, doch natürlich fand ich nichts dergleichen.

So blieb mir nichts anderes übrig, als das Installationsprogramm zu starten und noch immer in Trauer versunken meine Lieblingsserie zu Ende zu sehen. Doch ich konnte mich nicht darauf konzentrieren, die Folgen begeisterten mich nicht mehr, plätscherten an mir vorbei. Irgendwie hatte ich den Spaß daran verloren.

Etwa zwei Wochen später bekam ich schließlich Besuch von meinem alten Kumpel Jan, den ich seit Ewigkeiten nicht gesehen hatte. Jan lebte nicht mehr in Frankfurt und war nur über das Wochenende hier. Ich freute mich auf ihn. Wir hatten verabredet, gemeinsam zu kochen, um danach gemütlich ein paar Runden mit der Playstation zu drehen.

„Ey, das ist ja genau dasselbe Teil, das ich hab", staunte Jan, als er den riesigen Fernseher entdeckte. „Genau den hab ich mir vor ein paar Wochen gekauft, ist ja ein Ding. Aber da kann ich dir eine Geschichte erzählen, Mann, Mann, Mann ..."

„Was für eine Geschichte?", fragte ich neugierig.

„Ey Ben, ich hab bei denen angerufen, weil ich was wegen meinem alten DVD-Player wissen wollte. Und dann hatte ich ein Mädchen am Apparat ... mein Gott, ich sag dir, was für eine Stimme!"

„Und weiter?"

„Irgendwann ging es nicht mehr um den Player, sondern nur noch um uns. Sie wollte wissen, wie ich heiße, wo ich wohne und all so was. Die war total süß. Und dann erzählte sie mir im Geheimen, dass sie ein unfassbar gutes Angebot für mich hätte, an dem sie auch ein bisschen was verdienen würde, wenn ich es gleich jetzt bei ihr bestellen würde. Und das war genau der Fernseher, der da bei dir steht. Dabei wollte ich eigentlich gar keinen Fernseher, ich hab ja noch einen. Aber die war so der Hammer, dass ich mir dachte: scheiß drauf. Dann kommt eben was Neues ins Haus, wäre sowieso bald Zeit gewesen."

„Lass mich raten: Du wolltest sie kennenlernen, aber genau in dem Moment, wo sie ihre Adresse verraten wollte, wurde die Leitung getrennt."

Jan sah mich erstaunt an.

„Kannst du jetzt hellsehen, oder was?"

„Und wie sah sie aus? Hat sie dazu etwas erzählt?"

„Sie wäre blond, hat sie gesagt. Ach ja, und dass sie aussähe wie ... ich hab's vergessen. Irgendeine Schauspielerin."

„Die junge Winona Ryder."

„Ja. Ja, ganz genau. Woher weißt du das? Sie sagte, dass das Callcenter für sie nur ein Job sei und dass sie eigentlich studiert. Und gerade, als sie mir erzählen wollte, wo sie wohnt ... zack, weg. Ich hab gewartet, dass sie noch mal kommt, aber nichts. Stattdessen hatte ich jemand ganz anderes am Apparat, da hab ich aufgelegt. Ey, ich sag dir, für die Frau hätte ich die ganze Fernsehabteilung gekauft."

„Das verstehe ich, sehr gut sogar. Mir ist exakt dasselbe passiert. Seit Wochen versuche ich das Mädchen zu finden. Alles, was ich weiß, ist, dass sie Svenja heißt und in Dublin studiert. Mehr hab ich nicht."

„Ist ja der Hammer", sagte Jan. „Aber Svenja? Nee, so hieß die nicht. Lena war ihr Name. Und sie kam auch nicht aus Dublin, sondern war Erasmus-Studentin in Kiew."

Sprachlos starrte ich Jan an. Lena, Svenja oder wie auch immer sie hieß. Was für ein Aas, dachte ich. Was für ein raffiniertes Aas!

BIS EINER WEINT

Ich saß auf dem Bootsrumpf des schaukelnden Außenborders, hinter mir das tiefblaue Meer, vor mir eine buntgemischte Gruppe Urlauber in schwarzen und neongrünen Neoprenanzügen. Die Sauerstoffflasche, die ich auf den Rücken geschnallt bekommen hatte, zog meine Schultern nach unten. Das straffsitzende Gummiband der Taucherbrille klemmte mir die Ohren ein. Nina, unsere Tauchlehrerin aus Graubünden, stand breitbeinig am Heck und glich mit souveräner Leichtigkeit die Wellen aus, die mir seit Minuten ein flaues Gefühl im Magen verursachten. Sie erläuterte uns ein letztes Mal, was wir in der Tiefe zu beachten hätten und ermahnte uns aufs Neue, vorsichtig zu sein und uns keinesfalls zu überschätzen.

Schweiß trat mir auf die Stirn, was nicht allein der Hitze geschuldet war. Mein Puls beschleunigte auf ein ungesundes Niveau, meine Hände, die Sicherheit suchend das Mundstück der Sauerstoffflasche und den Rumpf des Bootes umklammerten, begannen zu zittern. Nur noch wenige Augenblicke, dann würden mich die braungebrannte Amazone und der Gruppenzwang an Bord dazu bringen, das Boot rücklings zu verlassen, um mich ins Nichts des Roten Meeres hinabzustürzen, nur durch einen Gummischlauch vom sicheren Erstickungstod getrennt.

„Wenn ihr euch nicht gut fühlt, könnt ihr jederzeit abbrechen."

„Abbruch", hörte ich mich mit einem Kloß im Hals sagen, woraufhin mich Nina erstaunt ansah. „Abbruch", wiederholte ich. „Ich gehe da nicht runter."

Ich sah in die Augen der abenteuerlustigen Frauengruppe mir gegenüber, des furchtlosen Rentnerpärchens am Bug des Boots, der Familie mit den unruhig wartenden Teenagerkindern und dem farblosen Lehrertyp, der sich schon den ganzen Morgen über um Nina herumgedrückt hatte. Ich erkannte Verachtung in ihren Blicken. Wie um Himmels Willen hatte es nur dazu kommen können? Warum saß ich hier in diesem Boot? Warum machte ich mich zum Gespött einer Handvoll Pauschaltouristen? Um ehrlich zu sein, begann alles mit einem Gutschein meines Bruders Marcel.

Marcel und ich hatten uns früh zur Eigenart gemacht, dem anderen nur das zu schenken, was man selbst gerne bekommen hätte. Die erste Aufmerksamkeit dieser Art, an die ich mich bewusst erinnern konnte, war eine in gebrauchtes Einschlagpapier verpackte CD von Miles Davis gewesen, die Marcel mir, seinem Bruder Achim, zum sechzehnten Geburtstag überreicht hatte.

„Vielen Dank, aber was soll ich damit?", fragte ich ihn, als ich die Hülle betrachtete.

„Die ist super, wirst sehen. Höchste Zeit, dass du mal gescheite Musik hörst."

„Ich höre gescheite Musik."

„Ramones sind Schrott."

„Du hast doch keine Ahnung."

„Aber du."

Und so landete das Geschenk unausgepackt in einer Ecke meines Bücherregals und leistete mir erst Jahre später gute Dienste, als ich in letzter Sekunde etwas benötigte, das ich der Mutter meiner damaligen Freundin zum Namenstag mitbringen konnte. Eine Lehrerin für Sozialkunde und Geschichte, da fand ich dieses trübe Jazzgedudel gut aufgehoben. Und ich sollte mich nicht täuschen, denn das Geburtstagskind war begeistert von meinem reifen Musikgeschmack und betrachtete mich fortan mit ganz anderen Augen, was mir ermöglichte, bereits bei meinem nächsten Besuch die Nacht im Bett meiner Freundin zu verbringen. Ein mütterliches Zugeständnis, das mir mit einer CD der Ramones wohl eher nicht zuteilgeworden wäre.

Etwa ein halbes Jahr darauf stand der Tag an, an dem ich mich für Miles Davis zu revanchieren gedachte, das Datum, an dem mein Bruder dreieinhalb Jahre vor mir das Licht der Welt erblickt hatte. Während meine jüngere Schwester Simone eigens für Marcel ein T-Shirt mit einem existenzialistisch anmutenden schwarzen Batikdruck versehen hatte, ging ich meinerseits in die Stadt und kehrte mit zwei Tickets für ein Heimspiel der Eintracht zurück, was selbst meine Eltern überraschte.

„Wieso schenkst du deinem Bruder Karten für ein Fußballspiel? Marcel hasst Fußball", fragte mein Vater.

„Ich finde, das muss man ändern", antwortete ich. „Es ist eine Schande, dass er noch nie im Waldstadion war. Jetzt bekommt er die Gelegenheit dazu."

„Wenn der Schuss mal nicht nach hinten losgeht, Achim."

„Wird er nicht, wart's ab."

Wurde er doch, wie sich tags darauf zeigte. Marcel öffnete den Umschlag, sah die Tickets und ließ mein Geschenk achtlos neben den Käsekuchenteller fallen.

„Gefällt's dir nicht?", fragte ich nicht sonderlich überrascht.

„Kannst du behalten."

„Du wirst es lieben, Bruderherz. Die Stimmung auf den Rängen, die Spannung auf dem Platz und in der Halbzeit ein Würstchen und ein schönes Bierchen."

„Grauenvoll. Ganz ehrlich? Warum schenkst du mir so was?"

„Weil ich finde, dass du deinen Horizont dringend erweitern solltest. Immer nur Bücher und Jazz und Schauspiel. Bei so schwerer Kost muss man ja bescheuert werden."

„Du findest, ich bin bescheuert?"

„Nein, ich habe nur Angst, dass du es eines Tages wirst. Was ist also? Gehen wir zur Eintracht?"

„Keinesfalls, Achim. Geh mit deinem Vater oder einem deiner Freunde. Mich bringen keine zehn Pferde dahin."

„Okay, ganz wie du willst", antwortete ich. Insgeheim hatte ich mit der Reaktion natürlich gerechnet und Steff, einen meiner besten Freunde, vorgewarnt, sich Samstag vorsichtshalber nichts vorzunehmen.

Als sich das Ganze an Weihnachten wiederholte, und ich von meinem Bruder zwei Bücher von Adorno bekam, während er einen Satz Star Wars-Figuren auspackte, die mir noch in meiner Sammlung fehlten, bat mich Marcel zum Gespräch.

„Also schön", sagte er. „Ich denke, wir lassen das in Zukunft einfach. Wir schenken uns doch nur Zeug, mit dem der Andere nichts anfangen kann. Das Geld können wir genauso gut sparen, oder?"

Ich überlegte. Natürlich hatte er recht, im Grunde genommen konnten wir uns die Dinge, die wir gerne hätten, auch einfach selbst kaufen, warum den Umweg über ein Geschenk gehen, das man stante pede zurück erhielt? Andererseits genoss ich den vollen Gabentisch an Festtagen, und ein Geschenk weniger war nun mal ein Geschenk weniger. Außerdem hatten wir insgeheim natürlich großen Spaß daran, Präsente zu finden, mit denen der Andere nichts anzufangen wusste und die er sich selbst im Leben nicht gekauft hätte. Doch nein, Marcels Vorschlag war gleichwohl berechtigt und nachvollziehbar, und so beschlossen wir, die Schenkerei zwischen uns Brüdern einzustellen.

Wir hielten unsere Abstinenz tatsächlich jahrelang konsequent durch, bis Caro und ich eines Tages die Einladung zu Marcels vierzigstem Geburtstag erhielten. Marcel lebte inzwischen in Bad Vilbel und arbeitete als Steuerberater in einer Kanzlei im Frankfurter Westend. Zum Verdruss unserer Mutter war er nach wie vor Single, während ich als der jüngere Bruder wenn schon nicht verheiratet, so doch wenigstens in festen Händen war, was das gemeinsame Elternhaus leidlich versöhnte.

Ich arbeitete als Content Manager für einen Hersteller von Outdoor-Klamotten und lebte davon ganz ordentlich, wenn ich mit Marcels Lebensstandard auch bei weitem nicht mithalten konnte. Jedes Mal, wenn Caro und ich ihn trafen, was nicht sonderlich oft vorkam, fuhr er in einem anderen Wagen vor und bestand darauf, die Rechnung für uns drei zu übernehmen. Ich schlussfolgerte, dass er uns steuerlich absetzen konnte. Seine Garderobe war ebenso geschmackvoll wie teuer, was mir zugutekam, da er dem kleinen Bruder, der seiner Meinung nach einen gewissen Chic dringend benötigte, seine ausrangierten, meist nicht einmal eine Saison alten Sakkos, Jacken und Mäntel zukommen ließ.

Jetzt wurde Marcel also vierzig, und ich rang mit mir, ob es nicht der richtige Zeitpunkt wäre, unsere Vereinbarung zu kippen und mir für diesen besonderen Tag erstmals wieder ein Geschenk zu überlegen.

„Klar, warum nicht?", bestätigte mich Caro. „Du kannst schlecht zum runden Geburtstag deines Bruders eingeladen werden und außer deiner Freundin nichts mitbringen, das geht doch nicht."

„Wahrscheinlich hast du recht", antwortete ich. „Fragt sich nur, was? Ich habe nicht die leiseste Ahnung, womit man ihn überraschen könnte."

„Wenn dir nichts einfällt, dann schenke ihm doch einen Gutschein."

„Einen Gutschein? Für was?"

„Das können wir noch überlegen."

Ein Gutschein also. Nun halte ich persönlich nicht viel von Gutscheinen. Wer Gutscheine verschenkt, weiß entweder, dass der Beschenkte bereits alles hat, weil er sich alles selbst leisten kann, oder er weiß im Gegenteil überhaupt nichts über ihn. Wer statt eines gut gewählten Subjekts eine reine Absichtserklärung verschenkt, hat keine Ahnung, wie der Andere lebt, was er macht, geschweige denn, was ihn interessiert und daher schon gar nicht, über welches Geschenk sich das Geburtstagskind freuen würde. Alles zusammen traf eindeutig auf meinen Bruder und mich zu.

Genau einmal war ich in seinem Haus gewesen, direkt nach Marcels Einzug; seitdem hatten wir uns immer auf neutralem Boden in irgendwelchen Restaurants getroffen. Zumeist in Marcels Mittagspause, manchmal auch zum Sundowner auf der Terrasse des Hotels am Eschenheimer Turm, zu dem ab und zu auch Caro zu uns stieß.

An derlei Abenden erzählte Marcel von Klienten und von Steuerrecht, gab uns Ratschläge, was wir im nächsten Jahr abschreiben könnten und was nicht. Von ihm selbst erfuhren wir in den Gesprächen so gut wie nichts. Gut, wir fragten auch nicht oder nur sehr selten nach seinem Befinden, doch wenn wir es einmal taten, blieben seine Antworten verschlossen einsilbig.

Von steuerrechtlichen Themen abgesehen, interessierten Caro und ich ihn allerdings ebenso wenig. Unser Austausch plätscherte an der Oberfläche vor sich hin, entsprechend kurz waren die Treffen in der Regel. Auch bei den seltenen Gelegenheiten, bei denen wir im Elternhaus aufeinander trafen, erfuhren wir nicht viel mehr voneinander, denn dann ging es vorzugsweise um Mutter und Vater, um deren Gesundheit und deren über kurz oder lang ins Haus stehenden Umzug in eine altersgerechte Wohnung.

Der vierzigste Geburtstag. Ich überlegte, worüber ich mich an seiner Stelle freuen würde, schließlich war ich sechsunddreißig Jahre alt, der Altersunterschied zwischen uns quasi nicht mehr existent. Welchen Gutschein hätte ich selbst gerne bekommen? Welchen Wunsch hatte ich, den ich mir selbst nie erfüllen würde?

Ziel- und einfallslos surfte ich herum und fand schließlich die Seite eines Unternehmens, das auf Leute wie mich spezialisiert zu sein schien. Man konnte dort wählen zwischen Geschenken für Ihn und für Sie, für spezielle Anlässe und Vorlieben, zwischen Reiseideen, kulinarischen Events und vielem anderem mehr. Ich stöberte hier und da und überlegte kurzfristig, Marcel einen Golfkurs zu schenken. Doch Snob, der er war, hatte er vermutlich längst ein einstelliges Handicap, von dem sein kleiner Bruder nur nichts ahnte. Nein, es musste etwas Spektakuläreres werden, etwas, das ihn ein bisschen herausforderte. Schließlich sollte er etwas davon haben. Ein Event, das er nur einmal im Leben erlebte.

Nach einer guten Stunde fand ich, wonach ich suchte und zückte die Kreditkarte. Ich war mir sicher, dass er das garantiert noch nicht gemacht hatte. Nie im Leben. Jetzt bekäme er die Gelegenheit. Und ein Nicht-Einlösen des Gutscheins war natürlich indiskutabel, die Blöße würde er sich nicht geben.

„Bist du sicher, dass er sich darüber freuen wird?", fragte Caro.

„Keine Ahnung. Aber ich finde, mit vierzig Jahren wird es Zeit, seine Grenzen zu testen."

„Das wird er sich für deinen Vierzigsten sicher merken."

„Soll er ruhig. Ich mache alles."

„Gib's zu, du willst mich loswerden", sagte Marcel, als er den Gutschein auspackte, den wir mit einer passenden Playmobilfigur dekoriert hatten.

„Quatsch, wie kommst du denn auf diesen Blödsinn? Das wird ein Tag, den du so nie wieder erleben wirst."

„Ich wäre schon froh, ihn zu überleben."

„Du bist so ein Schwarzmaler, du springst doch nicht alleine. Das ist ein Tandemsprung. Du kreist ein bisschen über dem Odenwald, und dann hüpft ihr irgendwann aus dem Flugzeug. Und wenn Ihr unten seid, bekommst du ein tolles Bild, das du dir rahmen kannst."

„Hat Möllemann auch ein Bild bekommen?"

„Marcel, das ist geschmacklos. Caro und ich kommen natürlich mit und filmen das Ganze. Und danach gehen wir zusammen schön essen."

Echte Freude wollte dennoch nicht aufkommen. Marcel packte unser Präsent auf den Gabentisch des Restaurants, in das er geladen hatte und steckte ihn bewusst hinter die Golfschläger, die er sich von den Kollegen seiner Kanzlei gewünscht hatte.

„Nur gut, dass wir ihm keinen Golfkurs geschenkt haben. Damit hätte er nichts anfangen können", sagte ich.

„Stimmt, dagegen war der Fallschirmsprung ein echter Renner."

„Er wird es mögen. Wenn er erst auf der Wiese gelandet ist, wird er gleich wieder hoch wollen."

„Schauen wir mal", antwortete Caro und verschwand zum Büffet.

Vermutlich war es dem nervösen Brechdurchfall geschuldet, der Marcel in den Stunden vor dem Sprung geplagt hatte und der ihm das einmalige Erlebnis derart vermieste, dass er sich an meinem runden Geburtstag mit einem geradezu abstrusen Geschenk revanchierte.

Auch ich bekam selbstredend einen Gutschein überreicht, obwohl ich ihm beim letzten Treffen vor meiner Feier eigens von einer Sportuhr mit Navigationssystem erzählt hatte, über die ich mich wirklich sehr, sehr freuen würde.

„Oh, ich hätte gewettet, ich bekäme von dir eine Uhr", sagte ich entsprechend enttäuscht.

„Eine Uhr kannst du dir selbst kaufen, lieber Bruder. Das hier ist eine ganz andere Liga. Apropos Liga. Schau doch mal in den Umschlag."

Liga? Hatte sich Marcel womöglich an meine Fußballbegeisterung erinnert und mich mit Karten für ein Champions League-Spiel oder eine Dauerkarte der SGE bedacht? Weder das eine noch das andere. Ich zog eine schwarze Schmuckkarte aus dem Kuvert, auf dem in verschnörkelter Schrift *The Master Needle* zu lesen stand. Das verhieß nichts Gutes. Ich öffnete die Karte und wusste sofort, dass ich die Antwort auf den Fallschirmsprung in Händen hielt.

„Nein, Marcel, sorry. Ich bin vierzig Jahre sehr gut ohne Tätowierung ausgekommen, und ich gedenke, das auch in den kommenden Jahrzehnten so zu halten."

„Das ist nicht irgendein Tattoo. Es wird das Tattoo eines Meisters, und er wird dir den Eintracht-Adler auf den Rücken stechen. Sowas haben nur echte Fans."

„Vergiss es. Ein Trikot hätte es auch getan."

„Trikot ..." Marcel schnaubte verächtlich. „Ein Trikot hat jeder. So ein Tattoo nur die wenigsten. Eigentlich wollte ich dir den Adler ja vorne auf die Brust stechen lassen, aber auf der Brustwarze ist das nicht so angenehm, habe ich mir sagen lassen."

„Und wenn ich's nicht mache?"

„Ich fürchte, Achim, du hast mit den Gutscheinen angefangen", mischte sich Caro ein.

„Ja, aber Marcels Gutschein war ein tolles Erlebnis."

„Für den, der auf dem Acker stand, schon. Für den, der mit leerem Magen und voller Hose bei dreitausend Metern aus einer Cessna springen musste, nicht", sagte Marcel.

„Ach komm, das war was ganz anderes. Da ging es um eine Minute Nervenkitzel. Bei mir geht es um lebenslange Nadelstiche."

„Es wird super aussehen. Der Mann ist ein Meister seines Fachs. Das Werk kannst du gleich danach bei Instagram posten."

„Und du bist auf seiner Seite? Na, herzlichen Dank", sagte ich in Caros Richtung.

„Ich bin auf gar keiner Seite. Euer Ding, eure Spielregeln. Mich stören Tattoos nicht. Solange sie gut gemacht sind."

„Davon kannst du ausgehen. Der Gutschein war teuer genug", sagte Marcel.

Es half nichts. Eine Woche später saß ich auf dem Stuhl des Meisters, mir gegenüber die Zeugen des Spektakels, die mein vor Schmerz verzogenes Gesicht betrachteten und mitleidig lächelten. Mich wunderte nicht im Geringsten, dass mein Bruder Spaß an der Misshandlung fand. Die Tatsache aber, dass mir Caro in den tätowierten Rücken fiel, war schon ein dickes Ding.

Sie hätte kein Mitleid mit Marcel und mir, hatte sie mir am Abend meines Geburtstages erklärt, als die Gäste gegangen waren und wir alleine beim Absacker auf dem Sofa saßen. Einer sei schlimmer als der andere, und sie werde den Teufel tun, für einen von uns Partei zu ergreifen. Scheinbar bräuchten wir diese Kindereien, dann sollten wir auch alleine entscheiden, wann der Zeitpunkt gekommen wäre, damit aufzuhören.

„Mission completed", sagte der Meister und betrachtete sein Werk. Caro und Marcel musterten meinen zerstochenen Rücken.

„Erstklassige Arbeit, das muss man schon sagen", meinte Caro.

„Gut und schön, aber warum eine OFC-Fahne? Wolltest du nicht den Adler?"

„Seid ihr wahnsinnig?", schrie ich und versuchte, im Standspiegel einen Blick auf die Entstellung zu werfen.

„Scherz", beruhigte mich mein Bruder. „Ein wunderbarer Attila. Der macht dich zu einem wahren Hunnenkönig, aber das wird dir vermutlich nichts sagen."

Einen Adler auf dem Rücken und Rache im Sinn verließ ich mit Caro und Marcel das Tattoostudio. Nein, noch war der Zeitpunkt für einen Geschenkewaffenstillstand nicht gekommen. So kam mir mein Bruder nicht davon.

Ich hatte keineswegs vor, abzuwarten, bis Marcel die Fünfzig erreichen würde. Außerplanmäßig stand ich bereits wenige Monate später vor seiner Tür und klingelte. Es dauerte einen Moment, dann öffnete mein Bruder und sah mir verschlafen entgegen.

„Was machst du denn hier?"

„Herzlichen Glückwunsch, Marcel. Ich weiß, wir beschenken uns nur zu besonderen Anlässen, aber dann hatte ich eine Idee, und, naja, ich dachte mir, warum warten? Carpe diem, wie die Lateiner sagen, aber das weißt du natürlich besser als ich."

„Okay", antwortete Marcel vorsichtig. „Willst du reinkommen? Ich bin allerdings nicht auf Gäste vorbereitet. Ich wollte später Golf spielen und meinen Geburtstag geflissentlich übergehen."

„Nein, nein", dankte ich. „Ich wollte gar nicht stören. Ich wollte dir nur kurz das hier geben."

Ich drückte Marcel einen Umschlag in die Hand und wartete. Sehr langsam und offensichtlich skeptisch öffnete er das Kuvert und lugte hinein.

„Ein Tanzkurs?"

Ich nickte und lächelte.

„Von der Tanzschule hab ich noch nie gehört."

„Gibt es noch nicht so lange", antwortete ich. „Ich dachte, das wäre was für dich. Nachdem du dich in luftiger Höhe nicht so wohlgefühlt hast, bist du jetzt sehr viel näher am Boden."

„Mit wem soll ich denn dahingehen? Oder geht das auch alleine?"

„Das ist nur für dich gedacht. Du findest schon was, an dem du dich festhalten kannst. Ich wünsch dir jedenfalls ganz viel Spaß und bin sehr gespannt, was du berichtest. Melde dich, klar?"

„Achim?"

„Ja?" Ich war bereits auf dem Weg zum Auto und drehte mich um.

„Wo ist der Haken?"

„Kein Haken, freu dich einfach. So kommst du auch mal raus."

Ich stieg ein und fuhr los. Und ich freute mich schon auf Achims Anruf.

Der ließ nicht lange auf sich warten. Keine zwei Wochen später hatte mein Bruder seinen Gutschein eingelöst und wollte mir erzählen, wie es ihm gefallen hatte, doch bekam er bei seinem Anruf nur Caro zu fassen, ich selbst war noch nicht zu Hause.

„Richte deinem Freund bitte aus, dass er ein riesengroßer Arsch ist."

„Wieso? Was ist passiert?"

Ich hatte Caro nichts von meinem Geschenk erzählt, ich dachte, sie fände das vielleicht zu kindisch und würde versuchen, mich davon abzuhalten.

„Ich habe sein Geschenk nur eingelöst, weil es eine Frage der Ehre ist. Wir haben noch nie gekniffen."

„Was für ein Gutschein?"

„Du weißt davon gar nichts?"

„Wovon denn? Hat er dir wieder was geschenkt?"

„Er hat mir einen Tanzkurs geschenkt, seine Rache für die Tätowierung."

„Aber das ist doch erst mal ganz nett, oder? Hattest du schon deine erste Stunde?"

„Die erste und die letzte."

„Oje, was ist passiert?"

„Ich musste an einer Stange tanzen."

„Nein."

„Doch. Poledance. Der einzige Mann im Kurs. Es war so ... peinlich."

„Oh Marcel, das tut mir leid, ich wusste davon nichts."

„Sag deinem Bruder, dass ich mich unglaublich gefreut habe und hoffe, das mit meinem nächsten Präsent übertreffen zu können."

„Das hat er gesagt?", sagte ich und wischte mir die Tränen aus den Augen. „Nein, wie herrlich. Ich wusste, er würde seinen Spaß haben. Ich wollte ihm eigentlich noch das passende Höschen für den Unterricht schenken, aber dann hätte er Lunte gerochen."

„Du bist echt unmöglich. Marcel war wirklich angefressen, ein Wunder, dass er die Stunde überhaupt durchgezogen hat. Ich hätte es nicht gemacht. Ich wäre sofort wieder gegangen."

„Das geht nicht, Caro. Das haben wir noch nie gemacht. Wenn eins ausgeschlossen ist, dann, dass einer von uns beiden kneift."

„Aber ihr schaukelt euch da gegenseitig hoch. Das ist doch nicht normal. Irgendwann werdet ihr zu weit gehen, und dann ist es zu spät. Dann werdet ihr euch nicht mehr versöhnen. Ihr seid wie kleine Kinder. Ihr macht so lange, bis einer weint."

„Ach Quatsch, das ist ein Spaß unter Brüdern. Das ist ganz normal. Wir lieben uns doch. Das nächste Mal muss ich wahrscheinlich im Zirkus auftreten und Messer auf mich werfen lassen, oder irgendwas in der Art."

Irgendwas in der Art war dann der Tauchkurs geworden, den ich gerade beenden wollte.

„Das ist völlig okay, wenn du nicht tauchen möchtest, Achim. Bist du dir sicher?", fragte mich Nina noch einmal.

Marcel wusste, dass ich unter Platzangst litt, seit er mich als Kind aus Spaß in den Keller gesperrt hatte und ich vor Angst ohnmächtig geworden war. Alleine der Gedanke an das schwarze Nichts, in das ich hinab tauchen sollte, löste bei mir eine Panikattacke aus. Es war klar, dass Marcel sehen wollte, wie weit ich gehen würde, wer von uns beiden als Erstes nachgeben und aufgeben würde. Und er sah es auch jetzt gerade, in diesem Augenblick. Caro und er saßen am Strand in einer Bar und verfolgten das Geschehen mit dem Fernglas. Ich versuchte, die beiden zu entdecken, doch wir dümpelten viel zu weit draußen auf dem Meer herum, ich konnte niemanden erkennen.

„Also gut", sagte ich. „Ich hab's mir überlegt. Ich gehe mit runter."

Die Pauschaltouristen im Boot spendeten freundlichen Applaus. Insgeheim waren sie froh, dass es endlich los ging und ich nicht weiter Schwierigkeiten bereitete.

Ich biss auf das Mundstück der Sauerstoffflasche und atmete versuchsweise ein und aus. Dann gab mir Nina ein Zeichen, und nach kurzem Zögern ließ ich mich, wie zuvor geprobt, in die Tiefe des Roten Meeres fallen. Sofort verstummten die Geräusche um mich herum, keine Wellen, die an den Bootsrumpf schlugen, kein Gelächter der aufgeregten Touristen an Bord, nur noch Stille und das regelmäßige Rauschen meines Atems, der nunmehr einzig und alleine auf die Stahlflasche auf meinem Rücken angewiesen war. Ich versuchte mich zu orientieren, suchte und fand den Schatten unseres Bootes über mir, umgeben von blaugrünem Wasser, das von der Nachmittagssonne erhellt wurde.

Dort war also oben, dann musste ich mich in entgegengesetzter Richtung orientieren, denn das war schließlich Sinn und Zweck des Tauchgangs, der Genuss der einzigartigen Flora und Fauna der hiesigen Gewässer. Ich drehte mich kopfüber und schlug mit den Flossen, um tiefer und tiefer zu gelangen. Weit unter mir sah ich Taucher, die vor mir von Bord gegangen waren und sich mit ruhigen, gleichmäßigen Bewegungen fort bewegten. Ich versuchte ihnen zu folgen, ignorierte die leuchtend bunten Fische, die mich eskortierten und konzentrierte mich voll und ganz aufs Atmen. Nur der Atemvorgang war wichtig, der Sauerstoff aus der Flasche. Regelmäßig einatmen und wieder ausatmen. Nicht zu schnell und hektisch, sondern ruhig und überlegt. Was, wenn ich irgendwo hängen blieb, an einem scharfkantigen Felsstück oder dem Vorsprung eines Riffs? Was, wenn mir schwindlig wurde und ich die Orientierung verlor? Ich merkte, wie ich erneut unruhig wurde. Mein Herzschlag, der bis eben ein fast normales Niveau hatte, beschleunigte wieder. Wo war nochmal oben? Ich drehte mich, doch das Wasser über mir unterschied sich weder farblich noch von der Temperatur her von der übrigen Umgebung. So weit hinunter wollte ich gar nicht. Ich suchte nach den anderen Tauchern, doch auch sie waren verschwunden.

Schlagartig ergriff mich Panik. Ich musste raus aus dem Wasser, und zwar sofort. Ich sah auf den Tiefenmesser an meinem Handgelenk, doch das Bild verschwamm vor meinen Augen. Verdammt, ich konnte das verfluchte Ding nicht ablesen. Wie tief war ich? Wo war ich? Ich musste auftauchen. Ich brauchte Luft, echte Luft, keinen Sauerstoff. Kraftvoll stieß ich mich mit den Flossen ab, machte zwei, drei hektische Schwimmstöße, doch ganz offensichtlich hatte ich die Orientierung verloren. Um mich herum wurde es nicht heller, sondern immer dunkler. Panisch atmete ich ein und aus und wieder ein und wieder aus und bewegte mich hektisch von links nach rechts, dann nach oben, oder was ich dafür hielt. Bis mir mit einem Mal klar wurde, dass ich sterben würde. Ich würde nicht mehr an die Wasseroberfläche gelangen. Die Ohnmacht war nicht mehr weit, dann wäre es vorbei, dann würde ich nur noch reglos durch die Tiefe treiben, bis die Gase meinen aufgedunsenen, blau verfärbten Körper irgendwann zurück nach oben brächten.

Wenigstens hatte ich gewonnen. Ich war drauf und dran gewesen, mir Marcel gegenüber eine Blöße zu geben, eine Niederlage, die ich ein Leben lang aufs Brot geschmiert bekommen hätte. Doch soweit war es nicht gekommen. Ich war der Stärkere, er war der Verlierer. Der kleine Bruder hatte den großen Bruder besiegt. Marcel war derjenige, der seinen Bruder in den Tod getrieben und sogar noch dabei zugesehen hatte, der Zeuge davon geworden war, wie die Touristen im Schlauchboot hektisch nach mir suchten, der sah, wie mehr und mehr Boote dazu stießen, und mitbekam, wie sich die Rettungsschwimmer verzweifelt bemühten, meinen leblosen Körper zu finden. Damit würde er fortan leben müssen.

Ich öffnete den Biss und ließ das Mundstück los. Reflexartig versuchte ich zu atmen, doch sofort drang Wasser in die Lungen. Ich verschluckte mich, würgte, hustete. Die Luftblasen, dachte ich. Ich hätte einfach den Luftblasen folgen sollen. Es wurde still. Zu still.

DER ACHTE TAG

Herrgott lümmelte auf dem Sofa herum und betrachtete griesgrämig die Welt tief unter sich. Fraugott kam herein, das Geschirr noch in der Hand, und spürte gleich, dass irgendetwas nicht stimmte.

„Was ist los mit dir? Warum schaust du so mürrisch?"

„Nichts. Keine Ahnung", antwortete Herrgott.

„Na los, raus mit der Sprache, welche Laus ist dir über die Leber gelaufen?" Fraugott kannte ihren Mann seit Jahrmillionen Jahren, da konnte er ihr weiß Gott nichts mehr vormachen. Irgendetwas bedrückte ihn, etwas saß ihm quer, und sie musste nur ein bisschen bohren, dann würde er schon mit der Sprache herausrücken.

„Herrgott Sakrament nochmal, jetzt sag halt schon: Was ist los?"

„Es ist ...", druckste Herrgott herum. „Ach, ich weiß nicht, ich werde das Gefühl nicht los, dass wir's verbockt haben."

„Was haben wir verbockt?"

„Die Welt", antwortete er und zeigte auf den blauleuchtenden Punkt inmitten des schwarzen Nichts.

„Wie? Erst vorgestern hattest du noch alles angesehen und warst begeistert?"

„War ich auch. Aber gestern hatte ich eben ein bisschen Zeit und Ruhe und irgendwie ... ich weiß auch nicht. Plötzlich hatte ich das blöde Gefühl, als hätten wir die Menschen nicht gut genug hinbekommen. Alles andere ist wunderbar, aber ausgerechnet die Krone der Schöpfung ist uns nicht so gelungen, wie ich mir das vorgestellt hatte."

„Papperlapapp, du bist einfach ein bisschen überarbeitet", beruhigte ihn Fraugott. „Wir haben schließlich sechs Tage lang gekeult wie die Ochsen. Jetzt bleibst du schön sitzen, ich mache dir eine Tasse Tee, du liest ein bisschen in der Zeitung, und danach sieht die Welt gleich ganz anders aus."

„Dein Wort in Gottes Ohr", antwortete Herrgott und fügte sich, denn meistens hatte Fraugott recht, und, wer weiß, vielleicht machte er sich ja tatsächlich unbegründete Sorgen.

Doch Herrgotts Laune wollte sich nicht bessern. Ein Blick auf die kleine, im Grunde hübsch anzusehende Kugel genügte, um zu erkennen, dass seine Frau und er mit der Erschaffung des Menschen nicht gerade eine Meisterleistung abgeliefert hatten.

„Was genau stört dich denn, hm?", fragte Fraugott.

„Na, sieh dir doch mal an, was die schon alles angerichtet haben. Dabei sind sie gerade ein paar Hundertausend Jahre auf der Welt. Die führen sich auf, als würde das alles ihnen gehören."

„Kinderkrankheiten", sagte Fraugott. „Das gibt sich, wirst schon sehen."

„Ehrlich gesagt, glaube ich das nicht", antwortete Herrgott. „Ich fürchte, wir haben sie falsch programmiert. Gut, wir hatten gesagt, dass sie sich vermehren sollten ..."

„Was sie kräftig getan haben."

„Ja, aber wir haben nichts davon gesagt, dass sie sich gegenseitig die Schädel einschlagen sollen. An allen Ecken und Enden prügeln sie aufeinander ein. Und kaum ist irgendwo Ruhe eingekehrt, kracht's an anderer Stelle."

„Na, immerhin haben wir sie nach unserem Ebenbild geschaffen."

„Im Leben nicht", sagte Herrgott. „Die sehen vielleicht aus wie wir, aber sie verhalten sich wie der erste Mensch. Dabei haben wir ihnen ein echtes Paradies hingesetzt. Traumhafte Strände, Bergwelten wie aus dem Bilderbuch, tiefblaue Ozeane, saftstrotzende Wiesen. Ich meine, was wollen die denn mehr? Sie hätten doch einfach nur den lieben Gott einen guten Mann sein lassen und ab und zu ein Äpfelchen vom

Baum pflücken müssen, schon wäre alles Friede, Freude, Eierkuchen gewesen."

Herrgott atmete tief durch.

„Ich fürchte, wir haben sie einfach nicht clever genug hinbekommen. Das sind ganz schöne Dummbratzen, und ich frage mich, warum? Das Schlimmste aber ist, dass die Dämlichsten von ihnen gerade das Sagen haben. Alles, was wir ihnen geschenkt haben ... geschenkt wohlgemerkt ... machen sie eins nach dem anderen kaputt. Sie meucheln die Tiere, fällen die Bäume, verpesten die Luft, aber am besten sind sie darin, sich selbst um die Ecke zu bringen. War das unser Plan?"

„Natürlich nicht."

„Eben, das meine ich", sagte Herrgott. „Irgendwie sind die uns komplett aus dem Ruder gelaufen. Und ich denke, wir müssen etwas tun, bevor uns alles über den Jordan geht."

„Und an was genau denkst du, Schatz?"

„Ich bin noch unschlüssig."

„Ein paar Plagen vielleicht? Wasser in Blut verwandeln? Hagel? Stechmücken, Heuschrecken, so was in der Art?"

„Schon möglich. Oder wir gehen ein bisschen grundlegender vor. Wie bei unserem Rosenstrauch im Garten, weißt du noch? Den haben wir radikal zurückgeschnitten, und sieh dir an, wie er jetzt blüht."

„Du willst die Menschen zurückschneiden?"

„Unsinn. Aber ein paar Heuschrecken langen wohl nicht mehr. Wie ich vorhin so da saß und meinen Tee schlürfte, dachte ich, dass wir ihnen vielleicht ein bisschen Feuer unterm Hintern machen sollten. Ein paar Grad wärmer das Ganze, dann drehen sie schnell am Rad, wirst sehen."

„Aber das wäre doch jammerschade um die Gletscher und erst um die schönen Pole. Mit denen haben wir uns solche

Mühe gegeben. Das sah auch so hübsch aus, mit dem Eis oben und unten."

„Muss ja nicht für immer sein. Wenn sich alles ein bisschen erholt hat, können wir gerne eine kleine Eiszeit planen, dann bekommst du deine Pole wieder."

„Ach ja, das wäre schön. Dann kriegen sie da unten aber ganz schön viel Wasser, wenn das alles wegschmilzt."

„Sicher. Zu heiß und zu nass, das ist ja der Plan. Von nichts kommt nichts, bös muss bös vertreiben. Vielleicht lernen sie was daraus."

Und so geschah es, dass Herrgott und Fraugott ein wenig am Temperaturregler drehten und die Erde mächtig aufheizten. Allein, die Menschen schienen nichts zu begreifen. Sie waren definitiv noch dämlicher, als Gotts gedacht hatten. Eine Schande, dachte Herrgott, als er merkte, dass die Menschen auf seine Therapie nicht ansprachen, das haben wir wirklich vermasselt.

„Und?", fragte Fraugott. „Klappt's?"

Herrgott schüttelte den Kopf.

„Rein gar nichts klappt. Sie rennen panisch umher, versammeln sich Freitag für Freitag, aber sonst passiert nichts. Ich fürchte, das war ein Fehlversuch. Die Kinder gefallen mir noch am besten. Sie sind widerspenstiger, als ich dachte."

„Dann werden wir wohl zu anderen Mitteln greifen müssen", sagte Fraugott. „Wer nicht hören will, muss fühlen. Was meinst du? Sollten wir vielleicht das Virenprogramm starten?"

Herrgott dachte nach. Das Virenprogramm. Keine schlechte Idee, die seine Frau da hatte.

„Das ist es, mein Engel, für solche Fälle haben wir es ja. Und gleichzeitig schrauben wir die Temperatur noch ein bisschen weiter hoch. Ach, und ein paar Überschwemmungen und Stürme würde ich vielleicht noch einbauen, was denkst du?"

„Das klingt nach einem ordentlichen Gesamtpaket. Und wenn das nicht hilft, schicken wir einfach eine zweite Welle hinterher, von mir aus auch eine dritte. Das hat doch neulich schon mal geholfen, weißt du noch?"

„Jetzt, wo du's sagst", sagte Herrgott. „Du hast recht, das muss vor rund hundert Jahren gewesen sein. Kommt mir wie gestern vor. Also schön, dann sei doch so gut und bring uns mal eine Fledermaus, ja?"

„Kommt sofort", flötete Fraugott und verschwand ins Lager.

Na, das war ein Hallo, als das gute Tier ihren Job erledigt und sich für die gute Sache geopfert hatte.

„Programm läuft", wurde den Gotts gemeldet. Und schon wenige Augenblicke später war die ganze Welt in Aufruhr, oder nein, vielmehr stand die ganze Welt quasi still. Der Himmel wurde klarer, die Luft wurde besser, die Meere sauberer, selbst die Tiere trauten sich in Gegenden zurück, in die sie sich seit Jahren nicht mehr vorgewagt hatten.

„Bingo", frohlockte Herrgott und knuffte seiner Gattin liebevoll den Arm. „Diesmal scheint es zu klappen. Das war ein großartiger Einfall von dir", lobte er Fraugott und lächelte. „Was würde ich nur machen, wenn ich dich nicht hätte?"

Verschämt lächelte Fraugott zurück. Ja, sie waren in der Tat ein gutes Team, die beiden.

Doch als es sich Gotts eigentlich auf dem Sofa gemütlich machen wollten, um bei ein paar Kartoffelchips einen schönen alten Sandalenfilm zu schauen, warfen sie einen letzten Blick auf ihre Welt.

„Was ist denn jetzt wieder los? Das darf doch nicht wahr sein", murmelte Herrgott, als er sah, was zur selben Zeit weit unter ihnen passierte. „So blöd kann doch keiner sein, nicht mal die."

„Scheinbar schon", sagte Fraugott, die sich zu ihm gesellt hatte und ihren Augen nicht traute. Eben noch schienen sie alles in die richtigen Bahnen gelenkt zu haben, doch jetzt sah die Welt schon wieder genauso hektisch und betriebsam aus wie zuvor, ganz so, als wäre nie etwas passiert. Die Menschen fielen wieder an allen Ecken und Enden übereinander her, überall knallte und krachte es. Feuer loderten in den Wäldern, das Meer verdreckte erneut in Sekundenschnelle.

„Die sind aber hartnäckig, das hätte ich weiß Gott nicht gedacht."

„Unglaublich resistent", pflichtete ihr Herrgott bei. „Dann bleibt uns nur noch eins, fürchte ich, sonst geht uns alles vor die Hunde."

„Meinst du ..."

Herrgott nickte.

„Du siehst doch selbst, sie reagieren auf nichts. Oder hast du eine bessere Idee?"

Traurig schüttelte Fraugott den Kopf.

„So viel Arbeit. Und alles für die Katz. Eine Schande."

„Geht leider nicht anders, du siehst es ja selbst. Fragt sich nur, wen wir diesmal als Chefs auswählen wollen. Was hältst du von Ameisen? Die sind mindestens so clever, aber viel sozialer. Außerdem schön klein, da können sie nicht so viel anrichten."

„Oder Schafe", antwortete Fraugott. „Vielleicht probieren wir es einmal mit richtig schlichten Gemütern. Die tun keinem was und fressen Gras. So, wie wir es eigentlich geplant hatten. Mit denen hatten wir noch nie Ärger."

„In Ordnung, mein Engel, von mir aus. Warum nicht? Dann bauen wir eben alles noch einmal und die Menschen lassen wir diesmal einfach weg. Die müssen wir erst komplett überarbeiten, das war leider gar nix. Schöner Mist."

Herrgott öffnete die Tür des Schränkchens neben dem Fenster und entsicherte einen darin verborgenen Schalter, über dem ein Schild zu lesen stand: *Auf Werkseinstellungen zurücksetzen.*

„Also gut", sagte Herrgott und sah seine Frau an. „Bist du bereit?"

Fraugott nickte und sagte: „Auf ein Neues."

„Auf ein Neues", antwortete Herrgott und legte den Kippschalter um.

„Neustart?"

„Neustart!", bestätigte seine Frau und schenkte ihm ihr wärmstes Lächeln, während sehr weit unter ihnen die Welt in einem Feuerball aufging und lediglich ein schwarzes Loch hinterließ.

„Erledigt. Jetzt gehen wir aber fernsehen", sagte Herrgott und nahm seine Frau in den Arm. „Und morgen früh erschaffen wir wieder Himmel und Erde."

„So machen wir das", antwortete Fraugott. „Was denkst du? Sollen wir den Himmel diesmal grün machen? Oder lieber rot?"

„Ganz wie du willst. Das letzte Mal hatte ich die Wahl, diesmal bist du dran. Vielleicht kriegst du es ja besser hin."

„Mit Sicherheit", sagte Fraugott, und huschte lachend in die Küche, ihrem Mann ein kühles Blondes holen.

Tausend Dank

Anders als bei meinen beiden Romanen musste ich bei der vorliegenden Sammlung niemanden zu Rate ziehen, um zu erfahren, ob sich die Story erschließt, der ein oder andere Protagonist auf der Strecke geblieben oder logische Fehler unbemerkt geblieben sind. Das ist das Schöne an Kurzgeschichten: In der Regel gibt es keine Verständnisprobleme, es geht nur darum, ob die Geschichte gefällt oder nicht.

Das allerdings haben sie mit einem Roman dann doch gemeinsam, und genau das wollte ich gerne erfahren, bevor das Manuskript in Druck ging. Daher haben einige wenige Menschen die Geschichte vorab gelesen, und denen gilt an dieser Stelle mein großer und ganz herzlicher Dank.

Allen voran Dir, liebe Sabine, die Du nun schon zum wiederholten Mal für den ersten und wichtigsten Katastrophencheck verantwortlich warst. Du bist und bleibst meine wichtigste Stütze – aber auch meine größte Hürde. Was du nicht passieren lässt, kommt auch keine Stufe weiter. Tausend Dank dafür, mein Engel, vor allem auch dafür, dass sämtliche Storys deinem kritischen Blick standgehalten haben und nur deshalb nun in diesem Buch zu finden sind.

Vielen Dank an Jonas und Pauline, die mich immer wieder ermuntern, das nächste Buch in Angriff zu nehmen und deren Meinung mir bei jeder Geschichte, ob kurz oder lang, sehr wichtig ist. Und auch dieses Mal danke ich wieder Andi Ruben für seine offenen und ehrlichen Kommentare, die ich mir jedes Mal sehr zu Herzen nehme.

Ein großes Dankeschön gilt meinem Verleger Gerd Fischer. Danke, lieber Gerd, dass Du Dich sofort für die Idee einer Short Story-Sammlung begeistern konntest. Und das, obwohl ich zu dem Zeitpunkt lediglich wusste, dass Short Storys ein für Satire wunderbar geeignetes Genre sein könnten, um die Ideen aufzugreifen, die für einen weiteren Roman nicht tragfähig genug gewesen wären.

Vielen Dank an den Charles Verlag in der Bedey Media Verlagsgruppe, mit dessen Erlaubnis ich zwei Kurzgeschichten abdrucken durfte, die ich für die „Ein Viertelstündchen Frankfurt"-Anthologien geschrieben habe.

Zum guten Schluss mein ganz besonderes Dankeschön an Hendrik Nachtsheim. Lieber Henni, die Zusammenarbeit mit dir bei den beiden Staffeln unseres literarischen Online-Experiments „Der Nächste, bitte!" hat unglaublich viel Spaß gemacht. Und so konnte ich gar nicht anders, als die Chance zu nutzen und dich zu fragen, ob du nicht vorab einen Blick auf meine Geschichten werfen möchtest. Die Tatsache, dass du ohne zu zögern dazu bereit warst, hat mich in meinem ersten Eindruck mehr als bestätigt, was für ein angenehmer Mensch und toller Kollege du bist. Tausend Dank für deine netten Worte zu diesem Buch!

Millionen Follower suchen einen neuen König. Und finden ihn in Frankfurt.

Ein Roman, so spannend wie königlich amüsant.
ISBN 978-3-946413-09-7 – 210 Seiten – 10,70 €

Ein Bürgermeister will die Spiele. Doch nicht alle wollen mitspielen.

Er hat Visionen. Doch er hat auch mächtige Gegner.
ISBN 978-3-947612-45-1 – 272 Seiten – 11,95 €